CAMPUS AT SEA

LINA PARKER

CAMPUS AT SEA

addictives

« *There was a word from a myth:* sathaz.
*It was the desire to possess that which
can never be yours.* »
« Un mot lui revint à l'esprit : *sathaz*,
le souhait de posséder l'inaccessible. »
La Muse des cauchemars, Laini Taylor, traduction
de Sarah Dali, Lumen, 2019

Merci au programme *Semester at Sea* d'exister
et de m'avoir inspiré le décor de cette histoire !

1

Ne pas vomir dans la piscine. Ne pas vomir dans la piscine. Ne pas vomir dans la piscine.

Je me répète scrupuleusement ce mantra alors que je pose ma flûte à champagne sur le rebord et que je me hisse tant bien que mal hors de l'eau.

– Oh, la petite joueuse !

Je ne relève même pas la pique de Jena, trop occupée à mourir de froid, et me précipite sur ma serviette de bain, que j'enroule autour de moi en enviant tous les gens en gros pulls qui discutent à côté de nous. J'attrape mon sac à main en grelottant de plus belle.

Pourquoi j'ai écouté ma nouvelle coloc, déjà ?

Non, ce n'était pas une bonne idée de se baigner dans une piscine extérieure en plein océan Pacifique un soir de septembre.

Non, l'eau n'était pas « chaude », et il n'y a pas qu'un « léger vent d'été ».

Et non, clairement, l'alcool ne réchauffe pas assez.

Il donne surtout envie de… vomir dans la piscine.

Mon objectif premier me revient en mémoire en même temps qu'un haut-le-cœur me soulève l'estomac, et je m'éloigne de la foule en titubant légèrement, esquivant du même coup les quelques gouttes d'eau que Jena essaie de me jeter depuis la piscine, entre deux éclats de rire. Heureusement, la mer est calme aujourd'hui, comme si elle avait décidé d'être clémente et d'y aller mollo pour notre premier jour.

Ouf, parce que sinon, entre le mal de mer et le champagne, mes tripes seraient déjà étalées sur le plancher…

Et être fichée comme « Miss Vomi » dès le premier soir, ça promet un long, très long semestre…

Je slalome entre les étudiants, professeurs et membres de l'équipage qui fourmillent sur le pont, puis finis par arriver à l'intérieur. Et là, malgré mon corps qui me hurle de me dépêcher de trouver des toilettes sur lesquelles me pencher, je reste immobile un instant.

Lorsqu'on est passé dans ce hall tout à l'heure, j'ai fait attention à ne pas me prendre les pieds dans un tapis, à ne pas faire tomber l'un de mes trois sacs de voyage, à ne pas perdre de vue l'hôtesse qui s'apprêtait à nous guider à travers le labyrinthe des couloirs. Mais j'ai peut-être oublié de faire l'essentiel…

Lever les yeux.

En postulant à ce programme, je me fichais pas mal de savoir si le *Moving Paradise* serait grandiose, s'il y aurait ce superbe dôme de verre, si les énormes lustres qui pendent au plafond seraient aussi scintillants que des diamants…

Pourtant, maintenant que je suis sur le paquebot, je ne peux m'empêcher d'être admirative.

OK, je vois un peu double, mais c'est quand même… waouh.

On pourrait presque se croire à bord du *Titanic*…

Sauf que pour Rose Dawson, le *Titanic* était la prison qui la ramenait enchaînée en Amérique. Pour moi, le *Moving Paradise* est la délivrance qui m'en éloigne.

Je jette un œil par l'une des nombreuses baies vitrées de la pièce, et c'est un pur soulagement qui m'envahit.

La mer à perte de vue…

– Ça va, Billie ? T'as pas l'air bien. Tu sais, il paraît qu'ils distribuent gratuitement des médicaments contre le mal de mer, à l'infirmerie.

Je me détourne de l'étendue glacée et mes yeux rencontrent deux prunelles marron, un brin espiègles, un brin soucieuses. Je reconnais le garçon aux cheveux blonds et au piercing à la lèvre à qui parlait Jena au début de la soirée d'intégration.

Instinctivement, je m'apprête à scanner du regard les alentours, alors qu'un sentiment de malaise m'envahit.

Les vieilles habitudes ont la peau dure…

Je repousse tout ça au fond de moi et me force à garder les yeux braqués sur lui, tout en lui décochant un sourire que je veux enthousiaste.

– Aaron, c'est ça ? demandé-je alors qu'il acquiesce. Je serais plutôt preneuse d'un remède miracle contre trop de champagne…

– Une bonne nuit de sommeil et beaucoup d'eau ? suggère-t-il, l'air rieur.

– Pour ce qui est de l'eau, je crois que j'ai donné… précisé-je en désignant ma serviette de bain et mes cheveux trempés.

Alors que mes pieds nus s'enfoncent dans la moquette matelassée, je réalise que si je n'étais pas aussi saoule, je serais probablement mortifiée de me retrouver dans cette « tenue » devant un inconnu.

Ou devant n'importe qui…

Je tente de recouvrir mes bras, d'habitude jamais dénudés, mais je n'ai que mes mains pour me cacher.

Heureusement, Aaron a désormais les yeux rivés au sol, comme absorbé par la vision des grosses gouttes d'eau qui s'y écrasent.

– C'est vrai que Jen' a réussi à te convaincre de la suivre… Et ça ne m'étonne même pas, cette fille pourrait faire faire n'importe quoi à n'importe qui !

Je confirme… D'ailleurs, je devrais déjà m'estimer heureuse de ne pas avoir subi un choc thermique !

– Tu la connaissais avant ?

De ce que j'ai pu lire sur Internet – et constater par moi-même ce soir –, c'est assez rare que plusieurs personnes de la même université fassent partie de l'aventure. Même si la grande majorité des élèves sont américains, il y a plus de cent quatre-vingt-dix universités partenaires à travers le monde, donc il y a autant de chance que ton voisin de chambre vienne de l'autre bout des États-Unis, de Chine ou de Russie que de ta ville natale. Et puis, les places sont chères.

Littéralement, mais pas que : il faut un bulletin impeccable pour espérer être pris.

D'où le début de soirée un peu gênant, avec près de cinq cents étudiants qui ne s'étaient jamais rencontrés auparavant et qui se regardaient en chiens de faïence en dansant d'un pied sur l'autre.

Moi la première.

Passer de « ne presque plus parler à personne » à « devoir faire du *small talk* à des dizaines de personnes dans une salle pleine à craquer » en une seule soirée, c'était un sacré grand écart !

Ou un miracle...

Mais heureusement, l'esprit de la fête a fini par dénouer un peu les langues – et les vêtements, pour les inconscients comme moi qui ont opté pour un bain de minuit dans la piscine !

– Oui, on a fait presque toute notre scolarité ensemble. J'avoue que c'est rassurant de retrouver un visage familier... même si c'est Jena et qu'elle est un peu folle !

Je l'envierais presque d'avoir un point d'ancrage, si je n'étais pas justement venue ici pour laisser derrière moi tout ce qui me rappelait mon ancienne vie.

– C'est dingue, non ? reprend-il en désignant les alentours avec sa coupe de champagne. De se dire que ça va à la fois être notre université et notre maison pendant les six prochains mois.

J'essaie de suivre son mouvement du regard mais ça ne fait que me donner davantage le tournis.

Et en parlant de maison... C'est par où, ma chambre, déjà ?

Je me retourne un peu précipitamment et vacille avant de me retenir de justesse au mur.

– Ouh là, tu devrais peut-être aller t'allonger !

Je hoche frénétiquement la tête avant d'adresser un petit signe de main à Aaron et de me diriger vers le couloir du rez-de-chaussée qui me semble être le bon, en remerciant le ciel de ne pas avoir une des chambres situées dans les niveaux supérieurs.

Si je peux éviter de me ramasser dans les escaliers, ça sera toujours ça de pris…

Bon, et maintenant, il ne me reste plus qu'à savoir compter jusqu'à six, et je serai à ma chambre…

Un, deux, trois…

J'énumère soigneusement les portes identiques avant d'arriver enfin devant la mienne.

Qui c'est qui va enfin pouvoir vomir… et faire pipi ?

Je prends appui contre le chambranle, pose maladroitement mon sac sur la clenche pour farfouiller à la recherche de mes clés, et… manque de m'écrouler au sol quand la porte s'ouvre.

– Ha ! lancé-je, triomphante, en avançant à tâtons dans le noir avant de m'affaler sur mon lit comme un poids mort. Alors comme ça, tu es déjà rentrée ? Tu admets donc que le saut dans la piscine n'était peut-être pas l'idée du siècle ?

Pour toute réponse, le bruit de la douche qui se coupe.

Typique : ce sont toujours les premiers à lancer une idée qui sont les premiers à l'abandonner ! Jena a vraiment dû partir juste après moi pour être déjà en train de se prélasser dans la salle de bains.

– Si tu pouvais te dépêcher, tout le champagne que tu m'as fait boire est en train de remonter !

Toujours rien.

– Et de redescendre, aussi ! Ma vessie va exploser ! la pressé-je de nouveau.

Si on m'avait dit que j'allais parler vomi et pipi à ma coloc dès le premier soir, j'aurais peut-être opté pour une chambre solo…

– Eh bien, peut-être que tu devrais aller te soulager dans la salle de bains de *ta* chambre, dans ce cas.

Euh… Minute. C'était quoi, cette voix carrément trop grave ?

Je rectifie : si on m'avait dit que j'allais parler vomi et pipi à… qui ?

J'ouvre les paupières, me redresse brusquement et… me retrouve nez à nez avec un inconnu.

Enfin… « nez à torse » plutôt, étant donné qu'il est debout face au lit sur lequel je suis toujours assise.

– C'est pas possible… sixième porte dans le couloir, le lit de gauche… Mais non, c'est ma chambre ! m'exclamé-je désespérément, dans un élan de panique obstinée.

Le sourcil relevé, l'air sceptique, le mec me fixe, l'air mi-amusé, mi… « elle se fout de ma gueule, là ? »

Et j'ai précisé qu'il était torse nu ?

– « Le lit de gauche » ? Parce que tu vois un lit de droite, toi ?

Il s'avance un peu plus, et la lumière de la salle de bains mêlée à celle du hublot me laisse vraiment entrevoir son profil. Il est brun, a la mâchoire carrée et des pectoraux à se damner… Bref, il est clairement beau gosse. Mais pas non plus « typiquement beau gosse ». Ce n'est pas une beauté plate et ennuyeuse, c'est une beauté… hypnotisante. Il y a quelque chose dans son nez légèrement courbé, dans ses cheveux fous et dans son regard clair qui me donne envie de l'étudier pendant des heures.

C'est la première fois depuis des mois que j'observe réellement un garçon qui n'est pas Gavin.

– Alors ? me relance-t-il, une pointe d'impatience dans la voix.

Ah oui, c'est vrai… La chambre… Le lit… Le lit DE GAUCHE…

Je tourne vivement la tête vers l'autre côté de la pièce – tant pis pour le mal de crâne. La même petite télévision que celle qu'on a découverte tout à l'heure avec Jena, la même table de nuit… Pas du tout la même disposition.

Puisqu'il n'y a effectivement qu'un lit.

SON lit…

Oh, mon Dieu…

Je me lève d'un bond, laisse tomber ma serviette à mes pieds, la rattrape aussitôt et la plaque maladroitement contre moi.

Il n'a rien vu, hein ?

Non parce que, là, dans la chambre d'un inconnu aux faux airs d'Evan Roderick[1]qui me scrute d'un regard… pénétrant, j'ai plus l'impression d'être en sous-vêtements qu'en maillot de bain…

Et d'ailleurs…

Prise d'un doute, je baisse les yeux.

Non, pas de doute.

C'est comme si j'étais en sous-vêtements, et en sous-vêtements TREMPÉS qui ne dissimulent plus grand-chose… Et sûrement pas mes tétons dressés.

Il n'a pas vu ça non plus, hein ?

– Si tu es en train de te demander si tu as inondé mon lit, la réponse est oui.

Perdue dans mes pensées, je prends quelques secondes à me retourner vers… le lieu du crime.

---

1. Acteur canadien connu pour ses rôles dans les séries *Spinning Out* et *Arrow*.

Effectivement, j'aurais fait pipi dedans, ça n'aurait pas eu l'air pire !

– Je savais déjà que la vie sur ce paquebot allait être royalement chiante, mais là… merci de la rendre purement invivable, assène-t-il.

– Je suis…

Complètement honteuse ? Mortifiée ?

– Désolée, terminé-je d'une voix blanche.

Et sans le regarder dans les yeux, sans ajouter que je suis *vraiment, vraiment, vraiment* désolée, sans même préciser que je peux lui payer mon poids en housse de couette, je m'enfuis en courant et claque la porte derrière moi.

Et là, ça me frappe.

Qu'est-ce qui est pire que débarquer totalement bourrée dans la chambre d'un inconnu, en maillot de bain, trempée, et que lui parler de vomi et de pipi avant de dégouliner partout dans son lit… ?

Débarquer totalement bourrée dans la chambre d'un inconnu, en maillot de bain, trempée, lui parler de vomi et de pipi avant de dégouliner partout dans son lit et… oublier son sac.

Merde, merde, merde !

Mes clés, mon téléphone, mon portefeuille… Comment je vais faire ?

Je dois y retourner, c'est obligé, mais…

C'est mort, je n'y retourne pas ! Pas maintenant, pas juste après avoir…

Non, vraiment, c'est un problème pour la moi-de-demain. Désolée, Billie-du-dimanche…

Je passe les cinq minutes qui suivent à « hurler en chuchotant » le prénom de Jena devant chaque porte, en priant pour qu'elle soit déjà rentrée. Je fais le tour deux fois avant que la porte n° 7 ne finisse par s'ouvrir.

Bien sûr, la sept… Pas la une, pas la trois, pas la onze ou la douze… la sept.

Ça aurait été trop simple si en plus d'être mon « voisin de couloir », il n'avait pas aussi été mon voisin de chambre…

– Ben alors, ça va ? Tu fais une drôle de tête. T'étais passée où ? m'interroge Jena dans son gros peignoir de bain.

En enfer…

– J'ai traîné un peu. Tu m'avais pas rappelé tout à l'heure qu'on était dans la chambre 6 ?

– Si, la chambre 6 en partant de là-bas ! dit-elle en montrant le fond du couloir. Ah oui, du coup, la 7 en partant de l'entrée. Tu t'es pas trompée, j'espère ? Dans cette tenue, ça aurait été quelque chose…

Elle éclate de rire tandis que je referme la porte derrière nous.

– Non, non, t'imagines… l'angoisse ! ricané-je nerveusement.

Oui, j'imagine très bien…

L'envie de vomir m'est soudainement passée et, après un rapide passage à la salle de bains, je n'ai qu'une envie : me blottir dans mon lit, enfouie sous ma couette, et ne jamais en ressortir.

Moi, au moins, je peux faire ça, mes draps ne sont pas pleins de flotte…

STOP !

Ne plus y penser, ne plus y penser…

Et pourtant, malgré tout, je ne parviens pas vraiment à

regretter. D'avoir trop bu, d'avoir plongé dans une piscine gelée, de m'être déjà fait un ennemi. Et sûrement pas d'avoir embarqué sur le *Moving Paradise*.

Parce que pour la première fois depuis un an, je suis libre.

2

– Alors… ça avait l'air sec ?

Bon, ce que j'aimerais surtout savoir, c'est « sur une échelle de un à dix, il avait l'air énervé à combien… ? », mais je redoute trop la réponse pour oser poser la question.

– Aucune idée, je suis restée sur le pas de la porte.

Ah, c'est pour ça que je n'entendais strictement rien, même en collant l'oreille au mur qui est pourtant fin comme du papier à cigarette…

– Mais ça ne m'aurait pas dérangée d'aller inspecter ses draps de plus près, dis donc… Il est vraiment canon ! Si je ne savais pas comment s'était déroulée la scène, j'aurais été jalouse de votre petit tête-à-tête !

La Billie-du-dimanche (et de la gueule de bois de l'espace) n'ayant finalement pas eu plus de courage que la Billie-du-samedi, j'ai lâchement missionné Jena pour récupérer mes affaires… ce qui a impliqué de tout lui raconter. Après avoir passé les premières secondes à bouder en réalisant que je lui avais plus ou moins menti la veille, elle a fini par me pardonner en argumentant que c'était « tellement la honte » qu'elle n'avait pas besoin d'en rajouter.

– Si Sa Majesté veut bien se donner la peine de recouvrer ses objets de valeur…

– Merci encore.

– C'est bien parce que c'est toi et qu'on se connaît depuis… au moins vingt-quatre heures !

Elle me tend mon sac en faisant une révérence théâtrale et je l'attrape d'une main fébrile avant de l'ouvrir pour vérifier que tout y est.

Il ne manquerait plus qu'il ait noyé mon téléphone pour se venger…

Quoique, si cela pouvait m'empêcher de stresser à la moindre sonnerie, ça vaudrait peut-être le coup…

Je vérifie anxieusement l'écran pour la centième fois depuis hier matin : quatre nouveaux messages de mes parents qui me souhaitent une bonne installation, me demandent si je me suis fait des amis, si la nourriture est bonne, si Gavin ne me manque pas trop.

Zéro message de Gavin…

En temps normal, il ne met jamais plus de dix minutes à répondre, alors là, j'aurais pensé qu'il m'aurait appelée dans la seconde. Pourtant, ça va faire une journée entière, et toujours pas de réponse…

Et avec lui, pas de nouvelle = très mauvaise nouvelle.

Je sais que je devrais regretter de lui avoir donné une raison d'être furieux, regretter d'être partie et de ne pas pouvoir remonter le temps, mais à l'instant, je suis juste reconnaissante de tous les kilomètres qui nous séparent.

– Et… il a dit quelque chose en te le rendant ? demandé-je

en désignant mon sac, dans un effort pour me reconcentrer sur la conversation.

– Pas vraiment, il a juste souri.

Aïe…

– Laisse-moi deviner, c'était un sourire machiavélique du style « elle ne perd rien pour attendre » ?

Jena lève les yeux au ciel tout en attrapant ses clés.

– Non, un sourire normal ; détends-toi, la parano ! Allez, viens, on va découvrir notre nouveau campus !

On décide d'être stratégiques et d'explorer méthodiquement chacun des cinq niveaux accessibles pour ne rien louper. À commencer par le nôtre, qui est tellement immense qu'au bout de vingt minutes, on n'en a toujours pas fait le tour. Il faut dire qu'on a vite laissé tomber l'aspect « méthodique », et qu'on a fini par se laisser guider par les « oooh », les « trop bien ! » et les « non mais, t'as vu ça » lancés par d'autres petits groupes également en pleine exploration, quitte à revenir plusieurs fois sur nos pas et à passer de longues minutes à s'extasier devant leurs découvertes.

– Oh, un billard ! Et un piano ! Et une table de ping-pong ! lance Jena, surexcitée, en tournant la tête dans tous les sens. Et le plus important… un coin bar ! Ça y est, je crois qu'on a trouvé notre nouveau QG !

C'est vrai que la salle qu'on vient de découvrir donne bien envie d'y rester… Et elle a un petit côté cosy très sympa, avec ses gros fauteuils et ses deux bibliothèques remplies de livres.

Même si elle sera peut-être moins « cosy » dans quelques heures quand elle sera envahie par tous les étudiants qui auront fini de cuver leur soirée de la veille !

– Tu sais que tu as déjà dit ça il y a cinq minutes, quand

on est passées devant le coin transat à côté du petit bar à jus ? la taquiné-je.

– On peut avoir un QG de l'après-midi et un QG du soir ! Il faut voir les choses en grand ! m'exhorte-t-elle en levant les mains vers le ciel pour appuyer ses paroles.

J'avoue que ça me touche qu'elle m'inclue dans ce « on ». Après tout, on s'est retrouvées colocs par hasard, elle pourrait vouloir vivre sa vie une fois la porte de la chambre refermée, mais apparemment non… et c'est plutôt cool. Pourtant, je ne suis pas venue ici pour me faire des amis, et hier encore, je me voyais très bien passer ces six mois en solo. Je n'ai pas besoin de profiter à fond de l'expérience ou de chercher à nouer des amitiés pour la vie – j'ai juste besoin que le paquebot continue de nous éloigner de Chicago sans jamais s'arrêter plus de quelques jours au même endroit.

Mais, je ne sais pas… à cet instant, rien ne me paraît plus apaisant que de m'extasier avec Jena sur la moindre bricole. Que de traîner avec quelqu'un d'autre que Gavin.

Et c'est tellement… naturel.

Je pensais avoir totalement perdu la main sur tout ce qui est « cultiver des relations sociales », mais c'est fou comme ça revient vite !

Et comme ça fait du bien.

Pouvoir juste discuter avec légèreté, sans avoir à tout calculer, tout redouter…

Alors pourquoi me contenter de vivre cette aventure a minima quand je pourrais « voir les choses en grand », comme dit Jena ?

Sans que ce soit l'expérience de ma vie pour autant, je peux au moins attendre de voir ce qu'elle a à offrir.

– OK, QG numéro 2 validé ! approuvé-je avec entrain. Tu

crois qu'ils ont des endroits aussi cool sur le pont… Séoul ? São Paulo ?

On nous a appris que pour des raisons pratiques, chaque étage était désigné par son pont, et que chaque pont avait son petit nom, sur le thème du voyage.

Jusque-là, j'ai retenu que le pont principal, le nôtre, était le pont Jakarta, et que celui du premier étage était le pont Bucarest, mais je n'ai pas encore imprimé le nom du sixième pont, celui où se trouvent les cabines de l'équipage.

Pas si « pratique » que ça, ce système, quand on a une mémoire de poisson rouge…

– Santa Fe ! m'informe Jena. Et ils ont sûrement des quartiers encore mieux, comme on n'a pas vu d'employé faire sa pause sur les transats dehors ou dans ces fauteuils moelleux ! Alors que, franchement, c'est beaucoup trop tentant !

Comme pour appuyer son argument, elle se laisse tomber en arrière et pousse un soupir de contentement quand son dos rencontre le dossier en cuir.

Après une courte pause, on finit par continuer notre investigation, et je ne sais pas ce qui m'émerveille le plus : les endroits les plus incroyables du paquebot, comme l'immense salle de réception et le pont Jakarta qui offrent une vue imprenable sur l'horizon, ou ceux les plus banals. Le petit supermarché, les deux cafétérias semblables aux cafétérias typiques d'université, la salle de sport…

Leur simple présence dans cet environnement si particulier les rend presque spéciaux, eux aussi.

– On va inaugurer le bar à salade ? propose Jena alors qu'on repasse devant la cafétéria « Java », celle qui a une salle intérieure mais aussi des tables à l'extérieur, sur le pont. Faut pas trop qu'on tarde pour pas louper le speech à quatorze heures.

C'est vrai que l'heure tourne, comme le démontre la présence de plus en plus d'étudiants autour de nous.

Mais pour le moment, ils semblent eux aussi plus préoccupés par leur estomac que par le rendez-vous de cet après-midi !

Après avoir fait dix minutes de queue derrière quelques garçons manifestement affamés, on en met dix de plus à constituer notre assiette, tant l'énorme buffet de nourriture à disposition offre de choix. Lorsque nos plateaux manquent de déborder, on va s'installer dehors, où la mer à perte de vue nous accueille, ainsi qu'un petit vent agréable.

Ça me donnerait presque envie de troquer mon tee-shirt à manches longues contre un débardeur pour profiter pleinement de la fraîcheur océanique...

Dans quelques jours, peut-être, quand les marques auront disparu.

– Alors ça y est, vous avez décidé d'être team Java ?

Aaron débarque devant nous, les mains sur les hanches, un petit sourire en coin au bord des lèvres.

– Pardon ? demande Jena en mettant son bras devant ses yeux pour se protéger du soleil.

– Vous n'avez pas entendu qu'ici le monde se divise en deux catégories ?

– Ceux qui ont un pistolet chargé et ceux qui creusent[1] ? ne puis-je m'empêcher de proposer.

– Oh, une fan de western ? m'interroge Aaron en levant un sourcil. On va bien s'entendre !

– Une fan de cinéma.

---

1. Citation du film *Le Bon, la Brute et le Truand* de Sergio Leone.

Une fan d'évasion.

– Ça tombe bien, il y a un cinéma qui fait aussi salle de cours, vous l'avez vu ?

– Non, pas encore, c'est à quel éta... tente Jena avant de se faire interrompre par un Aaron survolté.

– Enfin bref, tout ça pour dire qu'apparemment, il y a une sorte de tradition qui perdure depuis que ce programme existe : il y a les gens qui mangent à Java, et ceux qui mangent à Norton.

– On peut pas juste faire un jour sur deux ? hasardé-je.

– Si, bien sûr, mais c'est plus drôle de choisir son camp, non ? avance Aaron, le regard pétillant.

– Pas vraiment... répond ma coloc, sceptique, tout en enfournant une énorme bouchée de pomme de terre.

– C'est l'un des professeurs avec qui j'ai un peu discuté hier soir qui m'a dit ça, continue Aaron en prenant une chaise et en ignorant le manque d'enthousiasme de Jena. Chaque année, il y a une sorte de « bataille amicale » entre les fervents supporters de Java et ceux qui ne jurent que par Norton : chacun des deux groupes se borne à dire que « sa » cafétéria est la seule qui vaille vraiment le coup et tente de convaincre le plus grand nombre.

– Et vive le prosélytisme ! lance Jena en levant sa fourchette en l'air.

– Sinon, ça va, la tête ? me demande Aaron avec un soupir en constatant que tenter de convaincre son amie est une cause perdue.

– Elle a connu des jours plus paisibles... grimacé-je.

Il faut dire que ça faisait longtemps que je ne m'étais pas pris une telle cuite. Gavin n'aime pas trop quand je bois.

Sûrement parce qu'il n'aime pas que quelque chose ou

quelqu'un d'autre que lui ait le contrôle sur moi…

Je prends en riant le verre d'eau qu'Aaron me tend, et le bois d'une traite. En temps normal, à l'heure qu'il est, je serais chez Gavin, probablement en train de marcher sur des œufs pour que le repas se déroule sans heurts. Et là, je déjeune sur le pont extérieur d'un paquebot de rêve, à des centaines de kilomètres de lui… Aujourd'hui, la vie est belle.

***

Quand on arrive dans l'amphithéâtre, à quatorze heures dix, il est bondé, et on doit se faufiler entre les personnes assises pour trouver trois places côte à côte.

OK, on a peut-être un peu trop tardé à engloutir nos desserts…

Et ça n'a pas non plus aidé de monter jusqu'au cinquième niveau, sur le pont Toronto, avant de réaliser qu'il fallait en fait qu'on aille au deuxième étage, sur le pont Dakar !

On se fraie donc tant bien que mal un passage entre les étudiants, tout en admirant la pièce circulaire au haut plafond : on dirait presque la salle de réception, tellement c'est grand !

Et heureusement, vu que l'intégralité des cinq cents participants du programme est conviée à cette réunion.

La directrice du programme s'avance déjà sur l'estrade, un micro à la main, et scanne la foule du regard – sûrement pour s'assurer que toute l'attention sera tournée vers elle lorsqu'elle commencera à parler.

Et c'est le cas : avant même qu'elle n'ait à demander le

silence, les étudiants le lui offrent en une demi-seconde.

On est bien loin des classes agitées, avec les élèves qui se racontent leur soirée de la veille et les professeurs qui désespèrent de pouvoir commencer leur cours…

Là, pas un bruit, mais une attente impatiente. J'ai l'impression que chacun dans cette salle retient son souffle, conscient que ce discours va marquer officiellement le début de l'aventure, et avide d'entendre de nouveau à quel point ce semestre va être unique.

– Au cours des six prochains mois, vous allez visiter quatre continents, quinze pays et une trentaine de villes, lâche la directrice d'une voix puissante, sans préambule.

Elle marque une petite pause, comme pour vraiment savourer les étoiles qu'elle décèle probablement dans nos yeux.

Si elle voulait nous impressionner avec une intro choc, ça fonctionne très bien…

– Vous allez vous faire des amis, et peut-être même des amis pour la vie, continue-t-elle.

Aussitôt, je repense à mon voisin de palier, qui a dû me maudire toute la nuit.

C'est déjà mal parti…

Je me recroqueville instantanément sur ma chaise, et inspecte discrètement l'assemblée. Il est forcément là, dans cette salle. Tout le monde est là.

Pourtant, mes yeux ne rencontrent aucun regard aussi tranchant que le sien.

Si je ne le trouve pas, peut-être qu'il ne me verra pas non plus, après tout. Bon, et puis, même s'il me repérait, qu'est-ce que je risquerais ?

Il n'a aucun intérêt à faire un esclandre devant tout le

monde quand il peut juste toquer à la porte voisine de la sienne pour m'incendier…

– Vous allez vous créer des souvenirs inoubliables, découvrir des cultures différentes, parcourir plus de quarante-cinq mille kilomètres.

La directrice redresse la tête, l'air fier, comme si elle savait que c'était l'occasion d'une vie, qu'on allait en ressortir changés, et qu'elle était heureuse de pouvoir contribuer à tout ça.

– Dans chaque port, à chaque escale, vous pourrez participer aux excursions organisées par vos professeurs, que ce soit le temps d'un après-midi ou de plusieurs jours. Vous pourrez aussi voyager par vous-même – tant que vous êtes au rendez-vous pour le départ, car le *Moving Paradise* n'attend pas !

Quelques petits rires nerveux s'échappent de la salle.

– Et je sais ce que vous pensez : « Mais quand allons-nous trouver le temps de travailler ? », poursuit-elle avec un sourire en coin, comme si elle savait parfaitement que c'était en fait la dernière de nos préoccupations. Eh bien, pas d'inquiétude ! Ce semestre a avant tout un but éducatif, et en compensation de tous ces moments libres, vous devrez redoubler d'efforts lors des jours en mer, qui seront les journées de cours. Alors oui, cela pourra vous paraître un peu étrange au début, de devoir étudier un samedi ou un dimanche, mais dites-vous qu'au bout de quelques semaines, vous perdrez très probablement la notion du temps, de toute façon !

Des murmures s'élèvent dans la salle alors que la question des week-ends « boulot » est abordée, mais ils sont plus amusés que réprobateurs.

Il faut dire que si c'est pour aller visiter le Taj Mahal

ou les pyramides de Gizeh le lundi, on peut bien suivre deux ou trois cours la veille…

– Et niveau cours, vous allez commencer fort, histoire de vous mettre dans le bain dès le départ ! Comme vous le savez, notre première escale se fera à Hawaï, et comme vous le savez peut-être aussi, se rendre à Hawaï depuis San Diego va nous prendre une bonne semaine… Donc je vous conseille de bien vous reposer après cette réunion, car ce sera votre dernier après-midi *off* avant un petit moment ! On enchaînera ensuite avec douze jours de navigation pour arriver au Japon, mais rassurez-vous, par la suite, les temps de trajets seront souvent plus brefs, donc les moments de détente alterneront davantage avec les moments de calvaire ! ironise-t-elle.

À côté de moi, Jena hoche vigoureusement la tête, comme si elle était bel et bien rassurée par cette perspective.

– Vous vous dites peut-être « Mais dans quoi je me suis embarqué » – sans mauvais jeu de mots – mais sachez que cela fait maintenant plus de quinze ans que ce programme existe, et que chaque année, nous mettons tout en œuvre pour que cette aventure se déroule au mieux. C'est vrai que se retrouver du jour au lendemain en mer à l'autre bout du monde avec des gens qu'on ne connaissait pas la veille peut être déroutant, voire intimidant, mais on a tout prévu pour que la transition se fasse en douceur… ou plutôt, en chansons et en tenue de combat… Enfin, je ne vous en dis pas plus, vous découvrirez tout ça bien assez tôt lors du week-end d'intégration samedi prochain ! ajoute-t-elle d'un ton guilleret.

Euh… J'ai bien entendu chansons… et… combat ? C'est facultatif, tout ça, hein ?

– Sur ce, je vous souhaite un merveilleux semestre, et une

magnifique aventure. Et on a une devise ici, à bord du *Moving Paradise* : ce n'est pas le fameux dicton « *Home is where the heart is*[2] », mais « *Home is where the sea is*[3] ». Et on espère qu'à la fin de ces six mois, ce paquebot sera un peu votre maison à vous aussi, conclut la directrice, une pointe d'émotion dans la voix.

Même si je crois qu'après ce discours, on se sent déjà tous chez nous ici, à bord de ce paquebot aux mille promesses…

---

2. « Le foyer se trouve là où est le cœur. »
3. « Le foyer se trouve là où est la mer. »

3

Huit heures quarante-quatre. Je regarde mon portable pour la cinquième fois, mais non, il n'est toujours pas neuf heures.

Pourquoi est-ce que je suis systématiquement en avance ?

OK, avant, ça pouvait se justifier, quand je devais conduire de chez mes parents jusqu'au campus, anticiper les éventuels bouchons ou les embouteillages sur le parking de la fac, mais là… ma chambre est littéralement à cinq minutes de l'amphithéâtre.

Aucune excuse donc, à part que… je suis stressée à mort !

C'est quand même le vrai « premier jour », le premier cours…

Ma première rentrée sans Kat…

Non pas qu'elle aurait continué à s'asseoir avec moi si j'étais retournée à la fac de Chicago pour cette première année de master, mais là, je n'ai vraiment aucun repère. Si Jena était là, au moins, je pourrais papoter avec elle plutôt que de regarder mes pieds en attendant que l'amphi commence à se remplir… Mais non, elle a cours dans la salle de cinéma, ce matin.

Et puis, de toute façon, j'aurais sûrement fini par partir avant elle, même si on s'était inscrites au même cours.

C'est ça de se réveiller en sursaut à six heures du matin puis de se tourner et retourner dans son lit en attendant que le temps passe…

Impossible de me rendormir après avoir eu la sensation de sentir *son* bras contre mon ventre, après m'être débattue avec la couverture, après avoir manqué de réveiller Jena avec mes cris… Quand j'ai réalisé que j'étais seule dans le lit, c'était déjà foutu.

Il était là, partout.

Les étudiants finissent par entrer au compte-gouttes et, quand la professeure Hartman arrive, la salle est presque pleine.

– Bienvenue dans ce premier cours de communication interculturelle, nous salue-t-elle en s'avançant sur la tribune. Une belle manière d'entamer le semestre, non ?

Quelques sourires timides lui répondent.

– Comme vous pouvez le constater, nous avons ce matin à notre disposition l'un des huit amphithéâtres de ce paquebot, mais ça ne sera pas toujours le cas ! Nous serons parfois amenés à avoir cours sur le pont Jakarta, tant qu'il fait encore beau, ou dans la cafétéria, dans la salle de réception ou dans tous ces endroits qui peuvent être convertis en salle de classe selon les besoins. Je sais que cela peut avoir tendance à déconnecter un peu les élèves du cadre scolaire, je vous demanderai donc de rester très attentifs au cours et de vous concentrer davantage sur vos notes que sur les distractions alentour. Si cette condition est bien remplie, il n'y a aucune raison pour que nos six cours ne se déroulent pas à merveille, n'est-ce pas ?

Pourquoi est-ce que j'ai l'impression qu'une menace se cache derrière son sourire enjoué ?

Mais c'est vrai que vu le décor, elle a sûrement raison de nous rappeler à l'ordre. Cet amphi est plus petit que celui du pont Dakar, et si je regarde uniquement sur ma droite, il ressemblerait presque aux amphis lambda de la fac de Chicago.

Mais si je regarde sur ma gauche…

Les immenses baies vitrées nous offrent un spectacle à couper le souffle, entre les ailerons des dauphins qu'on peut apercevoir le temps d'une seconde et les petites vagues qui viennent s'écraser contre la coque du paquebot.

Ce cours promet de m'apporter pas mal de clés pour la suite de mes études de journalisme ; pourtant, même moi, je sens que je pourrais me déconcentrer à tout moment…

– Bien, reprend-elle alors que personne n'a osé décrocher un mot. Ce premier cours sera divisé en trois temps. Nous allons d'abord chercher à comprendre ce qu'est réellement la notion de culture, avant d'explorer la distinction entre trois sortes de cultures : matérielle, sociale et intellectuelle. Et nous finirons par déterminer les différents domaines et activités professionnelles dans lesquels cette communication interculturelle s'applique. Mais avant de commencer ce programme bien chargé, nous allons…

Un toc-toc l'interrompt, et la classe se tourne comme un seul homme vers l'origine du bruit.

– Je peux ?

Je reconnais sa voix grave avant de le reconnaître, lui.

Oh, non…

Mes yeux se posent sur son jean délavé, sur son tee-shirt à manches longues qui souligne ses muscles, sur son bonnet noir. OK, même si la dernière fois, il était un peu moins vêtu, impossible de se tromper : derrière tous ces vêtements se cache bien mon voisin-torse-nu de la chambre n° 6.

– Asseyez-vous, concède Mme Hartman un peu sèchement, sûrement aussi agacée par son retard que par son absence d'excuse.

Elle désigne d'un geste le troisième rang, presque vide, et je vois les yeux gris de n° 6 s'y attarder avant de se poser sur moi. Quelque chose s'allume dans ses pupilles.

Sûrement le feu qu'il va utiliser pour me brûler vive…

Je détourne aussitôt la tête, avant d'entendre un mouvement à ma droite, accompagné de « pardon, pardon… » polis. Je ne peux m'empêcher de me tourner de nouveau, juste à temps pour voir n° 6 finir de se frayer un chemin et s'installer tranquillement sur la chaise libre à côté de moi.

Il est sérieux ?

– Je disais donc, reprend fermement la professeure, que nous allons commencer ce premier cours par un petit jeu de communication.

Super, je sens qu'il va falloir se présenter, parler de soi… tout ce que je déteste !

– La règle est simple : vous lancez cette balle à une personne avec qui vous avez discuté depuis samedi soir, vous nous la présentez et vous partagez avec la classe trois choses que vous avez apprises sur elle, continue Mme Hartman en attrapant dans son sac une petite balle en mousse rouge. Ainsi, même si vous n'avez pas encore pu échanger avec tout le monde dans cette classe, vous en apprendrez un peu plus sur vos camarades.

Je tente de toutes mes forces de me concentrer sur les instructions qu'elle énonce, mais mon attention est parasitée par la présence à ma droite que j'essaie tant bien que mal d'ignorer.

– Tenez, vous n'avez qu'à commencer, propose la professeure à une fille au premier rang, en lui tendant la balle. Comme vous passez la première, vous pouvez dire trois choses sur vous avant de nous présenter l'un de vos camarades.

C'est parti pour l'angoisse…

– Bonjour, commence l'étudiante en se tournant timidement vers nous. Je m'appelle Amandine. Alors, trois choses…

Elle réfléchit quelques instants en regardant ses mains, avant de se lancer :

– Je suis Française, je fais de la natation depuis que j'ai dix ans et je suis allergique aux crevettes.

Elle lance vite la balle sur un garçon du deuxième rang, comme pressée d'être débarrassée.

Je la comprends…

– C'est Logan. Il… a un chat, Pataplan, qui lui manque déjà, commence-t-elle après un second temps de réflexion. Il a un peu le mal de mer, et… sa sœur a déjà participé au programme, il y a quelques années.

Logan se retourne vers ma rangée et jette la balle sur n° 6 avec un clin d'œil.

– C'est Milos. Il vient de San Francisco, il ne partage pas mon amour pour le film *Le Parrain*, et il m'a taxé une cigarette alors que je me promenais tranquillement sur le pont hier ! fait-il mine de s'indigner.

Sa dernière phrase déclenche plusieurs rires dans la salle, mais moi, je reste focalisée sur la première info.

Milos.

Ça lui va plutôt bien…

N'importe quoi !

En tout cas, c'est à son tour de lancer la balle…

Et je sais pas pourquoi, mais j'ai un mauvais pressentiment…

Je suis en train de fixer un point droit devant moi quand, au lieu de la lancer, Milos pose la balle sur mes genoux – les frôlant au passage pendant une demi-seconde.

Demi-seconde qui suffit à provoquer une petite décharge dans mon corps et à rendre mes joues aussi rouges que cette maudite balle…

Je le fusille aussitôt du regard, oubliant ma technique qui consistait à faire comme s'il n'existait pas.

J'en étais sûre. Tellement sûre.

Vous voyez ce moment à l'école quand vous baissez la tête comme tous les autres mais que vous sentez, vous *savez* que c'est VOUS que la maîtresse va interroger ? Eh ben, voilà…

On est bien quarante dans l'amphi, mais évidemment, c'est moi qu'il a choisie comme victime.

– Tu… peux me rappeler ton prénom ? commence-t-il sur un ton cordial en soutenant mon regard.

S'il croit que je n'ai pas vu le petit sourire démoniaque qu'il essaie de retenir…

– Billie, lâché-je à contrecœur.

– Billie, répète-t-il, sans me quitter des yeux, sur un ton malicieux.

Pourquoi on doit jouer à ce jeu, déjà ? On a eu la soirée d'inauguration samedi et on va avoir le week-end d'intégration dans quelques jours, est-ce qu'on est vraiment obligés d'apprendre à se connaître à ce point ?

– Alors, trois choses sur Billie…

Il fait mine de chercher dans ses souvenirs, mais je sens qu'il prend juste un malin plaisir à me regarder appréhender ce qu'il va dire.

Il ne va quand même pas…

– Elle aime beaucoup le champagne, les tatouages et les chansons françaises.

Si sa première info m'agace, les deux suivantes me décrochent carrément la mâchoire. Je ne peux m'empêcher de regarder autour de moi, sous le choc, mais tout le monde a l'air de trouver ça parfaitement normal. C'est vrai qu'aux yeux de tous, ça doit passer pour des faits plutôt banals.

Sauf qu'ils n'ont rien de banal car :

1. Il est plus ou moins en train de me dire « Oui, j'ai bien vu ce qui se cachait sous ta serviette ».

2. Ce salaud a fouillé dans mon sac et a écouté mon iPod !

Avec fureur, je lui balance la balle dans le thorax.

Dommage qu'elle soit en mousse et pas en plomb !

– Milos est rancunier et a de très mauvais goûts en cinéma. Ah, j'oubliais : il n'a aucune envie d'être ici, asséné-je.

Je vois son regard se noircir un dixième de seconde. En même temps, il l'a dit lui-même : cette vie sur le *Moving Paradise* le fait « royalement chier » !

– Du coup, ça se passe comment pour toi ? Tu débourses des milliers de dollars pour faire partie d'un programme auquel tu n'as même pas envie de participer. Tu n'as pas un problème là-dedans ? fais-je mine de m'inquiéter en désignant sa tête. Tu es si riche que tu peux te permettre de gaspiller ton argent dans des petites séances d'ennui ?

– OK, OK, on se calme, tente notre professeure alors que je crache ma dernière phrase.

– Oui, tout doux, Bibi, rétorque Milos avec un infime sourire, d'un ton posé mais sec.

Le genre qui veut dire : ne me pousse pas…

Mais trop tard, je suis lancée.

– C'est *Billie*. En tout cas, la vie ici n'a plus l'air si chiante que ça quand tu peux la passer à me torturer, hein ? Oui, c'est vrai, j'ai mouillé ton lit. Il peut y avoir prescription maintenant, peut-être ?

– Ça dépend, tu comptes continuer à t'humilier comme ça devant tout le monde ? Dans ce cas-là, oui, je crois que mes services ne sont plus requis.

Je prends soudain conscience du côté très… public de la situation.

Oui, oui, tout le monde regarde… C'est tout juste s'ils ne sont pas en train de manger des pop-corn en même temps.

– On ne relance pas la balle à un étudiant qui a déjà pris la parole ! reprend Mme Hartman pour couper court à notre discussion. Bien, je crois que ce petit jeu a assez duré, on va passer au cours.

Les étudiants sortent petit à petit leur ordinateur ou leurs copies de leur sac, et je les imite, rouge de honte, en prenant soin de me tourner vers la gauche. Hors de question d'observer plus longtemps le petit air triomphant de nº 6.

En fin de compte, je m'étais peut-être trompée en pensant que le *Moving Paradise* serait ma délivrance.

Et si c'était juste un pur cauchemar ?

4

– Ça, ça peut passer, non ? C'est jaune-orangé… tente de se convaincre Jena pendant que je jette un regard sceptique à son tee-shirt orange vif.

– Tu connais déjà la réponse, lui lancé-je avec un léger sourire d'excuse. Mais tiens, si tu veux, j'en ai un deuxième !

Elle attrape le pull jaune que je lui lance avec une petite moue, tout en continuant à fouiller dans l'une de ses valises.

Après une semaine à bord, elle continue à scander qu'elle n'a pas encore trouvé « la force » de ranger ses dix mille affaires dans notre commode.

– Si on était l'équipe bleue, rouge, ou même blanche, là, je pourrais me mettre sur mon trente-et-un… râle-t-elle, dépitée.

– Oui mais, à moins d'emménager dans un autre hall et d'abandonner ta pauvre colocataire, tu vas devoir faire avec ! Et puis, est-ce que tu veux vraiment porter tes plus beaux habits pour une course à trois jambes ou pour l'épreuve de la corde ?

– Aucun risque que je m'inscrive aux épreuves qui ressemblent de près ou de loin à du sport collectif, de toute façon ! Partager la sueur des autres, non merci, sauf si c'est dans un lit avec un mec torride !

J'éclate de rire tout en emprisonnant mon carré brun dans un chouchou jaune poussin.

– Sérieux, continue-t-elle, ils auraient pu prévenir : attention, attention, il vous faudra une garde-robe multicolore pour pouvoir participer à ce programme !

C'est vrai que c'est un peu la folie depuis qu'on a découvert en quoi consistait le week-end d'intégration : des épreuves sportives, artistiques et ludiques auxquelles participeront sept équipes, réparties en fonction de la localisation des chambres, avec une couleur attitrée par hall. En deux jours, le paquebot s'est transformé en lieu de troc géant où, à toute heure, on croise des étudiants qui s'échangent un foulard rouge contre du maquillage vert, un chapeau rose contre un débardeur blanc…

La participation aux épreuves est libre, mais on nous a bien rappelé que, pour chaque challenge, plus une équipe compte d'inscrits, plus elle a de chances de remporter la victoire… Et pas de concours sans prix à la clé !

Comme offrir un week-end de rêve n'avait pas trop de sens dans le cadre d'un voyage de rêve, les organisateurs ont arrêté leur choix sur un cadeau utile au quotidien : les gagnants pourront choisir le programme de la salle de cinéma pendant un mois – et se vanter de leur victoire jusqu'à la fin du séjour !

– Bon, ça devra faire l'affaire !

Jena s'avoue vaincue, enfile mon gros pull et m'entraîne à sa suite, direction la salle de réception, où on peut encore s'inscrire pour les épreuves qui débuteront cet après-midi.

J'aurais mille fois préféré devoir assister à mon cours de journalisme plutôt que d'angoisser sur les épreuves, mais malheureusement, on finit tous exceptionnellement à dix-sept heures…

Quelques élèves ont aussi profité de leur pause déjeuner pour venir écrire leur nom sur l'une des listes placardées au panneau central, et je reconnais la chevelure rousse de la fille devant nous.

– Salut, Amandine ! Alors, tu participes à quelle épreuve ? lui lancé-je un peu timidement, au moment où elle se retourne vers nous avec un grand sourire.

Finalement, l'intervention odieuse de n° 6 lors du cours de communication interculturelle aura au moins eu un bénéfice : l'étudiante française est venue me voir à la pause pour savoir quelles chansons françaises j'aimais bien, et depuis, on a sympathisé.

– Avec Joy, on s'est dit qu'on pouvait tenter la natation synchronisée ! nous avoue-t-elle en nous présentant son amie, une grande blonde au regard pétillant, vêtue elle aussi d'un gilet bleu. Et vous ?

C'est vrai qu'elle fait de la natation depuis des années, elle ne devrait pas être ridicule, elle…

Un peu désemparée, je passe en revue les listes que j'aperçois.

Volleyball : pas si je veux que notre équipe ait une chance de gagner…

Danse : jamais…

Théâtre d'impro : hors de question !

– Euh… je ne sais pas encore, balbutié-je.

– Pour moi, ça sera le karaoké ! se réjouit Jena.

– Pitié, mon Dieu, épargnez-moi ça… lance une voix railleuse derrière nous.

Aaron arrive à notre niveau, tout sourire, dans un accoutrement… assez spécial.

– Pitié, épargnez-moi *ça*, renchérit Jena en désignant du doigt son marcel fluo et son pantalon vert clair.

– On fait avec les moyens du bord, littéralement[1]… se justifie le blondinet en nous gratifiant d'un clin d'œil.

– Alors comme ça, on fraternise avec l'adversaire ?

Un garçon en sweat-shirt vert foncé passe son bras autour des épaules d'Aaron, et je reconnais Logan, le métis aux yeux rieurs qui a jeté la balle sur Milos lors de ce fameux cours que j'essaie tant bien que mal d'oublier.

– Mais est-ce qu'on peut vraiment parler d'adversaire ? Est-ce que c'est réellement une compétition si on sait qu'on va vous battre à plate couture ? fait mine de s'interroger Jena.

– Attends de me voir déchaîner la foule sur du 2Pac, ma jolie…

Un sourire de défi se dessine sur les lèvres de Logan, et je crois que le message est clair : la guerre est déclarée…

***

OK, quand il disait qu'il allait déchaîner la foule, c'était presque un euphémisme : les étudiants en délire acclament le candidat vert alors qu'il entame le refrain de « Changes ».

---

1. Expression qui prend son origine dans le monde de la marine et qui fait référence aux ressources limitées dont disposait l'équipage d'un navire pour subvenir à ses besoins ou pour résoudre un problème concret.

Il y a tellement de monde qui est venu assister à ce challenge qu'on est debout au fond de l'amphi, près de la porte, et qu'on doit presque se mettre sur la pointe des pieds pour apercevoir Logan sur l'estrade.

– En même temps, c'est facile, avec une chanson comme ça, même toi tu ferais se lever toutes les mains ! ronchonne ma coloc.

– Ah ben, merci, Jena ! fais-je mine de m'offusquer.

J'entends un petit rire discret derrière moi alors que mon amie tente de se rattraper à coup de « c'est pas méchant, hein, mais tu vois ce que je veux dire ». Je me retourne pour découvrir le sourire narquois de n° 6, qui se tient à quelques centimètres derrière moi, dans l'embrasure de la porte.

Génial…

Je commençais à croire que j'aurais peut-être la chance de ne pas le recroiser avant le prochain cours de communication interculturelle, mais non…

Je lui jette un regard mauvais, et Jena fait de même, sûrement par solidarité, vu que je lui ai raconté « l'incident de la balle ».

– Tu viens faire ton petit shopping d'iPod dans les sacs des gens ? ne puis-je m'empêcher de lui demander.

Arrête de lui parler, ignore-le…

– C'était un emprunt, m'assure-t-il en passant la main dans ses cheveux ébouriffés.

… et arrête de le regarder, retourne-toi !

– Un emprunt de dix heures ? Tu m'as vidé toute ma batterie ! Et en plus, tu l'as rangé dans la mauvaise pochette !

OK, j'ai l'air d'une gamine de 5 ans, mais j'ai besoin de déverser ma rage !

– Il fallait bien que je m'occupe, vu que dormir n'était plus vraiment une option. Et tu n'avais qu'à pas laisser ton sac ouvert et étalé au beau milieu de ma chambre… Tu peux arrêter de me parler, que j'écoute la chanson de mon pote, s'il te plaît ?

Sérieusement ?!

– T'es vraiment…

– Tu participes à une épreuve, toi ? me coupe Jena en me retenant par le bras pour éviter le drame.

Elle interroge Milos de son plus beau regard dédaigneux alors qu'il fronce les sourcils.

– C'est quoi, cette histoire ? Je croyais juste que les gens s'amusaient…

Je le scrute quelques secondes, mais il semble sincèrement perplexe.

Il déconne, là ? Il ne peut pas réellement ne pas être au courant alors que tout le monde ne parle que de ça depuis hier ?

J'examine sa tenue : il porte du noir, ce qui n'est la couleur d'aucune équipe.

Un pull noir à col rond un peu trop flatteur, un jean noir un peu trop moulant…

Plus haut, les yeux !

Je me force à reporter mon attention sur son visage, mais sa mâchoire carrée, rasée de près, et ses cernes légèrement bleutés qui font ressortir le gris de ses yeux me troublent presque autant que le reste.

Un léger sourire apparaît sur ses lèvres alors que mes yeux s'arrêtent de nouveau sur ses larges épaules, et je m'empresse de me retourner vers la scène.

Après tout, on est là pour écouter les candidats, pas pour déterminer si Milos est vraiment un énorme touriste sur ce paquebot !

Ni pour le mater…

En même temps, s'il avait joué le jeu et s'était habillé de manière ridicule comme tout le monde, le problème ne se poserait pas !

Le « problème » de sa putain de sexitude… qui ne devrait d'ailleurs pas en être un !

Il peut bien continuer à être sexy dans son coin dans ses fringues noires parfaites, pour ce que ça m'importe… Moi, je vais me concentrer sur la chanson d'Adele que commence à chanter une fille de l'équipe rose. Rien que sur la chanson.

– Attends, mais tu sors d'où ? se moque Jena, qui, elle, ne lâche pas l'affaire. On a reçu deux mails et la directrice avait déjà mentionné le week-end d'inté dans son speech !

– Ah, ça… J'y suis pas allé, répond n° 6 d'une voix tranquille. Et je n'ai pas regardé mes mails.

Quoi… ?

– Il y a un truc que je comprends pas, répliqué-je en faisant volte-face. Comment tu as fait pour avoir le bulletin scolaire qu'il faut pour être accepté au programme si tu te fous à ce point de tout ?

– Ce n'est pas parce que je n'ai « aucune envie d'être ici », comme tu l'as si bien dit, que je n'ai pas les capacités pour. Et puis, maintenant que je suis là, j'ai juste besoin d'avoir mes équivalences, pas de faire ami-ami avec tout le monde à des journées d'inté.

– Tu fais des études de quoi ?

La traîtresse !

Jena a perdu son air sévère et semble simplement curieuse, désormais.

– De management. Ce n'est pas que cette discussion ne m'amuse pas, mais je crois qu'on t'attend, réplique-t-il en pointant du doigt l'estrade, où l'organisateur est effectivement en train de convier la prochaine candidate inscrite sur la liste, c'est-à-dire Jena.

– Ah oui, le devoir m'appelle ! Vous avez intérêt à m'acclamer encore plus que la team 2Pac ! nous menace-t-elle.

Milos porte ses doigts à sa bouche et lâche un sifflement sonore, suivi d'un cri d'encouragement. Il est imité par plusieurs membres de l'équipe jaune, et aussitôt, les étudiants commencent à applaudir un peu plus fort, comme grisés par l'énergie de la foule. Jena se retourne une seconde pour lui lancer un sourire radieux avant de continuer sa course vers la scène.

Ça va, pas de quoi être reconnaissante, non plus…

Je réalise alors que n° 6 s'est rapproché et qu'il est désormais juste à côté de moi. Son parfum viril m'enveloppe quelques instants, et je me surprends à inspirer un peu plus fort.

Bien sûr, en plus d'être sexy, il fallait aussi qu'il sente bon !

– L'espace vital, tu connais ? finis-je par rétorquer avant de me décaler, les yeux fixés sur Jena qui entame « Wannabe » des Spice Girls.

– C'est sûr que si tu mettais autant d'énergie à chanter qu'à m'engueuler, tu pourrais presque réussir à faire ce que ta copine a dit.

Je mets quelques secondes à comprendre de quoi il parle, avant de me souvenir des paroles de ma coloc.

« Avec une chanson comme ça, même toi tu ferais se lever toutes les mains. »

– Je pourrais « presque » réussir ? rétorqué-je en reprenant ses mots, même si je sens déjà que sa réponse va m'agacer encore plus.

– Ça n'a pas l'air d'être ton genre, tout ça, Bibi. Tu es un peu trop… sage, non ?

Sage ? Sage ! Il ne connaît rien de moi. Je pourrais très bien être une Lady Gaga en puissance, pour ce qu'il en sait !

– Me regarde pas comme ça. C'est vrai ! plaide Milos en riant, ce qui me donne encore plus envie de l'incendier. Je pose à peine les yeux sur toi que tu rougis, alors chanter devant des centaines de personnes…

– Je pourrais très bien le faire ! mens-je, tout en essayant de ne pas rougir de nouveau. Et arrête de m'appeler Bibi, moi je ne t'appelle pas Mimi !

– Je te parie tout ce que tu veux que tu ne le feras pas, Bibi, réplique-t-il en ignorant ma dernière remarque.

Hum. Qu'est-ce qui pourrait le plus l'emmerder ?

N'importe quoi, ce n'est pas comme si j'allais réellement chanter de toute façon !

– Je n'ai aucune envie de faire des paris débiles avec toi.

– Parce que tu sais que tu vas perdre ?

Je le fusille du regard, bien décidée à ne pas entrer dans son petit jeu. Mais quand il me fixe sans ciller et me dévisage un peu trop attentivement, j'ai l'impression que c'est un tout autre jeu qui commence entre nous, plus imprévisible, plus dangereux. L'atmosphère se charge en électricité, et je finis par rompre le contact visuel et par me diriger à grandes enjambées vers l'estrade.

Autant pour lui faire avaler son petit air narquois que pour me soustraire à ses yeux perçants…

Jena vient tout juste de finir sa chanson et m'observe avancer, bouche bée. Je monte sur scène et demande à l'organisateur d'une voix que je veux assurée :

– J'ai oublié d'inscrire mon nom, mais est-ce que je peux chanter quand même ?

Une part de moi espère qu'il dira non, mais une autre veut simplement rabattre le caquet à cet abruti de Milos.

– Pas de soucis.

Bon, au moins, c'est réglé…

– Juste, décide-toi vite sur une chanson, pour ne pas trop les faire attendre.

Il désigne les étudiants qui se sont soudain tus, et je déglutis difficilement en réalisant qu'il y a des dizaines et des dizaines de paires d'yeux posés sur moi. Je feuillette fébrilement la liste qu'il me tend avec toutes les chansons disponibles, avant d'arrêter mon choix.

Tiens, celle-là sera parfaite !

Je pointe du doigt la chanson, et l'organisateur acquiesce avant de me tendre le micro et de me laisser la scène.

OK, OK, ce n'est pas le moment de paniquer !

Heureusement, les encouragements de Jena, qui est désormais au premier rang, m'aident à ne pas faire une attaque cardiaque après que les premières notes de musique retentissent. Je plante mes yeux dans ceux de Milos, et il soutient mon regard en m'accordant un petit signe de tête sceptique.

« Boy, don't call me angel
(Ne m'appelle pas mon ange)

You ain't got me right
(Tu n'as rien compris)[2] »

Ma voix ne tremble même pas, et je félicite ma colère de me donner des ailes.

Parce que sans elle, je serais totalement morte de peur…

Le regard toujours plongé dans celui de Milos, je vois ses traits changer d'expression à mesure que je chante. Il me fixe de manière plus intense, moins moqueuse, et je dois me retenir de baisser les yeux.

« *You know I, I don't like that, boy*
(Tu sais que je n'aime pas ça)
Uh, I make my money, and I write the checks
(Je gagne mon salaire et je signe les chèques)
So say my name with a little respect
(Alors prononce mon nom avec un peu de respect) »

Je m'imprègne peu à peu de l'air entraînant de la chanson, l'euphorie me gagne doucement, et je finis par me laisser emporter, bougeant en rythme alors que ma voix se fait plus assurée.

« *You better stop the sweet talk*
(Tu ferais mieux d'arrêter ton baratin)
And keep your pretty mouth shut
(Et de garder ta jolie bouche fermée) »

2. « Don't Call Me Angel », Ariana Grande, Miley Cyrus, Lana Del Rey.

J'appuie sur le dernier mot, le criant presque. Le sourire appréciateur de Milos s'élargit, et je ne peux m'empêcher de le lui rendre.

Je sais, je suis censée lui balancer ma rage à la figure, mais finalement, c'est assez amusant, de se lâcher…

Il passe un instant sa langue sur ses lèvres pour les humidifier, sans me quitter du regard, et ce geste sûrement inconscient me fait perdre mes moyens un dixième de seconde. Mon cœur se met à battre plus fort.

« I appreciate the way you watch me, I can't lie

(J'aime la manière dont tu me regardes, je ne peux pas le nier)

I drop it down, I pick it up, I back it off the county line

(Je monte, je redescends, j'ondule) »

Le rythme de la chanson change soudain quand j'entame le troisième couplet. J'essaie de coller à ce dont je me souviens de la performance de Lana Del Rey, et ma voix devient presque un murmure. C'est plus doux, plus… langoureux.

« I fell from Heaven, now I'm living like a devil

(Je suis tombée du Paradis, maintenant je vis comme un démon)

You can't get me off your mind

(Tu ne peux pas me chasser de tes pensées)

I appreciate the way you want me, I can't lie

(J'aime la manière dont tu me désires, je ne peux pas le nier) »

Je déglutis alors que j'assimile les paroles.

En fait, ça prend un tournant carrément sensuel…

Et ce n'est plus de l'amusement, de l'étonnement ou même un certain intérêt que je lis dans le regard brûlant de Milos. C'est du désir pur. Et au moment où j'entame le dernier couplet, je réalise soudain que mon désir est en train de répondre au sien. Que je joue du côté sexy de la chanson, que j'essaie… de le séduire. Je détourne brusquement les yeux, brisant le lien qui s'était établi entre nous, et réussis tant bien que mal à bredouiller les dernières paroles avant de quitter la scène sous les applaudissements.

Je me dirige à toute vitesse vers la porte de sortie, mais une main me retient. Je repousse les frissons qui me parcourent tandis que le visage de Milos se retrouve à quelques centimètres du mien et que ses doigts encerclent doucement mon poignet. Je n'ai pas le droit de ressentir ça. Je ne peux pas lui rendre ses regards de feu, je ne peux pas accueillir la chaleur qui commençait à monter dans mon bas-ventre, je ne peux pas laisser mon corps réagir à son toucher. Pas si je veux m'en sortir.

– Jolie chanson.

– Tu vois, j'en étais capable, répliqué-je, en fuyant ses yeux clairs. Alors, je suis toujours une petite fille bien sage ?

L'attaque, la meilleure des défenses…

– Je n'ai jamais dit que tu étais une petite fille. Et tout ce que je retiens, c'est que tu as chanté… pour moi. Donc merci pour le show.

Son sourire taquin est de retour.

– Ce n'est pas pour toi que je l'ai chantée, riposté-je en dégageant mon bras.

Il faut que je parte d'ici, loin de son corps qui appelle le mien, loin de ses yeux qui semblent sonder mon âme.

Aussi loin que peut me le permettre la configuration du lieu, du moins…

– C'est pour ça que tu me fixais tout du long ?

Touché…

– Peu importe. Ce que je retiens, *moi*, c'est que tu as perdu. Tu avais parié « ce que je voulais », c'est ça ? Eh bien, ce que je veux, c'est que tu ne m'adresses plus la parole jusqu'à la fin du voyage, asséné-je avant de quitter la pièce en trombe.

5

– Dire qu'on pourrait être en train de regarder *Quatre Mariages et un enterrement* plutôt que cette daube… grogne Jena, sans même prendre la peine de chuchoter.

Ça fait trente minutes qu'elle soupire, tourne dans tous les sens et s'affaisse dans son fauteuil en lâchant des bâillements sonores, histoire de bien faire sentir à toute la salle qu'elle n'approuve aucunement le choix du film.

Mauvaise perdante, elle ?

Bon, il faut dire que depuis l'annonce de la victoire de l'équipe verte avant-hier soir, Logan n'arrête de parader dès qu'il la croise et de se vanter d'être l'un des « gardiens du cinéma ».

– On peut toujours rentrer se coucher. Au moins, on sera en forme pour l'arrivée à Hawaï… proposé-je à voix basse, en profitant d'une séquence particulièrement bruyante de course-poursuite.

– C'est vrai qu'on doit être sur le pont à sept heures du mat, bonjour la torture ! gémit Jena avec emphase.

– Tu as raison, c'est vraiment ignoble de nous faire rentabiliser le temps passé sur une île paradisiaque… la taquiné-je.

On a vingt heures top chrono à partir de notre arrivée à Honolulu pour explorer l'île d'O'ahu et, pour ceux qui le souhaitent, les îles alentour : autrement dit, on n'a pas intérêt à traîner !

– Gnagnagna ! rétorque Jena un peu trop fort, ce qui lui vaut un « chuuut » de son voisin de droite.

Je crois que c'est notre signal pour nous éclipser…

– Non mais, avoue, c'est nul, non ? tente-t-elle de plaider sa cause au garçon blond qui s'obstine à regarder l'écran. T'as pas vraiment besoin de concentration maximale pour…

– Allez, on y va ! Désolée ! lancé-je respectivement à ma coloc puis à sa pauvre victime.

Jena finit par accepter de me suivre, non sans avoir tenté une dernière fois de convaincre son voisin qu'un silence complet n'était pas nécessaire pour entendre des bruits d'explosion.

Alors qu'on arrive dans le hall, mon portable vibre dans ma poche, et mon cœur loupe un battement.

Ça y est, après plus d'une semaine de silence, c'est forcément lui…

Même si je ne me sens absolument pas prête à découvrir la réponse de Gavin, ça reste mieux que de vivre en apnée en attendant le moment où la sentence tombe.

– Billie, youhouuuu, tente Jena en agitant sa main sous mon nez.

– Hein, quoi ?

– Tu veux qu'on aille à Norton prendre un snack avant de rentrer ? C'est plus près que Java.

Devant ma tête défaite, elle précise :

– On ne dira pas à Aaron qu'on est allées chez la « concurrence », si c'est ça qui t'inquiète !

– Ah non… Enfin, oui, oui, OK pour Norton ! acquiescé-je en sortant mon téléphone de mon jean.

Autant être fixée dès maintenant… Même si je sais déjà plus ou moins ce que le texto va dire.

Que dès que je remets un pied à Chicago, je suis foutue…

[Je n'ai pas le droit de te parler,
mais est-ce que j'ai le droit de
t'envoyer un message, Bibi ?]

Je bugge quelques secondes sur le SMS, qui ne vient pas de Gavin mais d'un numéro inconnu.

Pourtant l'expéditeur est très clair…

[Pas si tu continues
à m'appeler Bibi !!!]

Je l'engueule pour la forme, mais en fait, je ne suis plus du tout énervée. J'ai même envie de pleurer de soulagement.

L'apnée, c'est pas si mal, finalement…

– Qui c'est qui arrive à retenir ton attention au point que l'odeur des hot dogs ne te fait pas lever la tête ? demande Jena tout en nous en commandant deux – sans oignons pour moi, et avec double dose de fromage pour elle.

Pour toute réponse, je lui montre le texto de n° 6. Un sourire étire ses lèvres, mais elle ne dit rien et fait mine d'être absorbée par la vision des saucisses en train de cuire.

– Je me demande bien comment Milos a pu avoir mon numéro, tiens… insisté-je en payant ma part.

– Oh, ça vaaaa, tu lui plais, il te plaît, c'est *obvious*, j'ai juste donné un petit coup de pouce…

Je m'apprête à protester, à lui dire que c'est n'importe quoi, qu'il m'horripile, mais une petite voix au fond de moi me souffle qu'elle n'a pas tout à fait tort.

La même petite voix que celle qui a « chanté pour lui », comme il l'a si bien compris.

La petite voix que je dois absolument museler.

Une seconde plus tard, la réponse de Milos me fait sourire malgré moi – et rougir jusqu'aux oreilles.

[Tu préfères que je t'appelle
bébé, c'est ça ?]

Il ose vraiment tout, lui…

Tellement insupportable, tellement provocant, tellement… tentant.

OK, c'est vrai, Jena a raison : d'un point de vue purement physique, il m'attire.

Même si c'est un con qui prend un malin plaisir à me pousser à bout !

Il m'attire de manière démesurée, insensée. C'est comme si mon désir, inexistant depuis de longs mois, s'était soudain réveillé, et ressentait le besoin de rattraper le temps perdu, de découvrir tout ce qu'il a manqué.

Et c'est vrai que je serais assez curieuse de savoir, moi aussi…

Peut-être que dans d'autres circonstances, j'aurais pu craquer.

J'aurais pu entrer dans son jeu, flirter, céder à l'attraction et le faire céder, lui aussi, le temps de quelques heures.

Un coup d'un soir avec le mec canon de la chambre d'à côté.

Mais pas dans cette vie…

Peu importe si j'en ai envie, peu importe si au fond de moi, sous la peur et le mal-être, sous la résignation et sous la faiblesse se cache une fille sans attaches dont le cœur n'appartient à personne.

Parce que Gavin a décidé que mon cœur était à lui. Parce qu'il me l'arracherait s'il connaissait mes pensées. Et c'est tout ce que j'ai besoin de savoir.

Que le jeu n'en vaut pas la chandelle.

Que le plaisir sera toujours moins grand que les conséquences seront terribles.

[Je ne veux pas que tu m'appelles
tout court, je veux que tu me
laisses tranquille.]

– Outch, c'est rude, commente Jena qui a lu par-dessus mon épaule. Et tu sais, tu as de la concurrence, la coloc de Joy est en cours de marketing avec Milos et moi, et elle n'arrête pas de le mater !

La fille aux cheveux roses et au corps de rêve ?

– Eh ben, s'il pouvait reporter toute son attention sur elle, ça m'arrangerait !

Pourtant, alors que les minutes s'égrènent sans nouveau signe de Milos, un sentiment de déception m'envahit.

Je lui ai demandé de me laisser tranquille… et il l'a fait.

***

– Et n'oubliez pas, dernier embarquement à deux heures quarante-cinq demain matin, rappelle la voix du capitaine dans les haut-parleurs.

C'est vraiment à cet instant, alors qu'on est tous blottis les uns contre les autres dans le froid, sur le pont, à guetter quelque chose d'insaisissable, que je me sens pour la première fois vraiment soudée aux autres.

On essaie de nous insuffler l'esprit d'équipe à grands coups de journées d'intégration, et finalement, il arrive sans crier gare au détour de quelques grelottements, à la lumière du soleil levant…

Un frisson d'excitation m'envahit. Ça y est, l'aventure est là, partout, dans les lumières qui dansent au loin, dans la terre ferme qui se rapproche peu à peu. Et je n'ai qu'une envie : que ce moment à la saveur pourtant si particulière finisse.

Même si d'un côté, j'aimerais aussi qu'il dure toujours…

C'est cet instant juste avant que tout ne bascule, avant que le meilleur ne commence, quand tout est encore possible, quand tout est encore à découvrir.

C'est comme une veille de Noël.

Mais là, je suis prête à ce que Noël arrive…

Ce n'est pas comme si j'avais attendu avec impatience toute la semaine que l'odyssée débute réellement : j'étais parfaitement satisfaite de mon nouveau rythme fait de cours, de balades sur le pont à observer la mer, d'après-midi dans notre QG numéro 1 et de soirées dans notre QG numéro 2.

Mais maintenant que l'aventure est à portée de main, patienter cinq minutes de plus me semble presque insupportable.

Et mes camarades partagent visiblement ce sentiment, puisqu'on est tous en train de trépigner, le regard rivé sur l'horizon. Hawaï se dessine enfin plus clairement, avec ses étendues de verdure qui côtoient d'imposants gratte-ciel.

Le bateau finit par accoster, on scanne chacun notre carte étudiant auprès du personnel de bord, puis on met pied à terre pour la première fois depuis des jours.

Et le monde est à nous…

***

Qui aurait cru que le bleu pouvait être si… bleu ?

C'est irréel !

À côté de moi, des poissons-papillons jaune et blanc virevoltent autour des tortues de mer avant d'aller danser près de l'imposante étendue de corail ou de se perdre au creux d'un rocher. Tout un petit monde qui cohabite en parfaite harmonie dans cette eau si pure…

Les quelques craintes que j'ai ressenties en enfilant le masque et le tuba s'évanouissent face à un spectacle si saisissant, et un profond sentiment de sérénité vient chasser mes dernières appréhensions.

Finalement, l'immensité n'est pas angoissante, elle est juste… majestueuse.

J'ai l'impression d'avoir les oreilles bouchées à cause de la pression, mais la sensation n'est pas désagréable : c'est comme si j'étais dans un monde à part, intouché et intouchable, et c'est presque sécurisant. Je finis par perdre la notion du temps et continue à explorer encore et encore, m'émerveillant chaque fois que je découvre une nouvelle espèce de poisson ou qu'une tortue s'approche. Quand l'activité de snorkeling touche à sa fin, j'ai envie de devenir la petite sirène pour pouvoir rester ici…

La visite du mémorial de la Seconde Guerre mondiale de Pearl Harbor à notre arrivée était intéressante, mais ça, c'est une expérience à part entière. Sous l'eau, tout est si paisible, si tranquille, que le retour à la réalité bruyante est un peu perturbant.

Heureusement, la proposition de Joy d'aller découvrir la nourriture locale pour le déjeuner parvient à me tirer lentement de ma bulle et à me reconnecter au présent.

Après tout, il me reste encore tellement à découvrir de cette île magique !

Nous quittons le district de conservation de la vie marine de Waikiki pour rejoindre le centre-ville avec le reste de notre groupe. Jena, elle, est partie à l'autre bout de l'île pour une excursion sur le thème de la musique locale – avec cours de danse traditionnelle à la fin ! – ; Aaron et Amandine se sont inscrits à un cours de surf pour débutants, et j'ai vu Logan et Milos partir pour l'une des trois randonnées organisées ce matin.

Non pas que je leur portais une attention particulière… Ce n'est pas du tout comme si j'avais passé la semaine à chercher n° 6 du regard tout en l'ignorant royalement dès que ses yeux finissaient par rencontrer les miens…

Je crois qu'à force de me concentrer sur l'idée d'anéantir la moindre miette de l'attirance que j'ai pu éprouver pour Milos, j'ai fini par envoyer le mauvais message à mon cerveau, parce qu'il a choisi de se concentrer sur une seule donnée.

Attirance, attirance, attirance…

Et comment lutter contre un tel court-circuit ?

On finit par s'installer en terrasse d'un petit restaurant avec quelques membres du groupe, pendant que d'autres optent pour une session shopping avant le repas.

– C'est fou de se dire qu'il y a encore quelques jours j'étais dans l'Ohio, et que maintenant je suis là, en train de manger du *mahi mahi* sous les palmiers ! s'extasie Joy en piochant dans son plat de poisson.

– Oui, moi aussi, je me dis que j'ai vraiment de la chance d'être ici, confirmé-je.

Et elle ne saura jamais à quel point.

– Quand la directrice parlait de se faire des « amis pour la vie », je pensais qu'elle en rajoutait un peu, mais en fait, ça fait à peine une semaine et j'ai déjà l'impression de connaître tout le monde depuis des années ! continue-t-elle.

– C'est clair, c'est un peu fou. D'ailleurs, ça se passe bien avec ta coloc ?

Question tout à fait innocente…

– J'avais un peu peur au début, comme j'ai toujours vécu seule après être partie de chez mes parents, mais en fait, c'est cool, Bethany est sympa. Même si elle parle un peu trop de garçons à mon goût ! ajoute-t-elle en riant.

– Ah oui ? réponds-je aussitôt.

Pour l'air faussement détaché, c'est raté…

J'essaie de rattraper le coup en faisant mine de me concentrer sur mon assiette, comme si la réponse ne m'intéressait finalement pas tant que ça.

– Ouais, apparemment, il y a un mec « trop beau » dans son cours de marketing. Enfin, elle me l'a montré l'autre jour à la cafet', et franchement, je ne vois pas ce qu'elle lui trouve…

OK, il est pas mal, mais le genre « torturé perdu dans ses pensées qui broie du noir et a l'air en permanence en colère », non merci !

Je sais qu'elle parle de n° 6 ; pourtant, le portrait qu'elle en fait ne colle pas tout à fait avec le Milos que je connais.

Que je « connais » ? Rien que ça...

Les quelques fois où je lui ai parlé, il n'était pas particulièrement joyeux, ça, c'est sûr, mais il n'avait pas l'air aussi... inquiétant que Joy le décrit.

– Et elle va tenter un truc avec lui, alors ?

Ton neutre, air nonchalant, ton neutre, air nonchalant...

– Aucune idée ! Je lui souhaite bonne chance, en tout cas ; il a l'air vraiment ailleurs, le mec...

Là encore, je me retiens de froncer les sourcils.

Quand il me fixait de son regard gris, il avait l'air... tout sauf ailleurs.

– Oui, c'est chiant, les gens comme ça, tenté-je sans conviction. Et puis, s'il veut tellement être autre part que sur ce bateau, personne ne le retient...

– Ah, tu vois de qui je parle, du coup ?

Dis donc, elle maîtrise le ton neutre mille fois mieux que moi...

Impossible de deviner si elle m'a cramée à dix mètres, ou si elle se pose sincèrement la question.

– De... Milos, non ?

C'est ça, fais semblant d'avoir oublié son prénom...

Un petit sourire se dessine sur les lèvres de la blonde, alors que je vérifie discrètement que personne autour ne nous écoute.

OK, elle m'a bien cramée...

– Fais pas cette tête, tu as le droit d'être intéressée aussi par « mister Williamson » !

Je fronce les sourcils en prenant un air surpris, tout en tentant de ne pas me demander comment Bethany a pu apprendre le nom de famille de Milos.

– Mais pas du tout ! Ce n'est pas mon style… Il est beaucoup trop…

Canon ?

– Te fatigue pas ! Ça m'est égal, à moi ! Après tout, continue Joy en brandissant sa fourchette, en amour comme à la guerre, tous les coups sont permis[1] !

Sa remarque me ramène brusquement sur terre et l'image de Gavin vient aussitôt se superposer à celle de Milos.

C'est bien ça, le problème…

1. *Les enfants qui mentent n'iront pas au paradis*, Nicolas Rey.

6

– Relaaaaax, on va pas louper le départ, il nous reste encore deux heures ! me crie Jena par-dessus la musique, alors que je commence à trépigner.

Aaron et elle ont réussi à me traîner dans la boîte la plus branchée de Honolulu avec une dizaine d'étudiants du *Moving Paradise*. Ça fait quinze minutes montre en main qu'on est arrivés, mais j'ai déjà envie de rentrer. Les lumières rouges qui dansent dans tous les sens, presque autant que les gens agglutinés les uns aux autres, me donnent un peu le tournis, et même si l'ambiance est très sympa et décontractée, je ne peux m'empêcher de me dire que ça serait encore plus sympa si j'étais blottie dans mon lit…

Ça n'a jamais été trop mon truc, de danser, et encore moins sur des musiques au rythme aussi… hot !

Je crois qu'avant que je n'ose bouger comme Jena, je vais avoir besoin d'un verre ou deux…

Je me dirige vers le grand bar qui occupe tout le côté gauche de la salle, et je me retrouve à siroter un mojito en regardant mes amis enflammer la piste. Quelques chansons se succèdent, et je ne sais pas si c'est l'alcool qui fait son effet ou si l'énergie de la salle est contagieuse, mais je me mets moi aussi à onduler légèrement, délaissant la fin de mon verre sur le comptoir.

Et quand Jena me fait signe du doigt de me joindre à elle, je m'exécute. D'abord timidement, puis sans aucune barrière. Sans m'arrêter.

J'oublie tout le reste, et je me contente de danser. C'est grisant. Je lève mes bras, nus pour la première fois depuis des mois, et laisse faire la musique, jusqu'à ce que mes pieds commencent à me brûler.

Et même là, je continue. Parce que pour une fois, je me sens belle, invincible.

Et que ça vaut bien quelques ampoules demain matin…

Emportée par l'euphorie, je mets quelques instants à réaliser que je connais les gens qui viennent de passer la porte.

Logan, Takumi, Wren, Peyton, deux filles que je connais seulement de vue, et… Milos.

Un peu derrière, un peu à part. Avec ses sourcils froncés et son air sombre, il détonne au milieu de la bonne humeur ambiante. Et tout à coup, je le vois, ce côté torturé que Joy a décelé en lui.

Puis ses yeux croisent les miens, et la lueur tourmentée qui les animait est remplacée par une petite flamme narquoise.

C'est vrai, après tout, pourquoi rester « torturé » quand on peut plutôt torturer quelqu'un d'autre ?

Je détourne les yeux, bien décidée à l'ignorer. Son regard me brûle la nuque alors que je me déhanche de plus belle, mais ça m'est égal.

Ou plutôt, ça me donne des ailes…

Même Jena semble surprise par un tel élan et m'encourage d'un « wouhouuuu » admiratif. Soudain, je vois ses pupilles se fixer sur un point derrière moi, juste avant que je ne sente une présence dans mon dos.

– Je n'arrive pas à savoir ce que je préfère… me susurre nº 6 à l'oreille.

Sa voix caressante, son souffle chaud, son torse presque collé à mon dos, tout en lui me provoque des frissons, et je prie pour qu'il ne le remarque pas.

Et pour qu'il se rapproche encore…

– Quand tu chantes pour moi, ou quand tu danses pour moi… termine-t-il dans un murmure.

Les frissons s'intensifient. Je ne sais pas si c'est la chaleur moite de la pièce, la barrière de corps tout autour de nous qui semble inciter les nôtres à se coller, la lumière tamisée ou encore la musique qui pulse autour de nous et en nous, mais il y a quelque chose de sensuel dans l'air qui me monte à la tête et endort ma vigilance.

Ma résistance…

– Et tu te rappelles ce que je t'ai dit la dernière fois que j'ai « chanté pour toi » ? Que je ne voulais plus que tu m'adresses la parole.

Zéro crédibilité…

Je n'ai aucune envie de l'envoyer balader à cet instant, et il le sait.

– On n'est pas obligés de parler…

Il vient se placer face à moi et m'offre sa main avec un air de défi. C'était déjà difficile de garder les idées claires quand il était dans mon dos, mais maintenant que mes yeux se noient dans les siens, c'est mission impossible. Ses prunelles grises sont pleines d'un désir qu'il ne cherche pas à dissimuler, et je me sens perdre pied. Mes yeux se posent sur son simple tee-shirt blanc, sur ses biceps, sur la peau nue de ses bras. Comment est-ce que quelques centimètres de peau peuvent me remuer à ce point ?

J'hésite quelques secondes supplémentaires, pendant lesquelles il ne bouge pas, lui non plus.

Il n'abaisse pas son bras, mais il ne vient pas pour autant chercher ma main. Il veut que moi, j'attrape la sienne.

Que je lui montre que j'en ai autant envie que lui.

Et c'est le cas…

Alors, sans plus réfléchir, je laisse mes doigts glisser contre sa paume. Il m'attire aussitôt à lui en souriant et on commence à danser.

Ce n'est pas un sourire de victoire railleur, c'est un sourire sincère – et je souris à mon tour. Mais quand sa main vient se placer au creux de mes reins et me rapproche un peu plus de lui, je déglutis. C'est le premier vrai contact entre nos deux corps et le mien réagit instantanément. Mon cœur s'emballe, mes joues s'embrasent, et j'ai tout à coup une conscience bien trop aiguë du moindre de mes mouvements. J'arrête presque instantanément de danser, me contentant de bouger maladroitement d'un pied sur l'autre.

Adieu, Billie endiablée et sentiment de sexitude…

– Laisse-toi aller, m'encourage-t-il dans un souffle.

Je sens son corps contre moi qui me guide, qui me transmet le rythme lent de la musique. Une impulsion que je ne m'explique pas me pousse à passer mes bras autour de son cou, à m'avancer encore un peu, au point que nos joues se touchent.

Est-ce parce que, après avoir goûté à l'extase de sa peau contre la mienne, je ne peux plus m'en passer ?

Ou est-ce parce que j'aurais été incapable de me lâcher davantage avec ses yeux gris posés sur moi ?

Dans tous les cas, je laisse la chanson m'envahir. Nos deux corps s'accordent, ses mains viennent presser mes hanches, mes seins se collent à son torse, et nous entamons une danse sensuelle qui me ferait rougir jusqu'aux oreilles si mon esprit n'était pas totalement off à l'instant présent. Sans réfléchir, je passe ma cuisse entre les siennes, et on commence à bouger collé-serré, dans une sorte de zouk improvisé et torride. Son bras glisse dans le creux de mon dos et m'enserre fermement alors que je commence à descendre légèrement, ondulant tout contre lui. Il suit mon mouvement, pliant un peu plus les genoux afin que nos deux bassins restent en contact, et j'ai l'impression que l'on ne danse plus : on s'enlace. Mon genou frôle régulièrement son entrejambe au gré de nos mouvements, et je ne peux que sentir son désir à travers le tissu de son jean.

Et lui, il doit sentir le mien à travers chaque parcelle de mon corps…

Qui bouillonne tellement que même dans mon débardeur tout fin, j'ai l'impression de me consumer sur place. Une chanson passe, puis deux, puis peut-être une dizaine, sans que l'on se décolle l'un de l'autre, sans que la tension retombe, sans que je réalise vraiment ce que je fais – ou plutôt sans que cela m'importe.

Je suis carrément en train de me *frotter* contre n° 6.

Oui parce que, à ce niveau de proximité, je ne sais pas si on peut appeler ça autrement…

Et je le fais sans honte, sans remise en question.

Parce que c'est trop bon…

On fusionne sur la piste, nos jambes s'entremêlent, ses doigts viennent caresser ma nuque, les miens s'enfouissent dans ses cheveux, et avant que je ne comprenne ce qui se passe, mes lèvres se retrouvent à quelques centimètres des siennes, ses pupilles acier me transperçant de nouveau. Ma lucidité tente d'émerger alors que je prends peu à peu conscience de ce qu'il va se passer si on continue comme ça. Nos bouches sont si près que je peux sentir son souffle sur mes lèvres, et Milos doit deviner mon trouble car il vient me chuchoter à l'oreille :

– Arrête de lutter, *bébé*.

Il prononce ce dernier mot avec malice, comme s'il savait que ça allait me faire vriller.

Que j'allais l'embrasser ou le gifler, céder ou m'insurger, mais que je ne resterais pas indifférente.

Sa bouche se retrouve de nouveau face à la mienne, et soudain, je sais laquelle des deux options mon corps a choisie.

Sans hésitation.

Il me faut à peine une seconde pour réduire la distance entre nous et me jeter sur ses lèvres.

Il lui en faut encore moins pour refermer ses bras autour de ma taille et me coller à lui.

Il m'embrasse avec une telle évidence qu'à cet instant, rien ne me semble plus naturel que sa langue qui vient trouver la mienne.

Et il me touche avec une telle urgence que plus rien ne m'importe, à part tenter d'apaiser le feu qui brûle entre mes jambes.

J'ai l'impression de ne plus avoir aucun contrôle, de ne pas pouvoir faire autrement que chercher ses lèvres encore et encore, que l'agripper, que le maintenir contre moi pour que cet instant ne s'arrête jamais, que le flot de sensations confuses continue de m'envahir.

Confuses, contradictoires… mais si délectables.

C'est comme si ses mains m'avaient déjà caressée des centaines de fois, comme si sa bouche m'avait déjà goûtée mille fois, comme si nos corps se reconnaissaient et savaient qu'ils étaient faits pour se mélanger. Mais c'est aussi totalement inédit, presque irréel.

C'est familier et nouveau à la fois, et ça dépasse tout ce que j'ai connu auparavant.

Toucher ma peau à travers le tissu ne semble plus suffire à Milos et il passe ses mains sous mon haut, sans se soucier le moins du monde des gens autour – comme s'il avait attendu ce moment trop longtemps pour qu'il lui soit arraché par la pudeur. Ses doigts remontent dans mon dos, m'électrisent à chaque caresse. Ses lèvres sont douces et exigeantes, attentives et pressantes, et je frémis quand ses dents viennent mordiller ma lèvre inférieure.

Le frisson de l'acceptation, de l'abandon…

Le frisson du désir insensé qui ne demande qu'à être assouvi, là, maintenant.

Même si mes derniers neurones encore opérationnels me soufflent que ce n'est peut-être ni le lieu ni le moment de…

Minute…

Un brusque éclair de panique m'arrache à lui et je sors fébrilement mon téléphone de ma poche arrière.

Je découvre aussitôt un message de Jena :

[On n'a pas voulu vous déranger,
oubliez pas de rentrer, vous aurez
tout le temps de vous jeter l'un
sur l'autre pendant les douze
jours en mer !]

Une seconde après, mes yeux se posent sur le « 02:17 » qu'affiche mon écran.

Non, non, non, non…

En un instant, je passe du baiser chaud bouillant à la douche froide, du sentiment de plénitude à l'angoisse totale.

On ne sera jamais rentrés à temps !

***

– Mais dépêche-toi un peu !

– Qu'est-ce que je suis en train de faire, à ton avis ?

Je lève les yeux au ciel alors que nº 6 avance tranquillement derrière moi pendant que je presse le pas vers la grande place où on aura sûrement plus de chance de trouver un taxi.

– Comment tu peux être aussi calme ? Si jamais on loupe le départ à cause de…

– À cause de toi, qui n'as pas su détacher tes lèvres des miennes ?

Je pousse un grognement furieux – contre lui, contre moi-même, contre toute cette situation.

– C'est sûr que toi tu t'en fous, qu'on remonte sur le paquebot ou pas, mais moi, il faut absolument que j'y retourne, OK ?

– Relax…

La dernière fois que Jena m'a dit « relax », je me suis un peu trop relaxée, et voilà où on en est…

– … ils vont gueuler un peu mais ils vont probablement nous attendre, continue Milos.

– C'est bien le « probablement » qui m'inquiète !

L'énervement me chauffe les joues, mais le reste de mon corps frissonne alors qu'un léger vent commence à souffler.

– Si je te prête ma veste, tu ne vas pas l'écrabouiller et la jeter dans le caniveau ?

Avant que je n'aie le temps de répliquer, un tissu chaud m'enveloppe les épaules. Je m'arrête un instant, me retourne légèrement, juste assez pour apercevoir ses yeux clairs rieurs, ses cheveux bruns dans lesquels j'ai passé mes doigts, ses bras musclés qui me serraient contre lui il y a quelques minutes à peine, son tee-shirt blanc que je tirais à moi sans penser à rien…

Sans même penser à Gavin, alors que j'aurais dû.

Je continue mon avancée, essayant d'oublier le parfum boisé qui m'enveloppe, et aperçois enfin une rangée de taxis stationnés à quelques mètres. Je m'engouffre aussitôt à l'avant de l'un des véhicules – histoire de ne pas me retrouver à côté de n° 6 – et claque la porte avec un peu trop d'entrain, sous l'œil mécontent du chauffeur.

Je lui donne le plus vite possible l'adresse où est mouillé le *Moving Paradise*, et s'ensuivent les vingt minutes les plus longues de ma vie. Je ne cesse de taper frénétiquement du pied et de pester en silence contre chaque feu rouge pendant que Milos et le chauffeur se lancent dans une discussion sur les meilleurs coins de Honolulu.

Quand, à deux heures quarante-cinq, l'heure du départ, le GPS indique qu'il nous reste encore dix minutes de route, je me retiens de fondre en larmes et prie tous les dieux pour que le paquebot ne soit pas parti sans nous.

Et quand on arrive enfin à destination, mon cœur manque d'exploser dans ma poitrine : il est encore là !

Avec deux membres du personnel qui semblent nous attendre à l'entrée, et qui n'ont pas l'air très contents…

Je paie en vitesse, tire Milos par le bras alors qu'il finit de raconter au chauffeur sa randonnée de ce matin, et on tape un sprint vers l'homme et la femme qui nous font signe de nous dépêcher. Une fois qu'on a badgé nos cartes étudiants et qu'on s'est – ou plutôt que je me suis – répandus en excuses auprès des deux membres de l'équipage, on arrive enfin dans notre couloir, à bout de souffle. On échange un regard, et contre toute attente, on éclate de rire.

Ça y est, la tension retombe et les nerfs lâchent !

– Ça valait le coup d'être un peu en retard, non ? me lance n° 6 quand on a plus ou moins retrouvé notre calme.

Je ne sais pas s'il parle de notre fou rire ou de notre baiser, mais même si sa remarque taquine devrait m'agacer, je me surprends à lui rendre son sourire complice.

Puis, nos regards s'accrochent, et nos airs rieurs s'évaporent alors qu'une étincelle de désir semble de nouveau crépiter entre nos deux corps.

– Bon, eh bien… commencé-je maladroitement en remuant mes clés dans ma main, ne sachant pas trop comment continuer cet échange.

C'était plus facile quand je lui criais dessus !

Milos semble comprendre que je cherche à couper court,

car il hausse les sourcils, l'air mi-moqueur, mi-dubitatif, comme s'il se demandait à quoi je joue.

Il s'avance vers moi, se rapprochant tellement que son souffle vient caresser mon visage, et pendant un quart de seconde durant lequel mon cœur loupe un battement, je crois qu'il va m'embrasser une seconde fois. Mais il reprend juste sa veste de mes épaules et passe lentement son pouce sur ma lèvre, avant de me lancer, toujours en souriant :

– Bonne nuit, bébé.

Puis il rentre dans sa chambre, me laissant, la gorge nouée, sur le pas de ma porte. Car je comprends très bien son petit manège, je sais exactement pourquoi il m'a refusé ce baiser que je lui aurais pourtant si facilement accordé.

Parce que j'ai d'abord hésité, parce que j'ai fait tinter mes foutues clés, parce que j'ai voulu piétiner le désir entre nous.

Alors que c'est comme sur la piste de danse : il veut que ce soit moi qui vienne à lui, sans retenue ; que ce soit moi qui m'offre à lui, sans limites.

Et pendant un instant, j'ai failli le faire…

7

– Attends, attends, pause… Tu veux dire qu'après avoir dansé aussi collé-serré, vous n'avez même pas fini dans son lit ! Mais vous aviez l'air prêts à vous sauter dessus quand on est partis ! s'indigne pratiquement Jena, assise en tailleur sur sa couette.

Elle dormait comme une souche quand je suis rentrée cette nuit, mais j'aurais dû me douter que je n'échapperais pas pour autant à l'interrogatoire matinal.

– Je n'en reviens pas que vous vous soyez juste embrassés ! continue-t-elle en secouant la tête.

« Juste ». Dans sa bouche, notre baiser semble si… dérisoire.

Alors que c'étaient les feux d'artifice, les papillons et toutes ces conneries à la fois.

– Moins fort ! l'exhorté-je en chuchotant. Tu te rends compte qu'il est à quelques mètres à peine et qu'on entend tout à travers ce mur ?

– Je m'en serais peut-être mieux rendu compte si vous

aviez été tous les deux de l'autre côté, si tu vois ce que je veux dire… réplique-t-elle en levant ses sourcils d'un air entendu, un grand sourire aux lèvres. Mais non, adieu les ragots ! Maintenant je vais devoir aller vérifier par moi-même ma théorie comme quoi c'est un méga bon coup… Eeeeh !

Je lui ai à peine balancé mon oreiller dessus qu'elle attrape déjà le sien, et qu'on part dans une bataille de coussins qui prend fin quand on a toutes les deux les cheveux électriques et qu'on est pliées de rire.

– C'est bon, c'est bon, je retire ce que j'ai dit, Madame la jalouse ! Mais je ne comprends pas pourquoi vous n'avez pas profité, insiste-t-elle en se recoiffant avec ses doigts, l'air sincèrement intrigué.

Parce que j'ai hésité… parce que j'ai un copain.

Je grimace à cette pensée. Gavin est tellement moins qu'un copain, tellement plus aussi. Tellement… autre chose.

Un prince charmant qui s'est transformé en bourreau.

Je pourrais lui répondre ça, pourtant ; la version simple, facile, édulcorée : « J'ai un copain. » Mais les mots ne sortent pas, pour la même raison qu'ils ne sont pas sortis depuis la dizaine de jours qu'on se connaît.

Je veux oublier qu'ils sont vrais.

Avoir un peu de répit. De liberté.

Un peu mais pas trop…

Parce que vu sa jalousie maladive, Gavin m'interrogera forcément sur les garçons qu'il y avait à bord, sur ceux à qui j'ai parlé, ceux avec qui j'ai été en groupe lors des sorties scolaires, ceux avec qui j'ai déjeuné… Et s'il soupçonne ne serait-ce qu'une seconde qu'il s'est passé quelque chose de plus avec l'un d'eux, il me le fera regretter.

Déjà qu'il me fera regretter d'être partie du jour au lendemain, de l'avoir prévenu que j'avais « besoin de prendre l'air » le matin même avec un misérable texto...

Et comme je mens très mal, mieux vaut être irréprochable. Pour pouvoir le regarder dans les yeux et lui dire sans rougir qu'il ne s'est rien passé pendant ces six mois.

Presque rien...

Ce baiser... comment je vais pouvoir l'oublier ?

Alors que je bafouille une explication à Jena sur le fait que c'était une erreur et que j'avais trop bu, je me dis que mon plus gros problème n'est peut-être pas Gavin, mais Milos, et tout ce qu'il me fait ressentir.

De l'agacement, mais aussi de l'exaltation, de l'excitation...

Tant de choses que je croyais éteintes pour toujours.

Et quand je devrai retourner auprès de Gavin, ça ne fera que compliquer la situation.

Car à force de trop éprouver ces sensations nouvelles, je pourrais y prendre goût... Et ça sera encore pire quand j'en serai privée.

Je sais déjà que le retour à la réalité après cette parenthèse de six mois sera difficile. Mais si, en plus, je deviens accro à une drogue qui me sera strictement interdite après... Comment est-ce que je pourrai le supporter ?

Alors je dois faire comme si ce que j'ai dit à Jena était vrai : je dois considérer ce rapprochement si érotique sur la piste de danse comme une erreur d'un soir, une folie passagère. Et ranger Milos Williamson dans un coin de ma tête, fermé à double tour.

***

– Tu sais que le thème de la soirée, c'est juste « soirée pyjama » et pas « soirée pyjama le plus kitsch possible » ? se moque Logan dans l'embrasure de la porte alors que Jena lui tire la langue.

– Ose dire qu'ils ne sont pas trop mignons ! réplique-t-elle en désignant les petits motifs de chiens sur sa chemise bleue, avant de se frayer un passage à l'intérieur de la chambre.

Comme la nôtre, elle est assez spacieuse, mais pas suffisamment pour que je ne repère pas Milos en un coup d'œil, assis par terre, dos à l'un des deux lits, une bière à la main et en pleine conversation avec Takumi, un étudiant japonais qui traîne souvent avec Logan et Wren.

Ça fait déjà quatre jours qu'on est de retour sur le paquebot, et quatre jours que j'ai réussi à ignorer n° 6, prenant soin de m'asseoir très loin de lui lors de notre troisième cours de communication interculturelle, le seul cours qu'on a en commun pour le moment.

Et j'espère jusqu'à la fin du semestre !

Il faut dire que ça n'a pas été si difficile de l'ignorer vu qu'il me le rendait bien… Il n'a pas fait une seule tentative pour engager la conversation ni pour s'installer à côté de moi en cours.

Non pas que je m'attendais à ce qu'il le fasse…

… *mais un peu quand même.*

Il s'est contenté de quelques petits regards taquins de loin, ce qui a eu le don de me rendre dingue. Dingue d'énervement, et dingue d'envie…

J'étais persuadée qu'il ne viendrait pas ce soir ; pourtant, il semble tout à coup être devenu Monsieur Sociable…

Cette fois, il a plus ou moins joué le jeu et suivi le *dress code*. Avec son jogging gris et son tee-shirt blanc élimé, il peut presque donner l'impression d'être en tenue du dimanche.

Même si, pour ce qui est du pyjama, je l'imagine plutôt dormir un peu moins vêtu…

Je sens mes joues s'empourprer quand Peyton, une fille du groupe, me tire de ma rêverie :

– D'habitude je dors à poil, mais bon, je me suis dit que ça en aurait fait défaillir plus d'un !

À la place de la tenue d'Ève, Peyton a opté pour un petit short rouge, un débardeur noir et… des chaussons Tic et Tac.

Au moins, je me sens moins seule avec mon pyjama Aladin ! Je ne sais pas pourquoi, mais l'idée que Milos me voie en tee-shirt trop grand à l'effigie du génie de la lampe ne me réjouit pas outre mesure…

D'un côté – le côté détraqué de mon cerveau que je n'arrive décidément pas à dompter –, je brûle d'envie qu'il me regarde, qu'il ne regarde *que moi*, et de l'autre… je n'ai aucune envie qu'il me voie aussi peu à mon avantage !

Au moment où je commence à refermer mon gilet, Milos se retourne, et son regard s'attarde sur mon visage, avant de venir se poser sur mes seins – ou plutôt, sur la tête bleue qui s'y trouve.

Super…

Un sourire étire ses lèvres, et je détourne les yeux, faisant mine de m'intéresser à la décoration. Joy et Valentina, la coloc d'Amandine, n'ont pas fait les choses à moitié pour cette soirée d'anniversaire surprise : il y a des guirlandes de fleurs achetées à Hawaï, une banderole « Happy Birthday » et plein de ballons multicolores. Et comme Amandine leur a confié qu'elle passait toujours son anniversaire en pyjama avec sa famille, elles ont décidé de recréer au mieux cette ambiance…

– Vite, Bethany vient de m'écrire que la séance de ciné est finie et qu'elles sont en train de rentrer ! s'extasie Valentina en posant les provisions qu'on a apportées sur le buffet improvisé entre les deux lits.

Et vu tout l'alcool et les chips qu'il y a déjà, on dirait bien qu'on a dévalisé le petit supermarché du Moving Paradise rien que pour cette soirée à thème…

Elle fait signe à Aaron de se dépêcher d'entrer, et nous incite à chuchoter à grand renfort de gestes frénétiques.

Après quelques minutes de silence entrecoupé de petits rires, la porte s'ouvre enfin sur Amandine, et un tonnerre de « Joyeux anniversaire ! » emplit la pièce. La jolie rousse lâche un cri de surprise, avant de cacher son visage entre ses mains et de laisser couler quelques larmes entre deux sourires. Elle finit par se tourner vers Bethany d'un air inquisiteur.

Bethany, a.k.a la coloc de Joy, a.k.a la bombe aux cheveux roses apparemment intéressée par Milos…

Avec Amandine, c'est la seule qui n'est pas en pyjama, et je ne peux m'empêcher d'avoir encore plus envie de cacher le mien en découvrant sa robe noire classe et sexy.

– C'est pour ça que tu as soudain eu une folle envie d'aller voir *Fight Club* alors que tu m'avais dit que tu détestais Brad Pitt ?

Bethany lève innocemment ses mains comme si elle ne voyait pas de quoi son amie voulait parler.

– Allez, c'est le moment du cadeau, avant qu'on soit trop saouls pour y penser ! plaisante Joy en attrapant un sac près du meuble télé. On s'est tous cotisés !

La joie d'Amandine est communicative, et je souris jusqu'aux oreilles en la voyant découvrir le cadeau qu'on lui a acheté dans la petite boutique de souvenirs du paquebot : un pull à l'effigie du *Moving Paradise*.

– Comme ça, même après ce semestre, tu penseras à nous dès qu'il fera froid ! ajoute Valentina.

On s'est tous rapprochés si vite depuis notre départ de San Diego que j'ai l'impression d'être à l'une de ces soirées qu'on organisait avec Kat, où on se sentait tellement à notre aise, entourées de nos meilleurs amis.

Bien sûr, ici, certains ressemblent plus à des « meilleurs amis » que d'autres…

Je jette un regard furtif à Milos, désormais debout près d'Aaron, avant de reporter mon attention sur Amandine – pas assez vite cependant pour ne pas voir n° 6 lever un sourcil moqueur, signe qu'il m'a très clairement repérée.

Amandine nous enlace tous un à un jusqu'à ce que Logan vienne interrompre ce moment touchant à grands coups de « Bon, c'est pas tout ça, mais quand est-ce qu'on boit ? »

Finalement, de plus en plus de gens continuent à arriver, et quand Joy annonce que si on veut continuer à respirer, il va falloir qu'on sépare la soirée en deux et que certains migrent dans sa chambre, un peu plus loin dans le couloir, je saute sur l'occasion.

Si je peux avoir un peu plus d'espace et en prime ne pas devoir faire comme si je ne voyais pas les yeux rieurs de n° 6 braqués sur moi, je dis banco…

***

Après avoir reçu trois textos de Jena me disant de ramener mes fesses dans la chambre de Valentina et Amandine, parce qu'ils s'apprêtent à faire un jeu d'alcool « marrant et hot, hot, hot », je finis par capituler et m'excuser auprès de Wren et Peyton, avec qui j'étais en pleine discussion sur notre cours d'océanographie.

J'arrive au milieu du couloir désert lorsque je vois Milos sortir de la « chambre d'anniversaire », le nez sur son téléphone, l'air soucieux. Je pile sur place, cherche une issue, n'importe quoi, pendant qu'il ne m'a pas encore vue. Peut-être que si je fais demi-tour et que…

… trop tard.

Le sourire en coin est de retour, et Milos s'approche de moi, rangeant son portable dans la poche de son jogging. Je maudis mon cœur de battre aussi vite, et mes yeux de ne pas pouvoir s'empêcher de détailler n° 6, de ne pas résister à absorber le moindre détail de son être. Est-ce que son visage a vraiment toujours été aussi attirant ? Son nez aussi délicieusement courbé, sa bouche aussi pleine, ses yeux aussi magnétiques ?

Je fais une fixette, il faut vraiment que j'arrête…

– Tu m'évites, bébé ?

Son petit air poli me laisse deviner qu'il n'a pas de doute sur la réponse, et que ça l'amuse d'avance de voir si je vais chercher à nier.

Moi, ça ne m'amuse pas du tout : ça me met au supplice…

Si j'avoue que je l'évite, j'avoue aussi qu'il me trouble, qu'il me torture, qu'il hante mes pensées quand tout ce que j'essaie de faire, c'est de le sortir de ma tête.

Si je lui assure que je ne l'évite pas, et que j'arrête effectivement de l'éviter pour prouver ma bonne foi et ma désinvolture, ça va être encore plus difficile de tirer un trait sur mon fichu béguin… Alors je choisis de botter en touche, et essayant de paraître assurée, je lui rends son sourire de faux-cul :

– Et pourquoi je t'éviterais ?

– Bonne question, lâche-t-il en faisant mine de réfléchir sérieusement. Surtout que la dernière fois qu'on s'est retrouvés ensemble, tu avais l'air d'apprécier. J'aurais plutôt cru que tu te serais jetée sur moi à la première occasion et que tu m'aurais arraché mes vêtements… Moi en tout cas, je ne serais pas contre t'arracher cet horrible pyjama.

D'un signe du menton, il désigne mon tee-shirt, désormais dissimulé sous mon gilet, et je reste bouche bée en imprimant ce qu'il vient de me dire.

Ne rougis pas, ne rougis pas…

– C'est génial, *Aladdin*, plusieurs des meilleures chansons Disney sont dedans ! me justifié-je, bien contente d'orienter la conversation sur un thème plus anodin.

Parce que l'imaginer m'arracher mon tee-shirt est beaucoup trop déroutant pour que je puisse me permettre de le faire une seconde de plus.

Milos fait encore quelques pas vers moi, lentement, laissant à mon cœur tout le temps de s'emballer. Ses yeux gris me transpercent, sa bouche m'appelle. Ses cheveux sont plus en bataille que jamais, et quand il passe une main dans ses mèches brunes en m'offrant un petit sourire, je me force à garder la bouche fermée.

Et à ne pas baver…

Il tend une main vers moi et, alors que je le vois déjà m'attirer à lui et me presser contre son torse chaud, il se contente d'ouvrir la fermeture Éclair de mon gilet.

Mais sur le coup, ça me semble encore plus érotique…

– Dans ce cas-là, pourquoi tu le caches, montre-le au monde entier…

Ses doigts ne me touchent même pas ; pourtant mon corps est en feu comme si n° 6 venait de laisser son empreinte partout sur moi.

Je reste muette, incapable de remettre mon cerveau en route pour qu'il trouve une brillante repartie.

– Alors, si tu pouvais demander trois vœux au génie, ça serait quoi ? continue-t-il en me regardant droit dans les yeux, la main toujours sur ma fermeture Éclair. À part « avoir un pyjama un peu moins moche » ?

Il lève ses sourcils dans un mouvement suggestif en se rapprochant encore, et je recouvre enfin mes esprits.

Qu'est-ce qu'il croit, que je vais répondre « coucher avec lui » ?

Je sais que mon cerveau déraille en ce moment, mais je n'irai jamais jusque-là !

– T'as l'air d'avoir déjà une réponse en tête, et je crois que tu te flattes un peu trop, répliqué-je en chassant sa main.

– Vraiment ? Tu n'as pas envie de recommencer, alors ? Et même d'aller un peu plus loin ?

Son regard est railleur et sérieux à la fois, comme s'il connaissait pertinemment la réponse mais qu'il voulait me l'entendre dire.

Comme en boîte, quand il voulait que ce soit *moi* qui aille vers lui. Comme dans le couloir après, quand j'ai bien failli céder…

– Si c'est le cas, tu n'as pas besoin d'un vœu pour ça, tu sais, ajoute-t-il. Tu peux juste me demander.

– Pourquoi tu tiens tellement à ce que je te dise que tu m'attires ? m'agacé-je. C'est pour flatter ton petit ego, c'est ça ?

– En partie, oui, admet-il avec un sourire malicieux. Mais aussi parce que si tu me l'avoues à moi, tu te l'avoueras aussi à toi-même, et tu pourras arrêter de prétendre que je n'existe pas et que tu n'as pas envie de moi. Et qui sait, ça rendra peut-être ce voyage un peu plus intéressant ?

Mon cœur s'emballe de nouveau, comme s'il était tout à fait d'accord avec cette hypothèse, mais au même moment, une porte s'ouvre brusquement dans le couloir et je recule aussitôt d'un pas. J'ai l'impression d'être prise en faute, en flagrant délit de… craquage complet.

Comment appeler autrement le tsunami d'émotions qui me fait faire n'importe quoi ?

Milos lâche ma fermeture Éclair, mais il ne semble pas du tout gêné par la situation.

– Ah, Williamson, tu es là ! s'exclame Bethany à l'intention de Milos, en courant vers lui et en l'attrapant par le bras. Vite, on a déjà commencé et il me manque un binôme !

J'essaie de détacher mon regard de sa main sur le biceps de n° 6, de tout son corps qui s'incline vers le sien.

– Tu viens, Billie ? On va faire le jeu des siamois ! enchaîne-t-elle tout en tirant Milos vers la chambre.

– Euh, merci, mais je devais rappeler mes parents et j'ai totalement oublié, alors je crois que je vais le faire maintenant avant d'oublier encore… déballé-je à toute allure en rigolant nerveusement.

– Tu vas leur téléphoner à une heure du matin ? s'amuse-t-elle, l'air légèrement sceptique.

– Eh bien, oui, décalage horaire ! lâché-je sans même savoir quelle heure il peut être dans l'Illinois.

– Ah oui, OK, à une autre fois, alors ! capitule-t-elle, un pied déjà dans la chambre d'Amandine.

Milos me lance un clin d'œil tout en refermant la porte derrière lui et je remonte dans ma chambre avant que quelqu'un d'autre ne tente de m'entraîner à la soirée.

Aucune envie d'avoir le binôme « n° 6 et Bethany » sous le nez tout le long de leur jeu d'alcool...

Je m'enfonce sous ma couette, envoie un texto à Jena pour lui dire que j'ai préféré rentrer, et tape « jeu des siamois » sur Google.

OK, Jena n'a pas menti en disant que ça pouvait être « hot, hot, hot »...

En gros, les joueurs doivent écrire le nom d'une partie du corps sur un papier, puis piocher dans le tas pour découvrir par quel endroit ils vont devoir rester « collés » à leur binôme. Si les joueurs se séparent, ils boivent.

Aussitôt, des images de Bethany et Milos reliés par toutes les parties du corps possibles et imaginables m'assaillent, et je finis par enfoncer mes écouteurs dans mes oreilles et mettre la musique à fond pour essayer de ne plus penser à rien.

Et surtout pas à lui.

8

– C'est un des premiers *James Bond*, avec un homme de main qui jette son chapeau tranchant pour essayer de décapiter Sean Connery !

– *Goldfinger* !

– Oui !

Aaron se saisit aussitôt de la prochaine carte du paquet et la lit rapidement. Les trois professeurs en pleine discussion dans les fauteuils de l'autre côté de la pièce s'interrompent un moment pour nous écouter, amusés. Si les premiers jours, ça nous a fait bizarre de côtoyer au quotidien nos profs sur le campus, de les croiser au supermarché et de les voir trinquer à côté de nous au bar, on s'est bien vite habitués. Les choses sont moins cloisonnées que sur un campus classique, mais c'est aussi ça qui fait le charme de ce programme, et désormais, on trouve tout à fait normal de faire la fête à quelques mètres d'eux le vendredi soir et de les retrouver en cours le samedi matin.

– C'est une série qui se passe dans des vaisseaux spatiaux…

– *Firefly* ! propose Amandine en se triturant nerveusement les mains.

– C'est dans le même genre ! Une série avec des Cylons qui…

– C'est quoi, des Cylons ? le coupe Joy.

– OK, bon, changement de tactique…

Pendant qu'Aaron se triture le cerveau pour tenter de faire deviner l'œuvre écrite sur la carte à son équipe, je m'installe un peu plus confortablement sur le canapé en reprenant une gorgée de mojito.

Et je me retiens de déconcentrer l'équipe adverse en fanfaronnant « moi, j'ai trouvéééé »…

Mes deux coéquipières, elles, ont pratiquement le nez collé au sablier pour s'assurer qu'Amandine, Joy et Aaron ne grappillent pas une seule seconde de temps supplémentaire.

– Alors, le premier mot est similaire au titre des célèbres films de George Lucas, et le second…

– Stop ! crient en chœur Jena et Valentina au moment où le dernier grain tombe dans le vase inférieur. À notre tour !

Jena s'empare des cartes restantes et se repositionne face à nous.

Instinctivement, Valentina et moi nous redressons afin d'être totalement attentives.

La première manche est presque finie et on est bien parties pour la remporter, il ne faut pas qu'on se loupe !

Alors que Jena regarde la première carte, je sens mon téléphone vibrer dans mon jean, et j'essaie de me concentrer sur ses paroles mais mes pensées s'égarent.

Si j'ai passé la semaine à douter, à me sermonner et à tenter de mettre en cage mes émotions qui faisaient le yo-yo, à l'instant, c'est clair : peu importe à quel point j'essaie, je ne peux pas ranger mon voisin de chambre dans un coin de ma tête, je ne peux pas tirer un trait sur ce que j'ai ressenti avec lui.

Parce que là, tout de suite, la seule chose que j'espère, c'est que le texto que j'ai reçu vienne de Milos. Et la seule chose dont j'ai envie, c'est d'y répondre aussitôt. C'est comme si un déclic se produisait soudain dans mon esprit, à l'instant où je passe ma main sur mon téléphone à travers la poche de mon jean : je ne peux plus faire semblant, pas quand l'arrivée d'un simple texto me déconnecte à ce point de tout le reste.

Depuis la soirée d'anniversaire d'Amandine, j'ai l'impression de tourner en rond : chaque fois que j'arrive à accepter l'idée de virer n° 6 de mon esprit, je le croise au détour d'un couloir ou près de la piscine, mon cœur arrête instantanément de lutter, et tout le travail sur moi-même est à recommencer.

Si son sourire n'était pas si ravageur, aussi…

Il ne m'a plus adressé la parole, mais ce sourire… C'est comme s'il me disait « tu vas craquer, et tu le sais ».

Il m'a demandé d'admettre à moi-même qu'il me plaît, pourtant j'ai l'impression que c'est déjà fait depuis longtemps. Je l'ai tellement admis que j'ai été obligée de me mettre des barrières chaque jour pour ne pas aller toquer à sa porte et retrouver la sensation de ses lèvres brûlantes contre les miennes.

Mais ces barrières cèdent si facilement que je crois qu'elles n'ont jamais été très solides…

Ou alors, ce que je ressens est si puissant qu'elles auraient été détruites même si elles avaient été en acier.

Car oui, « je vais craquer, et je le sais ».

Je n'ai plus la force de prétendre le contraire ni la motivation de lutter en vain.

Et je vais le lui faire savoir.

J'attrape frénétiquement mon téléphone alors que notre tour se finit – sans que j'aie beaucoup contribué à nos quelques points gagnés –, et le déverrouille, le cœur battant mais le sourire aux lèvres.

[Tu vas regretter d'être partie,
crois-moi.]

Je relis deux fois, trois fois, quatre fois le message de Gavin avant de réellement assimiler les mots que je lis.

Avant de réaliser qu'il m'a enfin répondu…

Il a attendu deux semaines pour le faire, et je sais que c'est pour une bonne raison. Il se doutait bien que j'allais angoisser, guetter fébrilement sa réponse, m'imaginer les pires scénarios. Et comme il ne pouvait pas me faire du mal directement, il a décidé de me faire peur par son simple silence…

Ou alors, il était tellement furieux qu'il a dû attendre de se calmer pour ne pas écrire noir sur blanc des mots qui pourraient l'incriminer…

Là, si quelqu'un venait à lire ce message, il pourrait juste se dire que Gavin est un mec amer. Mais moi, je sais très bien ce que ce texto veut dire et la menace qui s'y cache : *il* va me faire regretter d'être partie, en me battant comme jamais.

La tête me tourne soudain, je me retiens à l'accoudoir tandis que la réalité me rattrape et me frappe de plein fouet. Ma gorge se serre, ma respiration s'accélère, je sens la crise de panique monter. J'ai besoin de sortir d'ici, de prendre l'air.

Je me lève brusquement, prétexte avoir bu trop de mojitos, décline la proposition de Jena de m'accompagner, réussis à plaisanter sur le fait que je préfère qu'elle et Valentina continuent d'atomiser les autres et remportent la partie, et fonce sur le pont. À l'air libre, là où j'aurai peut-être un peu moins l'impression qu'on écrase mes poumons avec une enclume.

Je m'accoude au bastingage et laisse la brise marine m'envelopper et rafraîchir mes joues. Nous n'arrivons au Japon qu'après-demain matin ; les lumières de Kobe ne nous éclairent pas encore, mais même cette nuit noire que je trouve d'habitude si apaisante ne parvient pas à me réconforter.

Je le savais, pourtant. Que c'était du suicide de partir. Que ça ne ferait qu'aggraver les choses, que ça serait mille fois pire après.

Mais sur le coup, je ne me souciais que du présent.

Et maintenant, j'aurais bien besoin d'un shot pour ne plus penser à l'avenir.

Ou de quinze…

Si la vue de la mer ne me calme pas, peut-être que de la tequila le fera.

Comme je n'ai pas la force de retourner affronter les regards inquisiteurs de mes amis, je me dirige vers le bar de l'autre côté du pont Jakarta, celui où on va très rarement parce qu'il est souvent plein.

Mais on est la veille d'une escale et il est minuit passé, donc pour le coup je devrais pouvoir me noyer dans l'alcool en paix…

Je débarque dans la petite salle presque vide et me rue vers le barman qui est de dos, en train d'essuyer des verres.

– Bonsoir, je vais prendre un…

Il se retourne et je laisse ma phrase en suspens.

Mais qu'est-ce qu'il fait là ?

Je reste bouche bée, mon cerveau tentant d'assembler les pièces du puzzle. Je savais qu'il y avait des aménagements pour permettre à un certain nombre d'étudiants de travailler sur le paquebot afin d'avoir des frais de scolarité moins importants, mais je n'aurais jamais pensé que Milos en bénéficiait.

Pourtant, sa chemise blanche et son nœud papillon noir, l'uniforme des employés de bar, ne laissent aucun doute : il travaille bien ici.

Et semble particulièrement amusé de me voir, si j'en crois son regard pétillant…

Donc non seulement il est là alors qu'il n'en a aucune envie, mais en plus, il a pris un petit boulot pour réussir à se payer le voyage ?

Il est maso ou quoi ?

Moi aussi, j'ai cassé ma tirelire, vidé mes économies, dépensé chaque centime gagné pendant mes jobs d'été et même emprunté de l'argent à mes parents pour pouvoir être ici. Mais c'était mon rêve de partir à l'étranger, et ça s'est carrément transformé en nécessité.

Alors que lui…

Je m'étais imaginé qu'il était si riche qu'il se fichait de jeter l'argent par les fenêtres, et ça m'énervait. Maintenant que je sais que c'est faux… ça me dépasse.

Ce mec est incompréhensible…

– En quoi est-ce que je peux t'être utile ?

De nouveau ce petit sourire ironique. Sauf que cette fois, je ne suis pas d'humeur à entrer dans son jeu. Je suis juste d'humeur à me saouler.

– Je vais prendre trois shots de tequila, merci.

Mon « merci » un peu sec indique clairement que je n'ai aucune envie qu'il fasse une réflexion sur ma commande, et il se garde de le faire, ce que j'apprécie. Il aligne les shooters sur le bar et les remplit à ras bord.

– Voilà.

Je le paie, m'installe sur le tabouret devant moi et vide le premier shot d'une traite.

La vache, ça brûle…

Milos a arrêté de nettoyer les verres, il se contente de me fixer quand j'attrape le deuxième shooter. Je soutiens son regard, le mettant presque au défi de me juger.

– Ça va, Billie ?

Pour la première fois depuis notre premier cours en commun, il m'appelle par mon prénom. Et pour la première fois, son ton est sérieux, dénué de moquerie.

Dénué de pitié, aussi. Son visage ne laisse rien paraître, pas de fausse sollicitude ou de compassion dégoulinante.

Pourtant, son regard est attentif, concentré, et il semble réellement attendre ma réponse.

C'est une simple question… mais c'est déjà bien trop.

Ce soir, je veux juste ne plus rien ressentir. Effacer la peur, l'appréhension. Effacer Gavin, tout le mal qu'il a pu me faire et tout le mal qu'il me fera.

Et je ne peux pas faire ça en disant à Milos comment je vais. Alors, le deuxième shooter toujours en main, je me contente de pousser le troisième vers lui.

– Tu veux en boire un avec moi ?

À l'instant où je lui propose ça, je me dis qu'il n'a probablement pas le droit de consommer d'alcool sur ses heures de travail, qu'il va sûrement s'amuser de ma proposition, me demander si je veux le faire boire pour abuser de lui ensuite, et je m'apprête à lui dire de laisser tomber quand il se saisit du shooter.

– À la tienne, souffle-t-il.

Nos verres s'entrechoquent et la tequila disparaît aussi vite. Milos grimace à peine tandis que je tire la langue tellement ça arrache, ce qui le fait sourire.

On a juste partagé quelques centilitres de tequila ; pourtant, j'ai l'impression qu'on a partagé bien plus. Peut-être parce que j'ai le sentiment qu'il n'avait pas spécialement envie de ce verre, mais qu'il l'a accepté pour m'accompagner, pour ne pas me laisser boire seule. Pour me montrer que même s'il ne peut pas me réconforter, il peut au moins être là, avec moi.

J'essaie de lui rendre son sourire et me décide à briser le silence :

– Alors, pourquoi tu as choisi ce travail plutôt qu'un autre ?

Sur le paquebot, il y a plein de jobs que les étudiants boursiers peuvent faire, de baby-sitter pour les enfants des membres de l'équipage à assistant des professeurs, en passant par cuisinier…

– Parce que j'aime quand de jolies filles me paient des verres, répond-il en désignant son shooter vide du menton.

Il me fait un clin d'œil, et cette provocation qui m'aurait agacée il y a quelques minutes me fait juste pousser un soupir amusé. Mais alors que je m'attends à ne pas avoir de réponse sérieuse, il reprend :

– En vrai, je me suis dit que ça serait bien de savoir ce que ça fait de travailler dans un bar, vu que je veux en ouvrir un plus tard. Avec ma sœur, Harper.

Je sens qu'il hésite sur ces derniers mots, comme s'il se confiait trop. C'est vrai que ça me fait bizarre, qu'il me parle de lui – ça m'intimide un peu.

– Ah oui ? tenté-je maladroitement pour le pousser à développer.

– Ouais. C'est notre rêve depuis qu'on est gosses. Depuis qu'on s'amusait à se faire des cocktails dégueu avec tout ce qui nous passait sous la main. Et on a fini par se dire que, quitte à bosser dans un bar, autant que ça soit dans le nôtre ! Il faut juste que je finisse ma dernière année d'étude, et après, je me lance. Et elle me rejoindra.

Il n'a jamais aligné autant de phrases en ma présence, et je ne sais pas comment réagir. Pour une fois, on parle vraiment, sans se vanner, sans se rendre fous de rage ou de désir. C'est différent, et je crois que j'aime bien ça. Comme si on laissait tomber les masques, qu'on abandonnait le jeu.

Aussi agréable soit-il…

– C'est ta petite sœur ?

– Oui, elle entame sa dernière année de lycée.

– Ah, pas toujours les années les plus faciles… Ça va, elle s'en sort ?

Ses pupilles grises se noircissent presque imperceptiblement, et il secoue vaguement la tête, si bien que je ne sais pas si je dois prendre ça pour un « oui » ou pour un « non ».

– Bon, je vais aller encaisser les derniers clients.

OK…

Milos se dégage soudain du comptoir et se dirige vers deux étudiants installés un peu plus loin.

Visiblement, il n'est pas fan du concept de « se parler sans se vanner »…

Je cherche en vain à croiser son regard, puis prends une grande inspiration avant de me lever et de sortir du bar.

La parenthèse est terminée, et tout me revient à la figure alors que je me retrouve de nouveau seule avec mes démons.

9

– Mais c'est pas possible ! T'as fourré un aimant dans tes boules et dans les quatre coins du billard ou quoi ? s'agace Jena alors que je gagne deux parties de suite.

Au même moment, Takumi et Logan passent la porte du QG, nous font un signe de la main et vont s'installer quelques mètres plus loin sur le canapé, avec deux garçons de mon cours d'anglais appliqué. La petite salle est presque blindée : on se croirait un samedi soir au Shadows, l'un des bars les plus branchés de Chicago.

Mais sur le *Moving Paradise*, on se croirait *toujours* un samedi soir, qu'on soit un mardi après-midi ou un dimanche aux aurores. Il y a presque toujours des gens partout, en train de faire la fête ou juste de bavarder, peu importe l'heure.

– C'est le talent, rien que le talent, répliqué-je avec un petit sourire.

Bon, ce n'était peut-être pas une si mauvaise idée de laisser Jena me détourner de ma session révision, finalement…

C'est vrai que ça me change davantage les idées que la lexicologie… J'ai passé la matinée à tenter de me distraire à coup de « distribution équivalente » et de « distribution complémentaire », mais c'était peine perdue. Mon esprit oscillait sans cesse entre Milos et Gavin, Milos et Gavin, Milos et Gavin… sans parvenir à trouver de solution.

– Tu sais qui est super fort au billard, apparemment ? Milos.

Jena appuie tellement sur le dernier mot que, même si je le voulais, je ne pourrais pas passer à côté de son sous-entendu. Je lui retourne une petite moue désabusée, l'air de dire « je sais très bien ce que tu essaies de faire ». Depuis que j'ai eu le malheur d'insister un peu trop pour savoir comment s'étaient terminés la soirée pyjama et le jeu des siamois, elle a pris ça comme une invitation à tout faire pour tenter de me caser avec notre voisin de palier. Je crois que mon explication maladroite sur le fait que notre baiser en boîte était une erreur ne l'a pas totalement convaincue.

Il faut dire que mon air réjoui quand elle m'a confirmé qu'il ne s'était rien passé entre Bethany et Milos m'a probablement trahie…

Du coup, depuis, elle se sent investie d'une mission : nous donner de nouveau l'occasion de passer du temps tous les deux. Elle a déjà tenté de me traîner à une soirée où il était censé être hier soir, mais pour le coup, je n'ai pas eu trop de mal à la convaincre que je n'étais vraiment pas d'humeur : la tête de trois mètres de long que je tirais en rentrant parlait d'elle-même.

Et puis, je n'ai pas osé lui dire que je venais déjà de passer une bonne partie de la soirée avec Milos. J'aurais eu du mal à lui expliquer pourquoi je m'étais retrouvée à aller m'enfiler de la tequila à ce bar quand je venais de leur prétexter que j'avais bu trop de mojitos…

– Sûrement pas plus fort que moi, rétorqué-je en balayant d'une main mes cheveux, façon star de cinéma.

– Oooh, ça sent le challenge !

Logan, qui s'était rapproché pour tenter de nous réquisitionner le billard ou pour aller se chercher un verre au bar derrière nous, a manifestement tout entendu.

– Pas du tout, je plaisantais, lui assuré-je un peu trop vite, alors qu'il est déjà en train de dégainer son portable.

Aucune envie qu'il propose à Milos de…

– Je propose à Milos de venir ! lance aussitôt Logan en pianotant sur son écran. On décide de l'enjeu du pari en attendant qu'il arrive ? On fait filles contre gars ?

– On peut juste vous laisser le billard, si vous voulez, on joue déjà depuis quatorze heures, donc…

– Filles contre gars, c'est parfait ! me contre Jena avec un sourire, manifestement ravie de pouvoir compter sur Logan pour l'aider à mener à bien sa mission.

– Et pour l'enjeu… réfléchit Logan à voix haute.

– Si vous perdez, vous devez réussir à nous faire inviter à une soirée sur le pont Santa Fe !

Tandis que Logan acquiesce tout en cogitant sur ce qu'il compte nous extorquer en cas de défaite, Jena se tourne vers moi et m'explique, tout excitée :

– Joy m'a dit que Milos travaillait dans l'un des bars du paquebot. Du coup, c'est sûr qu'il a des contacts parmi les membres de l'équipage ! Imagine, un petit verre en compagnie du capitaine, ça serait la classe, non ?

C'est clair que ça serait une occasion qu'on n'aura pas deux fois… Bon, ça serait aussi une soirée de plus en compagnie de Milos, mais de toute façon, je crois qu'il va bien falloir que je me résigne à l'idée qu'on va continuer à se croiser régulièrement. Il faut juste que j'arrive à cohabiter avec lui comme avec n'importe quel autre étudiant de ce programme : de manière cordiale et *platonique*.

– Vous emballez pas trop, non plus… Va falloir le gagner, ce petit verre ! réplique Logan en faisant tourner la boule noire entre ses doigts. Ah cool, t'es là !

On se retourne toutes les deux pour découvrir Milos, en jean et sweat gris, les cheveux légèrement en bataille et le regard rieur. Je me force à garder un air parfaitement neutre et à ne pas laisser paraître le trouble qui m'emplit malgré moi à la simple vue de ses yeux clairs.

– Je n'allais pas louper une occasion de montrer ma supériorité à ce jeu, plaisante n° 6 en me regardant droit dans les yeux.

Tiens, il a l'air de meilleure humeur qu'hier soir… Ça en fait au moins un de nous deux.

Je détourne le regard en me raclant la gorge. Ce n'est pas en me perdant dans le gris de ses yeux que je vais réussir à tenir ma résolution.

Et il faut absolument que je la tienne.

Si je ne peux pas le virer de mon quotidien, il faut au moins que je le vire de ma tête !

– Bon, on joue ? finis-je par proposer.

– Dès qu'on aura décidé ce qu'on va obtenir quand on aura gagné, oui, avec plaisir ! ironise Logan.

Jena lève les yeux au ciel et commence à installer les boules dans le triangle.

– Si jamais, par le plus graaand des miracles, elles gagnent, elles s'incrustent à la prochaine soirée sur Santa Fe, ça te va ? demande Logan à son ami.

Celui-ci se contente de hocher la tête, les yeux toujours rivés sur moi, et j'ignore les frissons qui me parcourent de la tête aux pieds.

– Et si nous, on gagne, vous faites la queue pour nous à Java tous les jours où on a notre cours de management situationnel. Il finit à treize heures trente et le temps qu'on arrive, c'est toujours blindé... se justifie Logan devant nos airs dubitatifs. C'est OK pour tout le monde ?

– Pari tenu, lâche Milos en nous tendant la main d'un air taquin.

Il est obligé de toujours chercher le contact physique ?

– Tu pourrais déjà commencer par tenir le premier pari que tu as perdu... grommelé-je en laissant ma main le long de mon corps.

Oui, je sais, c'est un peu l'hôpital qui se fout de la charité : lui demander de ne plus m'adresser la parole alors que la moitié du temps, je ne rêve que de ça...

Mais ça, c'était avant que je ne reçoive le texto de Gavin, qui m'a bien remis les idées en place : maintenant, je dois écouter la partie encore lucide de mon cerveau, pas celle qui est complètement détraquée. Je dois calmer mon cœur qui s'emballe quand Milos est dans les parages, mes hormones en furie, mon bas-ventre qui s'échauffe un peu trop vite. C'est fini, tout ça !

– On avait parié « ce que tu voulais », c'est vrai, concède-t-il avec un petit sourire dont il a le secret. Mais je n'ai pas l'impression que ne plus jamais me parler soit vraiment « ce que tu veux ».

La preuve : qu'est-ce que tu as choisi comme récompense pour cette partie ? Aller à une soirée *avec moi*.

– La récompense, c'est la soirée, rétorqué-je. Ta présence, c'est juste… un désagrément dont on va devoir s'accommoder.

Comment j'ai cru une seconde que j'allais pouvoir cohabiter « normalement » avec lui ? Même si je réussis à calmer mes désirs coupables, je ne résisterai jamais à l'envie de lui faire ravaler ce petit air si arrogant !

– Heureusement pour toi, tu n'auras sûrement même pas à supporter sa présence, me prévient Logan avec un clin d'œil, en cassant le jeu d'un tir expert.

Les boules jaunes et rouges vont se répartir d'un coin à l'autre de la table, et je me reconcentre.

On a une partie à gagner…

***

– Tu n'oublieras pas de m'envoyer la date et l'heure ! fanfaronne Jena, après avoir donné son numéro de téléphone à un Logan dépité.

– Une petite revanche ? tente-t-il, alors que ma coloc et moi faisons tinter nos verres pour fêter notre victoire.

Milos, lui, se contente de ranger les quilles, l'air beaucoup moins dégoûté de sa défaite que son camarade de jeu.

– Sans façon, décline mon amie avec un grand sourire. Je vais aller m'avancer dans mes devoirs, je crois ; je veux être sûre d'être libre pour la soirée du siècle…

Logan lui fait sa plus belle grimace avant de grommeler un « À plus » et de se diriger vers l'autre côté du QG, où sont toujours installés Takumi et les autres. Jena rassemble ses affaires un peu trop rapidement, et je vois déjà clair dans son jeu : c'est sûr qu'elle va tenter de me laisser seule avec Milos !

– Bonne idée, je vais m'y mettre aussi, lancé-je en lui faisant de gros yeux pour bien lui faire comprendre que son plan ne va pas fonctionner.

Mais elle secoue la tête en enroulant son écharpe autour de son cou.

– T'as déjà bossé toute la matinée, faut que tu te reposes un peu ! Allez, à toute !

Et elle s'en va en sautillant. Tandis que je réfléchis à une autre excuse pour couper court, Milos vient se poster devant moi. *Juste* devant moi. Son odeur boisée me prend aussitôt à la gorge, et je déglutis alors que ses yeux se posent dans les miens.

– Dis donc, tu t'es donnée à fond. Tu devais vraiment la vouloir, cette *récompense*.

Je sais très bien ce qu'il insinue, et je tente de réprimer mon agacement.

Il ne faut pas que j'entre dans son jeu !

Sa main vient se poser sur la table du billard, à quelques centimètres de la mienne, tandis qu'il guette ma réaction. Je me force à ne pas trop m'attarder sur son avant-bras musclé, sur les veines qui se dessinent sous sa peau, sur sa chaleur que je sens presque d'ici.

– Pas plus que ça, objecté-je en m'adossant au billard, afin de ne plus l'avoir dans mon champ de vision. J'aime juste gagner.

Mon sourire, que je veux détaché, ne semble pas le convaincre, et il vient de nouveau se placer en face de moi, m'encadrant de ses bras alors que cette fois, il pose ses deux paumes sur le billard dans mon dos. Sa bouche est si près de la mienne que l'envie de la sentir contre moi est presque incontrôlable.

– T'as vraiment l'impression de gagner en refusant d'admettre ce que tu ressens ? insiste-t-il dans un souffle.

Encore et toujours cette même rengaine…

Je soupire en me dégageant de la prison de ses bras, et vais attraper mon sac sur le tabouret.

– Je ressens tout un tas de trucs. J'ai envie de toi, oui.

L'entendre formulé à voix haute me fait aussi bizarre qu'à lui, manifestement, car pendant quelques instants, on reste silencieux, comme si on ressassait tous les deux les mots que je viens de lâcher.

– Mais j'ai aussi envie de te sauter à la gorge et de t'étriper, parfois. Alors heureusement qu'on n'écoute pas toujours ses envies, hein ?

Il rit, d'un rire si vrai qu'il me donne envie de rire à mon tour.

– J'ai envie de toi, répété-je, pour bien lui faire comprendre que le problème n'est pas là. Mais ça ne change rien au fait qu'il ne se passera rien entre nous. Parce que, en ce moment, je n'ai pas envie d'une relation, quelle qu'elle soit.

J'ajoute la dernière phrase pour éviter qu'il ne renchérisse, et ça a l'air de fonctionner, car Milos hoche simplement la tête, l'air pensif et le regard plongé dans le mien. Son ton est neutre, *trop neutre*, quand il finit par me demander :

– Donc on reste de simples voisins de palier qui se disent bonjour et vont à des fêtes démentes ensemble ?

L'allusion à la soirée à venir me rappelle que ça ne va pas être si facile que ça d'être juste sa « voisine de palier ».

Mais il faut que j'y arrive. Aussi, j'ignore la petite voix qui me hurle un « non » franc et massif, et je réponds d'une voix claire :

– C'est ça.

Il hoche de nouveau la tête, et je n'arrive pas à décrypter la lueur qui brille dans son regard alors qu'il passe à mes côtés et me lance en s'éloignant :

– OK. À plus, *voisine* !

Le vide qui se crée en moi quand il disparaît sur le pont est plus ou moins comblé par un brusque sentiment de soulagement.

J'ai *enfin* pu être honnête, même si c'était seulement en partie. J'ai enfin pu sortir un peu de ce que j'avais réellement sur le cœur. Et maintenant que les choses sont claires entre nous, je vais peut-être réussir à stopper mes délires une bonne fois pour toutes.

Avec un sourire, je cours rejoindre Jena, prête à continuer le semestre aussi sereinement que possible.

Jusqu'à ce que je retrouve Gavin et que la bulle éclate.

Mais j'aurai tout le temps de stresser lorsque je serai de retour à Chicago. Pour l'heure, c'est l'aventure et le Japon qui m'appellent…

10

– Les miens ressemblent plus à des empreintes de chien bizarres qu'à des fleurs… constate Joy, l'air un peu dépité, le nez sur ses *kazarimaki*.

C'est vrai qu'ils ont petite mine par rapport aux magnifiques makis d'Amandine à sa droite. Pour ma part, je ne m'en sors pas trop mal, même si mes deux premiers essais n'étaient pas très concluants. Mais en une heure, j'ai eu le temps de persévérer, et mes dernières créations ressemblent presque aux makis décoratifs fièrement exposés sur la brochure.

Et maintenant arrive la meilleure partie de ce cours de cuisine… la dégustation !

Je prends quelques photos de mon dîner avant qu'il ne se retrouve dans mon estomac, et les envoie à mes parents ainsi qu'à Jena. Elle a longuement hésité à venir avec nous, mais elle a fini par suivre ses deux copines de son cours de littérature dans un restaurant à thème Ninja.

Et ce dilemme reflète très bien notre état depuis qu'on est

arrivés au Japon il y a trois jours : on est en constante hésitation !

Heureusement, avec les filles, on avait décidé à l'avance de l'itinéraire global qu'on voulait faire : un jour à Kobe, puis deux jours à Kyoto, et enfin deux jours à Tokyo avant de reprendre le train pour le port.

Mais dès qu'on est descendues du paquebot à Kobe et qu'on a commencé à réfléchir au programme de la journée, on s'est rendu compte que choisir n'allait pas être si facile… Est-ce qu'on devait faire l'ascension du mont Rokko, prendre un bain chaud dans les *onsen*, se balader sur la plage de Suma ou admirer les chutes de Nunobiki ? Et depuis qu'on est à Kyoto, c'est la même rengaine : ce matin, on a bien mis une heure à se décider à aller découvrir le Kinkaku-ji, le temple du Pavillon d'or, plutôt que la forêt de bambous d'Arashiyama.

Mais on ne va pas s'en plaindre !

Ces derniers jours, avec tous ces endroits à explorer, toutes ces opportunités, je me suis ouverte au monde au lieu de me refermer sur moi-même, et je crois que ça m'a sauvée. Je me suis émerveillée, j'ai ri, j'ai flâné, et tout ça m'a empêché de sombrer.

– Ils étaient moches mais qu'est-ce qu'ils étaient bons, ces makis ! clame Joy alors qu'on marche jusqu'à notre hôtel, le ventre plein.

Il est à peine vingt-deux heures, mais je rêve déjà de retrouver ma chambre après cette journée très chargée. Il y a deux jours, pour notre première soirée au Japon, on a choisi de loger dans un *ryokan*, une auberge traditionnelle. Le cadre était vraiment magique, mais j'avoue qu'hier, j'étais bien contente de retrouver un matelas après avoir dormi sur un futon la veille.

Ça nous a fait bizarre, au début, de passer la nuit ailleurs que sur le *Moving Paradise*. On a tous plongé dans l'inconnu en s'inscrivant à ce semestre un peu spécial, et le paquebot est vite devenu notre zone de confort, notre constante au milieu de cet océan de nouveautés et d'aventures.

Mais on retrouvera notre seconde maison bien assez tôt, et pour l'heure, le Japon n'a pas fini de nous livrer tous ses secrets !

***

Après une bonne nuit de sommeil et trois heures à bord du Shinkansen, le train à grande vitesse qui relie Kyoto à Tokyo, la capitale nous ouvre enfin les bras ! Et cette fois, on sait par quoi on va commencer : une activité qui va nous permettre de découvrir la ville de manière un peu particulière…

– Je veux être Yoshi ! s'exclame Jena en découvrant tous les déguisements mis à notre disposition.

– Moi, je prends toujours Peach quand je joue à Mario Kart, alors je vais rester là-dessus, décide Amandine tout en s'emparant d'une des robes roses.

– Eh bien, pour moi, ça sera la salopette classique de Mario, ajoute Joy, tandis que j'opte pour la tenue jaune, verte et orange de Bowser.

On enfile nos costumes dans l'arrière-boutique de la société de location, on présente nos permis de conduire internationaux et nous voilà parties pour un circuit de deux heures en kart dans les rues de Tokyo !

J'appuie sur la pédale d'accélération et laisse notre moniteur nous guider à travers la ville à côté des voitures et des piétons.

– Dommage qu'on n'ait pas le droit de jeter des peaux de banane ou de se foncer dedans, ça perd un peu de la magie de Mario Kart ! plaisante Jena alors que son kart arrive au niveau du mien.

– Mais au moins on passera peut-être la ligne d'arrivée en un seul morceau ! rétorqué-je, bien contente que cette expérience IRL du jeu Nintendo ait quand même ses limites.

On roule au pied de la statue géante de Robot Gundam, puis on avance dans le quartier Akihabara, le coin « électronique » de Tokyo, avec ses boutiques high-tech, ses salles de jeux vidéo et son univers manga. On traverse ensuite le célèbre Rainbow Bridge, avant de passer devant la Tokyo Tour et de s'engouffrer dans le carrefour de Shibuya, connu pour être le plus fréquenté au monde. Et effectivement, quand le feu piéton passe au vert, ce sont des centaines de personnes qui traversent sous nos yeux.

Et moi qui trouvais que le Millennium Park était toujours bondé…

Mais à côté de cette intersection, le joyau vert de Chicago passe pour un petit parc tranquille.

On finit par arriver de l'autre côté et, près d'une heure plus tard, le circuit prend fin alors qu'on a l'impression qu'il vient tout juste de commencer.

– Après ça, ça va me paraître bien fade de conduire la voiture de location demain ! soupire Joy quand on se sépare à regret de nos secondes peaux.

C'est elle qui s'est proposée pour être notre pilote lors de la virée à Urayasu, à vingt minutes de route d'ici.

Et qui dit Urayasu dit… Disneyland Tokyo !

Mais pour le moment, on se dirige vers les jardins est du

palais impérial, qui sont ouverts au public. On est à peine entrées dans ce cœur de verdure qu'on a l'impression d'avoir pénétré dans un havre de paix, avec ses petits ponts de bois, ses plans d'eau, ses fleurs violettes et ses arbres immenses.

Sans les gratte-ciel qu'on aperçoit au loin, on aurait du mal à croire qu'on est dans la même ville que celle qu'on vient de visiter !

– Eh ben, ça donnerait presque envie d'être empereur ! conclus-je alors qu'on termine notre visite.

– Imagine les fêtes de fou qu'on pourrait organiser ici si c'était notre jardin ! renchérit Jena en se tournant de tous les côtés.

– J'ajouterais bien quelques fontaines par-ci, par-là, quand même… fait mine de critiquer Joy d'un ton hautain.

– Et sinon, pour revenir à des sujets plus triviaux, ça vous dit d'aller déjeuner dans le quartier Kawaii ? Je rêve de ces barbes à papa arc-en-ciel depuis que je les ai vues passer sur Instagram ! reprend Jena en nous plaçant une photo sous le nez.

C'est vrai que ça peut être un dessert sympa…

– Et apparemment, chaque couleur a un goût différent ! ajoute Amandine, visiblement tentée par le plan qui en train de se dessiner.

Harajuku, nous voilà !

***

Si le tour en kart était exaltant, les barbes à papa délicieuses et Harajuku plein de surprises, rien ne m'a plus coupé le souffle que le Musée d'art numérique du Mori Building. On en est sorties depuis presque une heure et j'ai toujours l'esprit au milieu de ces pluies de cristal, de ces fleurs digitales qui bougeaient quand on les effleurait et de ces papillons voletant autour de nous.

Si on pouvait presque s'imaginer avoir changé de ville en se baladant dans les jardins impériaux, là, c'était carrément comme si on avait changé de monde !

La salle qui m'a le plus dépaysée était celle avec les lanternes flottantes qui prenaient sans cesse des teintes différentes et qui se déclinaient à l'infini grâce aux miroirs sur les murs, au plafond et même à nos pieds. Pendant un instant, j'ai eu l'impression d'être comme ces lanternes, et de flotter au milieu d'un espace sans frontières…

C'était magique.

Et c'est sûr que je n'en attendais pas tant d'un voyage qui avait pour seul but de m'éloigner de chez moi. Mais je crois bien que, désormais, je l'ai dans la peau, cette aventure…

***

– Au fait, les filles…

Alors qu'on découvre l'immense château de conte de fées qui trône au milieu du parc, Amandine nous jette des regards en coin, l'air gêné, tout en tripotant son téléphone. On s'arrête un instant au milieu de l'allée bondée et je frictionne mes bras pour tenter de combattre le froid. Le temps commence à se rafraîchir, mais l'ambiance festive qui nous entoure, les rires des enfants et l'euphorie générale réchauffent au moins nos cœurs ! Et le soleil qui brille dans le ciel bleu donnerait presque l'illusion à nos corps emmitouflés qu'ils n'ont pas besoin de ces longs manteaux.

– Aaron et les autres sont aussi à Tokyo, et il m'a dit qu'ils s'étaient décidés pour passer la journée à Disneyland… continue Amandine. Ça vous dérange si je leur propose de nous rejoindre ?

– Absolument pas ! claironne Jena. Je suis sûre qu'après le pyjama Aladdin, Billie a vraiment hâte de faire découvrir ses oreilles de Mickey à Milos !

Je sais qu'elle me taquine parce qu'elle ne me croit toujours pas quand je lui répète que ce petit « béguin » pour Milos est bel et bien derrière moi. Pourtant, maintenant que j'ai mis les choses au point avec lui, c'est presque le cas !

Même si mon cerveau n'a pas encore l'air d'avoir totalement compris qu'il est temps de faire une mise à jour… comme en témoigne le rêve que j'ai fait la nuit dernière, et qui m'a laissée pantelante dans mon lit, le cœur battant et des visions érotiques gravées dans mon esprit.

J'arrive plus ou moins à faire abstraction de Milos pendant la journée, ces derniers jours, mais une fois que ma conscience s'est mise en mode « veille », c'est une autre histoire…

Et la peau de Milos contre la mienne est quelque chose de bien trop troublant, même en rêve, pour que je puisse réellement affirmer être totalement passée à autre chose. Mais j'y travaille activement !

Je fais une grimace à ma coloc, mais n'enlève pas pour autant le chapeau Fantasia qu'on s'est toutes acheté en souvenir.

Pour réussir à écrabouiller mon trouble, c'est mieux d'avoir un chapeau ridicule sur la tête que des fantasmes plein la tête !

Au moins, s'il considère que je ne suis qu'une gamine qui s'achète encore des *goodies* Disney à 21 ans, ça fera peut-être retomber la tension entre nous…

– Mais dis donc, tu parles beaucoup à Aaron, toi… lance Joy à son amie d'un ton doucereux.

– Oui, admet simplement Amandine, les joues légèrement rouges. Je l'aime bien… Et je crois qu'il m'aime bien aussi. Enfin, j'espère !

Si tout pouvait être aussi simple… Plaire à quelqu'un qui te plaît aussi, et juste… laisser les choses se faire, laisser la magie opérer.

– Oh, là, là ! Mais c'est génial ! Je suis sûre que vous serez trop chou ensemble ! s'exclame Jena en tapant dans ses mains et en sautant sur place.

– Rassure-moi, tu seras un peu plus discrète quand Aaron se pointera tout à l'heure ? la taquiné-je.

– Si je dois rester discrète par rapport au fait qu'Amandine kiffe Aaron ET que toi tu kiffes Milos, ça fait beaucoup, là… Je ne sais pas si je peux renier ma nature à ce point !

– Je ne le « kiffe » plus !

Je n'essaie même pas de la contredire par rapport au fait que ça a été le cas, Joy est déjà plus ou moins au courant et Amandine l'a appris bien assez vite le lendemain de son anniversaire, quand Jena a très subtilement décidé de parier sur « qui finirait avec Milos » entre Bethany et moi…

… Bethany que j'aperçois près du stand de nourriture à quelques mètres de là.

Tiens, je ne savais pas qu'elle faisait partie du « groupe » de Milos et compagnie, maintenant…

Quand Aaron nous repère, il nous fait de grands signes de la main, et notre petite bande de quatre se transforme en grand groupe de onze. Automatiquement, je tente de regarder tout le monde sauf Milos, et automatiquement, mes yeux sont aimantés par lui. Il a l'air encore plus imposant que d'habitude dans son long manteau bleu marine, qui lui donne une carrure impressionnante.

Ou peut-être que je projette juste mes fantasmes de la nuit derrière, où il avait effectivement tout d'imposant…

Je me sens rougir violemment et détourne les yeux au moment où je vois le regard interrogateur de Milos se poser sur moi. Dans mon rêve, c'étaient ses mains qui se posaient sur moi…

Arrête ça !!!

Exaspérée par mon esprit qui déraille, je me verse un seau d'eau froide imaginaire sur la tête et tente de calmer mes pensées, qui prennent une tournure dangereuse.

– Ça vous dit de faire Space Mountain ? propose aussitôt Peyton, qui semble ne pas vouloir perdre une seule minute.

Ça me dit tout à fait si ça peut m'éviter de croiser de nouveau le regard de Milos…

Car ce n'est manifestement pas parce que je me suis résignée à ce qu'il ne se passe jamais rien entre nous que son regard gris me laisse de marbre pour autant…

Je discute avec Wren et Takumi pendant la bonne demi-heure de queue et, alors qu'on arrive enfin au wagon, je m'installe à côté de Wren pendant que Takumi s'assied devant nous avec Logan.

– Tu devrais enlever ton petit chapeau de magicien, il risque de tomber dans les méandres de l'espace, ça serait dommage… me conseille une voix dans mon dos.

Je reconnais le ton enjoué de Milos, et je me retourne pour répliquer quelque chose de drôle, qui lui prouvera qu'on peut tout à fait cohabiter dans la joie et la bonne humeur, sans tension, sans trouble, sans désir de se sauter dessus… mais je n'ai pas le temps de réfléchir à ma réplique que mon cerveau se bloque net alors que je remarque à côté de qui n° 6 est assis.

Un indice ? Des putains de cheveux roses…

Ça ne devrait absolument pas me troubler, vu qu'après tout, ce n'est que mon « voisin de palier », il a bien tous les droits de faire ce qu'il veut avec qui il veut…

Et pourtant, ça m'emmerde royalement.

Je retire un peu brusquement mon chapeau, le coince entre mes jambes et garde les yeux droit devant jusqu'au départ du manège. Après, ils sont plutôt fermés pendant que je crie à pleins poumons dès la première descente.

J'aurais dû proposer de faire une team « It's a small world », en fait…

OK, j'aurais eu la chanson en tête pendant toute la journée, mais au moins, j'aurais été tranquille dans un petit bateau et j'aurais pu garder les yeux ouverts et le cœur accroché.

Quand on sort du manège, j'ai la nausée et les cheveux tout décoiffés.

C'était légèrement violent, cette balade dans l'espace…

– Tiens, je t'ai pris ça tout à l'heure, quand j'ai su qu'on allait vous rejoindre.

Je mets quelques secondes à enregistrer que Milos se tient devant moi, un porte-clé à la main. Il agite le génie de la lampe miniature devant mes yeux, un sourire canaille aux lèvres. Sans rien ajouter, il le laisse tomber dans ma paume alors que je bégaie un merci, un peu abasourdie. Je sais que c'est un cadeau « ironique », mais je ne peux m'empêcher d'être touchée.

De me dire qu'il a pensé à moi…

En un clin d'œil, j'ai l'impression qu'il a de nouveau fissuré toutes mes barrières, et que ça va être très difficile de les remettre en place… Mais au même moment, mon téléphone vibre dans ma poche, et mon cœur s'emballe pour une tout autre raison.

Et si c'était encore lui ?

Je m'écarte légèrement et regarde mon portable, l'estomac contracté et les mains tremblantes. Si le message que je découvre parvient à me décrisper – un texto de mes parents qui me demandent comment se passe notre séjour au Japon –, mes émotions restent malgré tout sens dessus dessous.

– Bon, direction le Train de la mine ?

Peyton passe son bras sous le mien et m'entraîne au milieu des décors féeriques et des figurants costumés. Je remets mon chapeau Mickey, jette un regard amusé à Jena, qui enfonce le sien sur la tête de Logan, et me dis que ce petit groupe va peut-être réussir un exploit : celui de me faire repartir du Japon le cœur un peu plus léger.

Même si avec tout ce qui se passe, entre ma quasi-obsession pour Milos et ma crainte absolue de Gavin, je crois qu'il ne le sera jamais totalement…

11

[Chose promise, chose due !]

Je regarde d'abord sans comprendre le message que me montre discrètement Jena sous la table de la cafétéria, alors que notre professeur d'introduction au droit, M. Braverman, marche d'un pas énergique d'un bout à l'autre de la salle tout en faisant son cours. Puis, elle scrolle un peu plus bas, et je découvre le second message de Logan :

[Rendez-vous aux escaliers
de Santa Fe demain à 20 heures.
Soirée cocktail pour
les 60 ans du capitaine :
mettez-vous sur votre 31 !]

OK, ils n'ont vraiment pas fait les choses à moitié !

J'avais déjà presque oublié cette histoire de pari, et je croyais que Logan et Milos aussi – malgré la tendance de Jena à le leur rappeler dès qu'elle les croise. Je m'attendais à ce qu'ils nous proposent tout au plus de passer boire un verre en coup de vent, avec deux ou trois membres de l'équipage, lorsque Jena aurait fini par les avoir à l'usure… pas à ce qu'ils arrivent à nous faire entrer à la fête d'anniversaire du capitaine !

À côté de moi, Jena est tellement surexcitée qu'elle laisse échapper un petit cri, attirant par la même occasion l'attention du prof, qui s'interrompt un instant en fronçant les sourcils. Je baisse la tête sur le syllabus du cours et fais mine de l'étudier attentivement, jusqu'à ce que j'entende M. Braverman reprendre son explication sur les caractéristiques du système juridique.

D'habitude, je suis la première à prendre consciencieusement des notes, mais là, j'avoue que mon esprit est un peu ailleurs.

Ça va être la cerise sur le gâteau après cette semaine complètement démente !

Depuis le début du semestre, chaque nouvelle étape nous dépayse plus que la précédente, mais ces derniers jours en Chine et au Viêt Nam ont vraiment été époustouflants. Entre la visite du magnifique jardin Yu à Shanghaï, la promenade dans la ville d'eau de Zhujiajiao ou encore la découverte de la cathédrale et de l'opéra de Hô Chi Minh-Ville, on en a pris plein la vue. Et j'ai même réussi à tenir ma bonne résolution : profiter à fond, en calfeutrant Gavin dans un coin de ma tête et en ne pensant – presque – plus à mon voisin de palier.

Bon, maintenant que je sais que je vais passer toute la soirée de demain avec lui, forcément, c'est plus difficile de le sortir de mon esprit…

– Voilà, enfin une occasion de mettre ma robe de soirée bleu nuit ! me chuchote Jena en pianotant sur son téléphone.

Et enfin une occasion de voir Milos en costard…
… Ça y est, je déraille de nouveau !

***

– OK, j'ai l'impression d'être à Poudlard et de me rendre à l'étage défendu, celui avec le chien à trois têtes, là…

C'est vrai que le petit frisson de l'interdit me saisit alors qu'on se dirige à grands pas vers les escaliers menant au dernier étage du paquebot. Je sais qu'on ne fait rien de répréhensible ; pourtant, c'est exactement la sensation que j'ai en croisant tous ces étudiants qui vaquent à leurs occupations sans se douter que des festivités sont organisées en ce moment même au-dessus de leurs têtes, dans le seul endroit du *Moving Paradise* où ils n'ont pas une seule fois mis les pieds.

Et où on s'apprête à passer la soirée entière…

Je glisse machinalement ma main dans mes cheveux lâchés, puis sur le tissu de ma robe noire aux fils argentés, et le doute m'étreint.

J'en ai peut-être fait un peu trop ?

C'est une des seules robes que j'ai emportées : au moment où j'ai fait mes valises, j'avais juste envie de rendre invisible mon corps couvert de marques, pas de le mettre en avant.

Sans parler du fait que porter une jupe ou une robe en pleine mer, ça me semblait risqué : un coup de vent, et tu dévoiles ta culotte à tous les étudiants du pont…

Sur le moment, j'avais quand même laissé ma mère me convaincre de prendre cette robe trapèze, au cas où il y aurait une occasion particulière. Et j'étais finalement bien contente de la retrouver dans mes affaires tout à l'heure…

mais maintenant, je me demande si je ne me suis pas emballée.

La dernière chose dont j'ai besoin, c'est un regard moqueur de n° 6 lorsqu'il découvrira ma tenue…

J'arrête Jena d'un geste de la main alors qu'elle continue de faire claquer ses talons hauts sur le parquet du pont.

– Ça fait pas trop tenues de bal de fin d'année, ça va ? m'inquiété-je en désignant nos deux robes.

– Mais non, c'est le parfait mélange de chic et de casual ! m'assure Jena en tapotant son chignon pour s'assurer qu'il est en place.

Je jette un œil sceptique à sa longue robe bleue, qui fait encore plus habillée que la mienne.

– Bon, OK, surtout chic, mais en même temps, on n'allait pas arriver en jogging à la soirée d'anniversaire du capitaine !

C'est vrai que Logan a dit de se mettre sur son trente-et-un…

Légèrement rassurée, je continue d'avancer vers l'étage normalement inaccessible aux étudiants. Alors qu'on arrive au bout du pont, dans le renfoncement un peu sombre où se trouve l'escalier, et qu'on découvre les poteaux en laiton et la corde en velours rouge qui nous barrent élégamment l'accès, le frisson de l'interdit devient encore plus tangible.

Et encore un peu plus quand Milos nous rejoint, quelques instants plus tard…

Même si, désormais, l'interdit n'a plus rien à voir avec ce que l'on s'apprête à faire, et tout à voir avec le garçon qui se tient à côté de moi.

Je m'attendais à ce qu'il soit en costard, je m'en doutais ; pourtant, je dois retenir ma mâchoire pour qu'elle ne se décroche pas. Heureusement, il ne semble même pas le remarquer. Il a l'air trop concentré sur… moi. Ses yeux semblent scotchés à mes collants transparents, à ma robe, à mon cou nu, de la même façon que les miens étaient fixés quelques secondes plus tôt sur sa veste de costume gris foncé et sa chemise blanche. Il a gardé le premier bouton ouvert et n'a mis ni cravate ni nœud papillon ; pourtant, il est terriblement classe.

– Salut, finis-je par lâcher avant que la situation ne devienne trop embarrassante.

– Salut, voisine.

Ce mot ajouté avec humour, alors qu'il me regarde cependant avec des yeux qui disent tout le contraire, me broie bizarrement le cœur.

– Et Logan, il fait quoi ? s'impatiente Jena en regardant les escaliers comme si elle n'avait qu'une envie : être déjà en haut des marches.

– Je me fais désirer ! réplique l'intéressé, que je vois arriver à quelques mètres.

Il s'approche d'un pas nonchalant, dans un très beau costume sombre avec une petite touche de couleur : le nœud papillon rouge.

– T'as jamais entendu dire qu'il fallait toujours être *fashionably late* ? réplique-t-il à mon amie avec un clin d'œil.

– J'ai surtout entendu dire que les meilleurs petits fours partent toujours les premiers ! plaisante-t-elle en laissant des yeux appréciateurs traîner sur le costume de Logan.

– Dans ce cas-là, il faudrait peut-être arrêter de bloquer le passage, pour qu'on puisse tous y goûter, fait remarquer une voix amusée derrière nous.

On se retourne d'un seul mouvement pour découvrir la directrice du programme, dans un tailleur blanc impeccable, qui patiente les bras croisés.

– Oh, oui, bien sûr, désolée ! s'excuse vivement Jena en bafouillant presque alors que Milos décroche la corde rouge pour nous laisser la voie libre.

On commence notre ascension, se regardant tous avec des yeux ronds alors que la directrice entame une discussion avec Logan.

C'est une chose de faire la fête à côté de nos profs, c'en est une autre d'arriver à une soirée aux côtés de la directrice !

Je n'avais même pas envisagé qu'elle vienne ce soir, alors que, maintenant que j'y pense, cela me semble évident. Si les étudiants, qui restent tout juste six mois sur ce paquebot, se font des « amis pour la vie », ça doit forcément être aussi le cas des gens qui y travaillent depuis des années !

La directrice semble d'ailleurs bien connaître le pont Santa Fe, et nous guide d'un pas assuré vers la salle où se tient la réception, pendant qu'on regarde partout autour de nous pour tenter de voir ce qui diffère des étages inférieurs.

En soi, pas grand-chose : ce pont est presque le même que le pont Jakarta ou le pont Toronto, il est juste beaucoup plus… clean. Jusque-là, je crois que je ne me rendais pas vraiment compte du bazar que font invariablement cinq cents étudiants, mais maintenant, ça me saute aux yeux. Ici, pas de serviettes ou de verres qui traînent près de la piscine ni de pulls oubliés sur les transats !

Tout est également plus calme, mais ça, ça doit aussi être dû au fait qu'à part quelques membres de l'équipage qu'on croise sur notre chemin, la plupart doivent déjà être à la soirée.

Et alors que la directrice nous ouvre la porte vitrée qui mène à une grande salle ovale, je comprends leur empressement. J'ai l'impression de ressentir le même enchantement que la première fois où j'ai levé les yeux dans le hall principal pour découvrir les lustres de cristal.

– Eh ben, ça donne envie de vous battre au billard plus souvent, siffle Jena, admirative.

Deux longues tables blanches sont dressées au centre avec toutes sortes d'amuse-bouches dessus ; un orchestre joue des musiques douces sur l'estrade à notre gauche et les hauts murs blancs donnent un aspect encore plus éclatant à la pièce. Des petits groupes se sont formés un peu partout et les gens discutent joyeusement en buvant des cocktails de toutes les couleurs dans leurs tenues extra-chics.

C'est tellement... raffiné.

– J'ai presque hâte de fêter mes 60 ans, moi aussi, si c'est pour qu'on m'organise une fête pareille ! plaisante la directrice, avant de s'excuser auprès de nous pour aller retrouver deux de nos professeurs et trois membres de l'équipage, qui ont quitté leur uniforme pour l'occasion.

Je reconnais quelques étudiants ci et là, mais la moyenne d'âge reste largement au-dessus de 40 ans.

Une vraie soirée « d'adultes »...

– Bon, on attaque ? lance Logan en se dirigeant vers le buffet, l'air pas le moins du monde intimidé.

– Yep ! valide Jena en me prenant par le bras.

Seule, je serais déjà partie en courant me réfugier dans ma chambre, mais leur présence me donne le courage nécessaire pour rester, et profiter comme il se doit de cette soirée improbable dans cette salle splendide. Ni une ni deux, on attrape d'appétissants hors-d'œuvre et on se dirige vers le petit bar au fond de la salle pour commander un verre.

Je me laisse tenter par un Jungle Bird, tandis que Jena opte pour une Piña Colada, Logan pour un Americano et Milos pour un Moscow Mule.

– À la vôtre ! lance Jena avant de trinquer avec chacun de nous.

– À cette soirée prometteuse, renchérit Milos en me regardant.

Ses yeux pétillent, et je ne peux m'empêcher de me demander s'il y a un sens caché à sa phrase.

De me demander… ou d'espérer ?

Il faut vraiment que j'arrive à faire plier mes pensées à ma volonté ! J'ai demandé à Milos de me considérer purement et simplement comme sa voisine de palier, mais on dirait que c'est plutôt moi qui ai du mal avec cette notion…

– Alors, les filles, vous faites des infidélités à mes jus ? nous lance un homme d'une trentaine d'années, avec une barbe rousse, un costume bleu et un grand sourire, en désignant nos cocktails.

Je bugge un instant, mettant quelques secondes avant de comprendre qui il est et de quoi il parle.

– Oh, vous travaillez au QG numéro 1 ! lui lance soudain Jena, après le même temps de latence.

– Au bar à jus du pont Jakarta, oui ! Mais ravi d'apprendre que vous le considérez comme votre QG. Remarque, ça ne m'étonne pas, vu que vous y êtes pratiquement tous les jours ! Je suis Nick, enchanté.

Il serre nos quatre mains, et on se présente à notre tour.

– Sympa de mettre des noms sur les plus grandes consommatrices au monde de smoothie fraise-banane et de smoothie mangue-passion, plaisante-t-il.

– Et promis, l'infidélité sera de courte durée, on revient dès demain ! s'exclame Jena en terminant son cocktail.

On finit par se lancer dans une discussion sur l'approvisionnement et le stockage de boissons et ingrédients en tout genre sur le paquebot, et Nick nous présente à d'autres membres de l'équipage qui viennent peu à peu se joindre à nous.

On s'apprête à aller se resservir en petits fours quand le capitaine, qui a passé sa soirée à naviguer entre les différents groupes, s'approche pour nous saluer. C'est la première fois que je le rencontre réellement, et je retiens presque mon souffle, comme si j'étais soudain en présence d'une star. Je l'ai déjà aperçu plusieurs fois, mais la plupart du temps, c'est surtout sa voix qu'on entend dans les haut-parleurs.

Il nous serre à chacun la main avec vigueur, et je détaille davantage sa courte barbe poivre et sel, ses cheveux ras et son allure élégante. Une certaine autorité émane de lui derrière son air avenant, et je suis soulagée que d'autres membres de l'équipage se chargent de la conversation après qu'on lui a tous souhaité un joyeux anniversaire.

Je m'écarte timidement pour me mettre un peu en retrait alors que la discussion reprend son cours et tourne désormais autour de l'événement de ce soir. J'écoute le capitaine nous parler des musiciens qui ont été engagés pour la soirée, mais mon attention est peu à peu détournée par Milos, qui vient de se placer à côté de moi. J'hésite un instant à faire comme si je ne l'avais pas vu, mais c'est impossible quand je le sens qui me fixe avec autant d'intensité.

– C'est marrant de jouer aux adultes, hein ? finit-il par me lâcher à l'oreille en se rapprochant encore.

Un petit rire m'échappe, car c'est exactement ce que j'ai l'impression de faire depuis le début de la soirée.

– Un peu stressant aussi… mais ça vaut le coup pour la nourriture et les cocktails, continué-je à voix basse en levant mon Cuba Libre.

– Et pour la compagnie ? suggère-t-il avec un sourire en coin désarmant.

– J'avais peut-être un peu… exagéré, en parlant de « désagrément », lui concédé-je.

Nos regards se croisent, nos sourires se répondent, et je sens mon cœur se réchauffer aussitôt. On discute presque « normalement » pourtant, comme pourraient le faire deux voisins de palier qui se taquinent. Mais derrière les mots anodins, je sens nos deux corps qui s'appellent, l'électricité qui s'installe, le monde autour qui s'estompe peu à peu.

Cette soirée est tellement différente de nos soirées habituelles que j'ai presque l'impression d'être dans une autre dimension, et c'est tellement tentant de s'imaginer un instant que c'est le cas… Que je peux faire ce que je veux ce soir, sans conséquence, comme si le monde réel n'existait pas.

Ce que je veux, avec qui je veux…

Heureusement, je sais que je vais pouvoir compter sur Jena pour jouer le chaperon, vu qu'on va rentrer ensemble dans notre chambre. Donc aucun risque que ça dérape, aucune raison qu'on fasse quoi que ce soit que je regretterais demain. Aucune inquiétude à avoir.

C'est une bonne chose, non ?

Mais alors que Milos finit par s'éloigner avec Logan et que Jena et moi partons en quête d'une dernière petite tarte au citron meringuée avant de rentrer, je me dis qu'en fait, je devrais être très, très inquiète.

Parce que j'ai totalement envie que ça dérape.

Et de moins en moins la force de combattre cette envie…

12

– Tu crois qu'il va y avoir des araignées accrochées partout ? m'inquiété-je alors qu'on sort enfin dans le couloir.

Plus tôt dans la soirée, le capitaine a fait une annonce pour nous demander de rester dans nos chambres pendant au moins une heure, le temps qu'ils installent les décorations d'Halloween sur le paquebot en toute discrétion.

Afin que l'effet de surprise et d'effroi soit total…

Pour l'instant, rien en vue à part quelques guirlandes orange et noir, mais je les soupçonne d'avoir surtout mis le paquet dans les halls et les cafétérias, donc je reste sur mes gardes… Cependant, Jena secoue vivement la tête.

– Nick m'a dit qu'il y a quelques années, une étudiante a fait une crise d'angoisse à cause de ça, et que depuis, ils évitent. Mais bon, on n'est pas à l'abri de quelques toiles…

Depuis qu'on a sympathisé avec lui à la soirée d'anniversaire du capitaine, Nick est devenu le fournisseur officiel de Jena en anecdotes en tout genre sur les voyages des années passées.

– Apparemment, ils mettent plutôt des sorcières sur leurs balais, des citrouilles et des chats noirs ! Oh, et il m'a dit que dans le menu spécial du 31, il y aurait sûrement...

– Chuuut, me gâche pas toute la surprise !

– Eh, c'est toi qui m'as lancée sur le sujet ! rétorque ma coloc en me tirant la langue.

Elle mime une araignée avec ses doigts et les fait dévaler sur mon bras, ce qui m'arrache un cri mêlé d'un petit rire révolté. Puis on part à la découverte du « *Moving Nightmare* »...

Je n'en reviens pas qu'Halloween soit dans quelques jours à peine !

Ces deux dernières semaines, on a tellement enchaîné les escales qu'on n'a pas vu le temps passer. Et pourtant, quand je repense à tout ce qu'on a fait en Indonésie, à Myanmar et en Inde, j'ai l'impression qu'on y est resté des mois !

Il est presque vingt et une heures quand on arrive sur le pont après avoir fait le tour du paquebot et de ses décorations toutes plus réussies les unes que les autres.

Pas sûr que je dorme bien ce soir, moi... Si des squelettes viennent me poursuivre dans mon sommeil, je saurai pourquoi !

Ce soir, l'équipe du *Moving Paradise* organise une soirée d'observation des étoiles : les lumières extérieures seront éteintes pendant quelques heures, et on pourra admirer la Voie lactée dans toute sa splendeur.

Ça ne débute que dans trente minutes, mais on commence déjà tous à se rassembler sur les transats avec nos oreillers, nos gros pulls et nos plaids, pour avoir les meilleures places.

– Je vais nous chercher des trucs à grignoter à Java ! me lance Jena en me confiant ses affaires avant de rebrousser chemin.

Je m'apprête à lui demander si elle peut prendre les petits biscuits auxquels je suis devenue accro quand j'aperçois la coloc de Joy traverser le pont en sautillant, ses cheveux roses rassemblés dans un chignon impeccable. Bethany arrête sa course juste derrière Milos, assis un peu plus loin sur une couette posée au sol. Elle s'accroupit, lui cache les yeux de ses mains en riant, avant de s'installer à ses côtés.

Elle au moins, elle ne se pose pas dix mille questions, elle fonce…

Et là, tout de suite, j'aimerais juste être à sa place, plutôt qu'assise sur mon transat à me laisser envahir par la jalousie.

Amandine se tient debout face à eux avec Aaron et Logan, et quand elle m'aperçoit, elle me crie de venir les rejoindre en faisant de grands gestes. Ils se retournent tous comme un seul homme pour voir à qui elle parle, et Milos me fait aussi signe de m'approcher, un petit sourire aux lèvres. Je perds pied dès que son regard gris croise le mien : je sens mes mains trembler, ma respiration s'accélérer, mon estomac se tordre.

Bon sang, c'est presque pire qu'avant…

J'ai l'impression que tout ce que j'ai élaboré depuis quelques semaines pour tenter de mettre une bonne fois pour toutes des distances entre nous s'est seulement retourné contre moi.

Parce que, clairement, ça ne fonctionne pas du tout…

Je finis par laisser mes affaires sur le transat et par débriefer avec Amandine de nos expériences respectives en Inde, qui était notre dernière escale avant celle du Cap, en Afrique du Sud, dans deux semaines.

Même si j'ai du mal à me concentrer sur la conversation, bien trop consciente de la présence de Milos, assis à quelques centimètres de moi…

Déjà en pleine discussion avec Aaron et Logan, il ne me parle pas ; pourtant, je jurerais que lui aussi est focalisé sur ma jambe juste à côté de son bras.

Concentre-toi ! L'Inde, l'Inde…

On est restés trois jours sur place, et alors que j'avais choisi de m'inscrire à une excursion organisée par l'un de nos professeurs, qui nous a menés jusqu'à la « ville rose » de Jaipur, avec son fabuleux palais des Vents, son observatoire royal et son fort d'Amber, la jolie Française avait opté pour un voyage en autonomie.

– Vous êtes partis tous les deux, du coup ? la questionné-je au moment où Aaron se lève pour se joindre à notre conversation et attrape la rouquine par la taille.

Depuis qu'elle nous a avoué que le courant passait bien entre eux, les choses se sont accélérées, et ça fait quelques jours qu'ils se promènent main dans la main ! On était à Pékin quand Amandine nous a confié qu'ils s'étaient embrassés la veille, et on a toutes sauté de joie.

Surtout Jena, qui était soulagée à l'idée de pouvoir enfin faire ses sous-entendus à voix haute…

– Il m'a proposé qu'on aille visiter Udaipur, la ville connue pour être « la Venise de l'Orient », et c'est vrai que c'était super romantique ! me résume-t-elle tout en offrant à son nouvel amoureux un sourire enjoué.

Je crois que ça fait partie de mes moments préférés du voyage : lorsqu'on se retrouve tous après une escale pour se raconter les aventures qu'on a vécues.

Quand Jena revient à nos transats les bras chargés de friandises, Aaron se rue vers son amie pour inspecter les trésors qu'elle a rapportés, et il finit par s'installer à côté d'elle sur mon transat, trois biscuits à la main. Au même moment, une fille appelle Bethany, et elle nous lance un « Je reviens ! » tout en s'appuyant sur l'épaule de Milos pour se lever.

– Billie, prends ma place, si tu veux ! me lance-t-elle, guillerette, avant de s'élancer vers l'arrière du pont.

OK, donc pour qu'une fille intéressée par un mec laisse sa place à côté de lui à une autre fille, c'est qu'elle ne considère vraiment pas cette fille comme une menace...

Et en soi, elle a tout à fait raison. Après tout, il n'y a rien entre Milos et moi, à part quelques remarques railleuses et un baiser qui me semble si lointain que je me demande parfois si je ne l'ai pas inventé.

Même si là, alors que je m'assieds à côté de lui en essayant de soutenir son regard troublant, j'ai l'impression d'être de retour dans cette boîte de nuit, dans notre bulle, alors que nous étions protégés du monde extérieur et que je pouvais l'embrasser sans penser à rien.

Le capitaine rappelle dans les haut-parleurs qu'il va éteindre les lumières d'ici quelques minutes ; tout le monde reprend sa place, Milos s'allonge sur la couette pour mieux observer le ciel et je l'imite. Il n'y a rien d'intime dans le fait d'être installée avec lui au milieu de dizaines et de dizaines d'étudiants, mais être couchée à ses côtés, même sur un pont, même à la vue de tous, augmente légèrement mon rythme cardiaque.

Surtout quand il me recouvre de la moitié de son plaid pour que je n'aie pas froid...

Un effluve de son parfum légèrement épicé me parvient et un désir fou m'envahit, celui d'aller poser mon nez dans son cou pour humer l'odeur à sa source, directement sur sa peau.

On est désormais presque collés, et je pense que si je me décalais d'un centimètre sur la gauche, mon épaule toucherait la sienne. Mais je n'ai même pas besoin de ça pour sentir la chaleur irradier de sa peau, à travers son pull en coton remonté sur ses avant-bras.

– Ça va, pas trop jalouse de Bethany ? me glisse-t-il à l'oreille en tournant sa tête de mon côté.

Bien sûr que si.

Surtout quand son visage est aussi proche du mien, que je me noie dans ses yeux clairs et que j'ai envie d'être la seule fille au monde à avoir ce privilège…

– Chut, ça va commencer, répliqué-je en tournant brusquement la tête, me butant à garder mes yeux fixés sur l'immensité au-dessus de nous.

Je peux presque l'entendre sourire, et je sais qu'il n'est pas dupe de ma tentative de diversion.

Pourtant, alors que la lumière déserte soudain les projecteurs extérieurs et que l'on se retrouve plongés dans la nuit la plus noire, notre attention est réellement détournée par le spectacle fabuleux qui se déroule tout autour de nous.

Mon esprit s'éteint lui aussi, mes pensées parasites s'évanouissent, et je laisse les millions d'étoiles plus brillantes que des diamants me subjuguer. Je savais qu'au milieu de l'océan, on voyait bien mieux les étoiles qu'en ville, mais entre savoir et voir, il y a un monde…

Et là, sans lumière aucune, on voit mieux que jamais.

C'est comme si on avait subitement retiré le voile qui filtrait la beauté brute des étoiles, et qu'elles se dévoilaient désormais dans toute leur splendeur. Pendant un temps qui me paraît infini, on reste tous silencieux, le souffle coupé.

Puis, quelques chuchotements finissent par émerger ci et là, et les conversations reprennent peu à peu.

– Tu sais, tu n'as pas à t'en faire, reprend Milos, comme si rien n'avait interrompu notre conversation.

Je lui lance un petit regard interrogateur, avant de reporter mon attention sur le ciel.

Car une infinité d'étoiles sera toujours moins déconcertante que ces pupilles grises à quelques centimètres de moi…

– Par rapport à Bethany, précise-t-il.

Je ne peux m'empêcher de le regarder de nouveau pour voir s'il se moque de moi mais, à part son léger sourire, il a l'air très sérieux.

Très sérieux, et bien trop irrésistible…

Mes yeux se posent d'eux-mêmes sur ses lèvres, et je jurerais qu'elles m'appellent. Qu'elles me crient de les goûter, de les mordre…

– C'est toi que j'ai envie de ramener dans ma chambre, là. Pas elle.

J'ai tout à coup beaucoup trop chaud sous le plaid. Je devrais me décaler pour qu'il ne sente pas mon corps en feu si près du sien, mais je n'arrive pas à bouger d'un millimètre.

– Quoi ?

J'ai très bien entendu, très bien compris, mais ma bouche répond par automatisme, comme pour gagner quelques secondes, pour me laisser le temps de trouver comment réagir.

– J'ai envie de toi. J'ai envie de te prendre contre le mur alors qu'on aura à peine passé la porte. C'est plus clair, comme ça ?

Ses mots crus me clouent sur place, pas parce qu'ils me dérangent, mais parce qu'ils réveillent en moi un désir incontrôlable, qui jaillit par tous les pores de ma peau. Je lui ai déjà avoué pratiquement la même chose, pourtant ; mais sa façon de le dire est cent fois moins factuelle et mille fois plus électrique. Je lui exposais juste les faits, tandis que lui me fait sentir qu'il a envie de moi là tout de suite, pas uniquement dans l'absolu. Son regard d'acier ne me quitte pas, et il ne fait qu'attiser la faim déjà insatiable qui grandit au creux de mon ventre.

C'est trop fort, trop violent, et j'ai l'impression que mon corps ne sait pas comment gérer ça. Une bouffée de chaleur m'envahit, mon cœur menace de lâcher, mes mains tremblent, et je me lève comme un automate avant de courir me retrancher dans ma chambre.

Je referme la porte derrière moi, totalement abasourdie, les pensées volant dans tous les sens et plus frustrée que jamais.

À fuir dans mon lit alors que le seul dans lequel j'ai envie d'être en ce moment, c'est le sien…

Je me couche sous mes draps en respirant lentement pour tenter de faire redescendre la pression. Sauf que ça ne fonctionne pas du tout. Mon corps entier est tendu vers une seule obsession : celle des mains de Milos sur moi, à l'intérieur de moi, partout.

Ses mains, mais pas que…

Et alors que j'imagine sa langue sur mes tétons et son sexe entre mes jambes, le mien se consume entièrement d'envie.

Je sens que je suis trempée et que le moment où j'aurais pu repousser mon désir est passé depuis longtemps. Désormais, plus question de le faire taire : je suis toute à lui, et je ne peux qu'y céder.

Je m'empare de mon portable dans un geste brusque et pianote avec frénésie.

[Et qu'est-ce que
tu m'aurais fait,
contre ce mur ?]

Alors que je guette la réponse de Milos, le cœur battant, je ne ressens aucun regret, aucun embarras, juste un besoin urgent de me soulager.

[Oh, tellement de choses…]

La partie encore lucide de mon cerveau me prévient que je m'apprête à échanger des sextos avec n° 6, qu'il n'y aura pas de retour en arrière, que c'est n'importe quoi, mais je n'en ai absolument rien à faire. Je sais que je joue avec le feu, mais à cet instant, j'ai juste envie de m'enflammer.

[Peut-être que j'aurais commencé
par entrouvrir ton pantalon
sans le baisser, juste pour pouvoir
glisser mes doigts en toi.]

Les pulsations dans mon sexe s'intensifient dès que je découvre le SMS, et mes mains défont presque d'elles-mêmes le bouton de mon pantalon.

[Je t'aurais découverte tellement
trempée que j'aurais déjà pu
te pénétrer sans problème,
mais j'aurais mille fois préféré
continuer à te chauffer…]

Je me débarrasse de mon pantalon et de ma culotte, et quand ma main rencontre enfin mon intimité, je suis si mouillée, si impatiente que la première caresse me fait déjà gémir de plaisir.

[Ou peut-être que c'est moi
qui t'aurais chauffé jusqu'à
ce que tu n'en puisses plus…]

Mon téléphone dans une main, je continue à me toucher, tout en imaginant que ce sont les doigts de Milos contre mon clitoris gonflé.

Et ça fonctionne si bien…

[Et je ne doute pas que
j'aurais été très réceptif…
Rien que de penser à ta bouche
autour de mon gland,
je bande comme un malade.]

Ses mots sont encore plus crus que tout à l'heure, mais désormais, ça ne me pétrifie plus.

Ça m'inspire…

[Peut-être que je me serais
contentée de te frôler
avec ma langue,
sans jamais te prendre
en bouche avant que
tu me supplies de le faire.]

Je n'en reviens pas de lui dire ça, mais j'ai l'impression que c'est une autre Billie qui écrit ces mots, une Billie totalement décomplexée. Et le fait que Milos soit sûrement encore sur le pont au milieu de tous ces gens, à répondre à mes messages en sentant l'excitation monter lui aussi, ça décuple mon désir.

[Ah oui ? Tu ne sais donc pas
qu'au jeu de la frustration,
je gagne à tous les coups ?]

Revoilà le Milos arrogant et sûr de lui, mais cette fois, ça ne m'agace pas du tout.

[Je ne vois pas bien comment
tu aurais fait pour remporter
la victoire…]

Sous-entendu : détaille-le-moi…

[Eh bien, je t'aurais sûrement
repoussée sur le lit, j'aurais
retiré ton petit pantalon et ta
jolie culotte, et j'aurais placé
mon sexe à l'entrée du tien sans
jamais te pénétrer. Tout en te
caressant juste assez pour t'exciter,
mais pas assez pour te satisfaire…]

Je visualise tellement la scène que j'en grogne presque

de frustration, et que j'intensifie la pression de mes doigts contre mon intimité.

[Et comment tu t'y serais pris
pour m'apaiser, une fois que
je t'aurais imploré de le faire ?]

J'arrive à peine à me concentrer suffisamment pour taper sur les touches, mon souffle devient erratique, mes mouvements fiévreux.

[Et si je venais te montrer ?]

Cette perspective que le fantasme devienne réalité m'amène au bord du gouffre, et je jouis violemment en l'imaginant franchir la porte et entrer en moi. Mon cœur tambourine dans ma poitrine, ma tête tourne légèrement, et je mets plusieurs minutes à émerger de mon orgasme. Mais alors que je redécouvre le texto sans réponse de Milos sur mon téléphone, je me sens de nouveau pudique, et le rouge me monte aux joues.

Comment est-ce que je vais bien pouvoir affronter son regard, la prochaine fois que je le croiserai ?

13

Bon, allez…

Je me dirige vers la cafétéria d'un pas que je veux assuré, et m'installe à l'une des tables libres. C'est notre dernier cours de communication interculturelle, et qui dit dernier cours dit évaluation finale.

Au moins, on va tous travailler en silence le nez sur notre copie, et ça sera fini avant que Milos n'ait pu me faire une remarque…

Et puis, après tout, il ne sait pas que je me suis masturbée en pensant à lui ! Peut-être qu'il s'en doute, mais « officiellement », je n'ai fait qu'envoyer quelques textos un peu chauds. Pas de quoi en faire tout un plat, non ?

Même si je suis quand même gênée à mort…

La professeure Hartman entre dans la salle et commence à nous distribuer la feuille avec les questions, côté face cachée. Au même moment, Milos passe la porte, d'un pas à la fois assuré et nonchalant, ébouriffant d'une main ses cheveux bruns, et tout le courage que j'ai essayé de rassembler depuis hier s'enfuit en courant. Surtout quand ses yeux gris se posent sur moi et qu'il n'y a désormais plus rien de nonchalant dans son attitude qui respire le désir brutal, l'avidité.

La dernière fois qu'on a parlé, il m'imaginait en train de le sucer et j'imaginais ses doigts dans ma culotte… Comment est-ce que je pourrais faire comme si de rien n'était?

C'est impossible, et Milos semble tout à fait prêt à me le rappeler :

– Alors, t'as enfin fini de faire semblant qu'il ne va rien se passer entre nous ? C'est bien, ajoute-t-il en frôlant mon menton avec son index et en s'installant à mes côtés.

Ce semblant de contact sur ma peau me provoque une décharge électrique dans tout le corps, mais je tente de ne rien laisser paraître. La professeure nous jette un regard agacé pour nous rappeler que l'examen va bientôt commencer, et j'en profite pour sortir un stylo de ma trousse sans rebondir sur ce qu'a dit nº 6.

– Par contre, t'as oublié de répondre à mon dernier message. Dommage, on aurait pu partager un orgasme, en plus de partager quelques sextos…

Il chuchote à peine et je lui donne un coup de pied furieux sous la table pour qu'il se taise, refoulant le frisson qui m'a envahie quand il a prononcé – ou plutôt susurré – le mot « orgasme ».

Si on pouvait éviter que la classe entière de communication interculturelle ne soit au courant, ça m'arrangerait…

Mme Hartman nous annonce qu'on peut retourner la feuille, et je rassemble toute ma concentration pour réussir à réfléchir aux questions du devoir plutôt qu'à la présence d'un certain garçon aux cheveux en bataille et à l'effet dévastateur qu'il produit sur mon self-control.

***

Trois jours plus tard, la soirée d'Halloween est un tel succès qu'on est encore tous en train de danser sur « How a Heart Unbreaks » de Ruby Rose & Evermoist à une heure du matin passée. Le repas était parfaitement dans le thème, entre les verrines pierres tombales, les bloody pizzas et les *pumpkin pies*, et les festivités se sont ensuite déplacées sur le pont, transformé en boîte de nuit pour la soirée.

– Bon, j'en peux plus, moi, je rentre me coucher ! finit par lâcher Jena en retirant ses talons pour masser ses pieds endoloris.

Je me resserre en punch – tout en évitant les yeux comestibles qui flottent dans le récipient – et m'apprête à retourner danser avec Joy et Peyton quand mon téléphone vibre.

[Si tu veux me rejoindre
dans ma chambre,
mon service au bar
finit dans 5 minutes.]

Mon cœur loupe un battement et mes joues s'enflamment alors que je découvre le texto de Milos. On ne s'est pas recroisés depuis notre dernier cours de communication interculturelle, et j'avais nourri l'illusion que cette distance physique serait mon garde-fou, mais tout ça s'évanouit à l'instant où je découvre son invitation.

OK, c'est le moment de vérité…

Si j'y vais, je sais très bien dans quoi je m'embarque.

Si j'y vais, ce n'est pas pour papoter.

Est-ce que je suis prête à faire ça, et à en assumer les conséquences ? Entre quelques sextos accompagnés d'une séance de masturbation en solo et le fait de franchir le pas et de réellement coucher avec Milos, il y a un fossé… Là, même si ça me répugne de le considérer comme tel, je tromperais clairement mon « copain ».

Avec quelqu'un qui ne sait même pas que je suis déjà dans une relation…

La culpabilité vis-à-vis de Milos s'insinue en moi et me laisse un goût amer dans la bouche. Même si je sais qu'il ne recherche que du sexe, rien de plus, ça ne m'empêche pas de me sentir honteuse de lui cacher une information qui, s'il la détenait, le ferait peut-être changer d'avis. Mais je ne peux pas lui parler de Gavin. Ça reviendrait à lui expliquer la situation, et ça, j'en suis incapable.

Bien sûr, il y aurait une autre solution. Je pourrais prendre mon téléphone, appeler Gavin, lui dire que je le quitte, et je n'aurais à mentir à personne.

Mais je sais que cette décision, aussi tentante soit-elle, je la regretterai chaque jour au second semestre, lorsque je devrai côtoyer Gavin cinq jours sur sept à l'université de Chicago, lorsque je le verrai rôder dans mon quartier qu'il connaît par cœur, lorsque, à chaque instant je serai vulnérable et à la merci de sa colère froide, de la volonté qu'il aura forcément de me faire payer cette rupture.

Alors entre toutes ces options bien pourries, je préfère encore celle qui m'apportera un peu de plaisir et un minimum de blessures…

[J'arrive.]

Sans plus réfléchir, et avant de changer d'avis, je pose mon verre de punch et me dirige vers notre couloir. Essoufflée, j'arrive devant sa porte. Je n'ai même pas le temps de toquer qu'elle s'ouvre et que n° 6 m'attire à l'intérieur.

Je me retrouve plaquée contre le mur communiquant avec ma chambre, les yeux de Milos plantés dans les miens. Sa bouche est à quelques centimètres de la mienne, mais il ne m'embrasse pas. Il approche ses lèvres de mon oreille, et me demande :

– Tu sais ce qui arrive après ? Ce que je t'avais dit que je ferais ?

Je déglutis en repensant à nos échanges de messages, et mon sexe s'affole d'anticipation. Je sais d'avance que je suis mouillée au possible… Il ne me quitte pas des yeux alors que ses mains viennent défaire le bouton de mon pantalon, et quand ses doigts s'enfoncent sans mal en moi, c'est cent fois mieux que tout ce que je m'étais imaginé.

– Tu aimes ? me demande-t-il en traçant des cercles délicieusement lents sur mon clitoris.

Pour toute réponse, je laisse échapper un gémissement, avant de porter ma main à ma bouche en étouffant un juron.

– Quoi ? me demande-t-il, amusé.

– Les murs sont super fins et Jena est dans la chambre, elle va tout entendre… murmuré-je, partagée entre ma pudeur et l'envie de laisser libre cours à mon plaisir.

– Eh bien, je vais veiller à ce que tu ne fasses pas trop de bruit, alors… me chuchote-t-il en venant poser fermement sa paume libre sur ma bouche.

Il n'y a aucune violence dans son geste, juste un érotisme qui me fait un peu plus trembler de désir. J'avais toujours pensé que si je couchais avec un autre que Gavin, j'aurais besoin d'un homme très doux, délicat. Mais Milos ne me touche pas comme si j'étais en sucre, il me touche comme s'il avait envie de me dévorer.

Et en fait, j'adore ça…

Tandis qu'il me bâillonne de sa main gauche, sa main droite continue son exploration de mon intimité, avec une dextérité qui manque de me faire défaillir. Il me fixe tout en me caressant un peu plus fort, les yeux brûlant d'envie : il me regarde me consumer. Et si une partie de moi est intimidée à l'idée d'être ainsi exposée, l'autre est trop excitée pour s'en préoccuper. À mesure que mon désir enfle, mon envie de le toucher est décuplée, et je finis par l'attirer à moi, en passant mes deux mains sur ses fesses. La brusquerie de mon geste le force à interrompre ses mouvements, et il se stabilise en empoignant mes hanches, tout en me lançant un petit sourire surpris. Je passe les mains dans les poches arrière de son jean et le rapproche encore un peu de moi, jusqu'à ce que son érection soit pressée contre mon entrejambe.

Milos m'attrape alors par la nuque, et bouge avec une lenteur infernale contre moi, mimant l'acte sexuel dans ses mouvements, et m'arrachant de petits glapissements chaque fois que son sexe tendu vient de nouveau frotter le mien à travers la barrière de nos vêtements. N'en pouvant plus, je me débarrasse frénétiquement de mon jean, commence à ouvrir le sien, et plonge la main là où son membre dressé m'accueille. Je sens Milos frémir à mon contact, et son sexe se tendre davantage. Pourtant, il attrape mon bras, et l'arrête.

– Aujourd'hui, c'est toi qui vas me supplier…

Je repense à notre « jeu de la frustration » et pousse un grognement.

Je n'aurais pas dû faire la maligne en texto...

J'ai envie de retrouver son contact chaud contre ma paume, mais alors que Milos s'agenouille devant moi et m'enlève lentement ma culotte en dentelle, son souffle contre mon sexe brûlant, j'oublie peu à peu tout le reste. Pendant un instant, j'ai la tentation de tirer sur mon chemisier pour cacher mon intimité, mais Milos l'observe avec tant d'avidité que je laisse ma retenue de côté.

– Tu veux que je te lèche ? demande-t-il sans pudeur, ses yeux venant de nouveau à la rencontre des miens.

Je retiens un hoquet de surprise et ne peux m'empêcher de rougir. Il est tellement à l'aise, comme dans ses messages... Sauf que moi, je ne suis plus la Billie décomplexée des textos !

– Tu préfères que je dirige ? murmure-t-il, semblant sentir ma gêne.

Pas de moquerie, juste une vraie question, et je l'accueille avec soulagement en hochant timidement la tête. Il me repousse doucement contre le mur, lui toujours à genoux devant moi, et quand sa langue me pénètre avec lenteur, je sens déjà mes jambes trembler de plaisir. Je passe la main dans ses cheveux tandis que ses dents viennent mordiller mon point sensible, et serre ma mâchoire pour retenir un cri. Mais alors que je sens que je suis au bord de l'orgasme, Milos s'arrête soudain et se relève.

Quoi ?

– Je peux diriger, mais je veux quand même que tu me supplies...

Son sourire taquin parvient à effacer ma moue, et je le laisse m'entraîner jusqu'au lit, à la fois frustrée à mort et terriblement impatiente. Il retire tous ses vêtements, debout devant moi, pendant que je le regarde faire, fascinée. Je l'ai déjà vu torse nu lors de notre fâcheuse rencontre, mais le fait de le voir *entièrement* nu, et dans un contexte bien moins équivoque que la première fois, réveille chaque once de désir endormi dans mon corps. Il ne cache ni son torse bombé, ni la fine rangée de poils qui sillonne son bas-ventre, ni les muscles secs de ses jambes. Et il ne cache surtout pas son sexe dressé… L'assurance transpire de lui, et c'est totalement sexy : il sait ce qu'il veut, il ne doute pas, ne s'en excuse pas.

Et ce qu'il veut, c'est moi…

– Allonge-toi, me susurre-t-il, et j'obtempère.

Il vient me rejoindre, mais se contente de s'occuper de mon chemisier, qu'il déboutonne avec une infinie lenteur, sans que ses doigts s'attardent jamais sur ma peau. Quand il me l'a retiré, il me touche enfin pour passer son bras dans mon dos et dégrafer mon soutien-gorge, et ce simple contact me fait frissonner. Alors que je suis nue sous son regard et que tout mon corps lui crie de l'empoigner, il se contente d'approcher ses lèvres des miennes. Son baiser est d'abord un effleurement, doux, sensuel. Mais il s'intensifie peu à peu, et sa langue franchit la barrière de mes lèvres au moment même où sa main vient se poser sur ma gorge. Je m'attends à avoir un mouvement de rejet, mais sa façon de m'attraper le cou est tellement différente de celle de Gavin que je halète juste un peu plus de plaisir. Quand Gavin me touche à cet endroit pendant le sexe, c'est pour me faire mal. Milos, lui, semble juste vouloir me faire du bien…

Je passe mes bras dans son dos et, n'y tenant plus, je l'attire une nouvelle fois à moi. Pour la première fois, je sens son sexe bandé tout contre le mien, peau contre peau. Son érection est si imposante qu'elle ne laisse aucun doute sur son désir.

Et celui que je lis dans ses yeux me prouve également qu'il n'a qu'une envie : me pénétrer. Pourtant, il tient bon, et continue son petit jeu pour me rendre folle.

Putain…

– Si pressée… murmure-t-il alors que sa bouche vient à la rencontre de mon sein.

Il passe sa langue sur mon téton, qui durcit sous sa caresse, et quand il l'aspire tout entier, je me cambre violemment.

– Milos…

– Quelque chose à réclamer ? me questionne-t-il avec un petit sourire innocent, tout en ouvrant d'une main le tiroir de sa table de chevet.

Il en sort un préservatif, qu'il déchire et enfile, et je me force à garder mes yeux ancrés dans les siens.

– Pas du tout.

Son sourire s'étire, et il s'allonge de nouveau tout contre moi, le poids de son torse venant m'écraser à merveille. Il place son sexe à l'entrée du mien, mais alors que je m'attends à ce qu'il s'arrête là, comme il l'avait annoncé dans ses textos, il me pénètre entièrement. Je pousse un gémissement d'exaltation, de soulagement.

Il a cédé, finalement…

– Qu'est-ce qu'on a dit ? me susurre-t-il sur un ton de reproche en plaquant de nouveau sa main contre ma bouche pour me faire taire.

Son autre main s'attarde sur mon téton dressé puis descend vers mon bas-ventre tandis qu'il est toujours en moi. Il me caresse au même moment qu'il se retire, avant de cesser alors qu'il m'emplit de nouveau. Il arrête encore une fois de bouger, et je rapproche mon bassin du sien, l'exhortant à aller plus vite, à combler le manque qui rugit en moi. Mais il ne reprend pas son va-et-vient, ne titille plus mon clitoris en feu. Il reste immobile.

OK, il n'a pas du tout cédé... Il m'a juste fait goûter l'extase pour mieux m'en priver après.

Ce jeu de la frustration porte bien son nom ; pourtant, je savoure chaque minute. Pour la première fois depuis trop longtemps, je ressens un vrai désir, pas un désir dicté par la peur, pas un désir simulé utilisé comme un bouclier, comme une protection.

Et moi aussi, j'ai envie de jouer...

J'échange nos positions, le faisant s'installer sur le dos, puis je le chevauche. Je prends son sexe en main et cette fois, il ne m'arrête pas. Il a l'air intrigué par mon initiative, et semble attendre de voir où cela va mener. Avec lenteur, je fais coulisser ma main sur son membre, et je vois sa mâchoire se contracter.

– Tu veux que je dise que j'ai envie que tu me baises, c'est ça ? lui demandé-je doucement.

– Putain... lâche-t-il en plaçant ses mains sur mes hanches, comme pour m'inciter à m'asseoir sur lui, à l'introduire en moi.

Qui c'est qui est impatient, maintenant ?

Je pose mes mains sur ses épaules et ma tête au creux de son cou, et je viens simplement frotter mon clitoris contre son sexe dressé. Mes seins effleurent son torse au rythme de mes mouvements et ses mains viennent épouser le creux de mes reins alors que je prends mon plaisir sans le lui réclamer. J'ondule sur lui de plus en plus frénétiquement, sentant ma respiration et la sienne s'accélérer. Puis soudain, Milos me bascule sur le matelas, et je me retrouve de nouveau sous son corps puissant.

– OK, c'est bon, tu m'as rendu fou à te frotter comme ça… grogne-t-il.

Ses dents viennent s'attaquer à mon cou, le malmenant juste assez pour m'arracher un soupir.

– Le mot magique ? murmuré-je à son oreille.

Il me regarde dans les yeux, un sourire plus que sexy aux lèvres.

– S'il te plaît, laisse-moi te baiser…

En lui rendant son sourire, je faufile ma main entre nous, enroule mes doigts autour de son membre, et le fais glisser en moi. La pénétration est brusque, empressée, et elle nous arrache à tous les deux un cri de plaisir. Heureusement, Milos n'arrête pas ses va-et-vient, et on se laisse totalement aller à la jouissance qui monte en nous. Son pouce vient trouver mon clitoris en même temps qu'il s'enfonce une nouvelle fois en moi, et un bruit rauque sort de sa gorge ; je sens mon vagin se resserrer autour de lui. Cette fois, ni lui ni moi n'étouffons le râle qui m'échappe alors que l'orgasme envahit chaque parcelle de mon corps. Milos me rejoint juste après, et pendant un instant, seuls nos souffles désordonnés viennent rompre le silence qui nous a soudain enveloppés. Je retrouve peu à peu mes esprits, tandis qu'un sentiment de bien-être continue à m'envahir. J'ai couché avec n° 6… et c'était trop bon.

Je ne reviendrais en arrière pour rien au monde.

C'était peut-être la pire décision de ma vie, mais c'était aussi la plus jouissive…

– Pourquoi tu as choisi ce symbole ? finit par chuchoter Milos, l'air intrigué.

Il caresse presque machinalement le tatouage en forme d'infini sur ma hanche, et je me raidis légèrement.

Parce que j'étais naïve et amoureuse, parce que j'ai cru que le conte de fées allait durer toujours…

– Une erreur de jeunesse, tenté-je de plaisanter.

Une putain d'erreur que je continue de payer chaque jour, un piège dans lequel j'ai couru sans y prendre garde et dont je ne peux plus m'extirper. Milos se contente de hocher la tête, mais sa façon de me scruter, comme s'il sondait mon âme, me fait détourner le regard. Je m'apprête à changer de sujet quand je réalise qu'il doit bien être deux heures du matin et qu'il serait peut-être temps de clore cette parenthèse, aussi agréable fût-elle.

Après tout, j'habite littéralement la porte à côté, je n'ai aucune raison de squatter son lit quand le mien m'attend à quelques pas…

– Bon, eh bien…

Comment ça se passe, les au revoir après un coup d'un soir ? Je sais pas faire, moi !

– Tu peux rester dormir, si tu veux, me devance Milos.

Un peu décontenancée, je reste un instant immobile, la bouche entrouverte.

Il essaie sûrement juste d'être sympa, mais maintenant, si je décline, c'est moi qui vais sembler malpolie…

Je sais que je devrais quand même rentrer dans ma chambre, mettre tout ce qui vient de se passer de côté, comme un joli souvenir auquel je pourrai revenir dans les temps difficiles. Je sais aussi que dormir collé-serré avec Milos dans ce petit lit ne va sans doute pas m'aider à me dire que c'était seulement du sexe, seulement une fois, et que maintenant, c'est fini… Mais après tout, je peux bien attendre demain matin pour revenir sur terre.

– D'accord, finis-je par dire maladroitement en tripotant le drap entre mes mains.

Il sourit et hoche la tête avec un sourire qui me donne l'impression que ma réponse l'étonne. J'attrape mon téléphone pour prévenir Jena de la situation, et elle me répond presque aussitôt un « Ah, c'était donc ça, tout ce boucan ! » qui me fait rougir jusqu'aux oreilles. Puis, Milos disparaît quelques instants dans la salle de bains, durant lesquels j'ai tout le temps de cogiter sur ce que je m'apprête à faire. Dormir. Dans son lit. Avec lui. Alors qu'on a repris nos esprits, qu'on est rassasiés, qu'on n'a plus l'esprit embrumé par des vagues de plaisir.

Mon rythme cardiaque s'accélère, cette perspective me paraissant soudain bien plus intime que tout ce qu'on vient de faire. Et au moment où j'hésite à sortir du lit et à aller me rhabiller, Milos réapparaît, vêtu d'un simple boxer noir. Son regard tombe sur moi. Je suis allongée dans son lit, le drap remonté sur ma poitrine, et cette vision semble légèrement le déstabiliser. Il me fixe sans rien dire, d'un regard indéchiffrable qui me réchauffe inexplicablement, avant de finir par se détourner pour aller fouiller dans son placard de l'autre côté de la chambre.

– Un tee-shirt Rolling Stones, ça t'irait ? me propose-t-il, l'air de nouveau totalement à l'aise.

Comme si toute cette situation n'était pas le moins du monde surprenante.

Je hoche la tête, avant de réaliser qu'il ne peut pas me voir.

– Oui, oui, lâché-je d'une voix rauque.

Il revient vers moi, et je me force à garder mon regard ancré dans le sien… du moins jusqu'à ce qu'il se penche pour me tendre le tee-shirt, et que son torse et ses muscles contractés se retrouvent juste sous mes yeux.

Qu'est-ce que je me disais ? Qu'on était « rassasiés » ?

Parce que là, je ne le suis plus tant que ça…

Et lui non plus, si j'en crois l'érection que je vois de nouveau se dessiner sous son caleçon. Je redresse vivement la tête en me rendant compte que mon regard a sacrément dévié, et commence à passer le tee-shirt, plus pour me donner une contenance qu'autre chose. Je sens le drap dévoiler ma poitrine alors que je passe ma tête à travers le col, et quand je découvre mes yeux, je me rends compte que Milos est légèrement de dos, comme s'il attendait mon signal pour se retourner.

– Tu les as déjà vus tout à l'heure, tu sais, plaisanté-je bêtement, histoire de rompre la tension sexuelle qui renaît entre nous et que je ne sais pas comment gérer.

– Mais si je les vois de nouveau, je sens qu'on ne va pas beaucoup dormir… Allez, pousse-toi un peu ! m'ordonne-t-il avec un clin d'œil avant de se glisser à mes côtés dans le lit.

Il se cale contre moi, et son bras vient doucement m'enserrer pour me rapprocher de lui. Je sens mon cœur s'affoler alors que ses doigts frôlent mon ventre et que son souffle caresse ma nuque.

– Bonne nuit, bébé, murmure-t-il tout contre mon oreille.

– Bonne nuit, réponds-je en essayant de ne pas trop me focaliser sur son torse que je sens bouger tout contre mon dos au rythme de sa respiration.

C'est sûr, même si on ne fait plus rien, je ne vais pas beaucoup dormir…

***

Quand je me réveille au son de la douche et de vibrations intempestives, je m'apprête à grogner à Jena de mettre son téléphone en silencieux, avant de me souvenir que je ne suis pas dans mon lit.

Avant de me souvenir que j'ai couché avec Milos Williamson… et, presque encore plus surprenant, que j'ai dormi avec lui.

Enfin, « dormi » est un bien grand mot, sachant que la majeure partie de la nuit, tous mes sens étaient beaucoup trop focalisés sur le corps de Milos tout contre moi pour que je puisse trouver le repos. Et maintenant qu'il n'est plus contre moi, un sentiment trop fort de vide m'envahit. J'ai une envie inexplicable de retrouver sa chaleur, son odeur, sa peau…

Mais je dois revenir sur terre, maintenant… pas rêver d'aller le rejoindre sous la douche !

Le téléphone de Milos continue de sonner à côté de mon oreille et le nom « Harper » apparaît à l'écran une seconde fois.

Harper, Harper… Pourquoi est-ce que ce nom me dit quelque chose… ?

Alors que je continue de bugger sur l'écran en cherchant dans ma mémoire, un message s'affiche, et je le lis presque sans m'en rendre compte.

[J'ai encore rêvé de Clarence
cette nuit… Même s'il est
toujours à l'hôpital, c'est…]

Pour lire la suite, je devrais déverrouiller le téléphone, et au moment où je réalise que ce que je suis en train de faire est totalement intrusif, Milos passe la tête par la porte de la salle de bains.

– On en est déjà à ce stade de notre relation où on fouille dans le téléphone de l'autre parce qu'on ne se fait plus confiance ? lance-t-il une main sur le cœur, l'air faussement peiné.

– Désolée, je ne voulais pas… Ce n'était pas… Son nom est apparu, et je me demandais juste… tenté-je désespérément de m'expliquer.

– Quel nom ? me demande-t-il, visiblement plus amusé par le rouge qui me monte aux joues qu'agacé de m'avoir surprise les yeux rivés sur son portable.

– Harper…

– Ma sœur a appelé ?

Sa sœur ! C'est ça !

La soirée au bar, où il m'avait parlé d'elle, me revient aussitôt en mémoire. Mais au même instant, le sourire de Milos s'efface d'un coup, son regard se noircit, et je me remémore soudain les mots que j'ai lus.

– Elle… Elle t'a laissé un message, aussi. J'ai lu le début sans le vouloir, je te jure… précisé-je en lui tendant son téléphone.

Une part de moi m'encourage à me taire et à le laisser seul, mais je continue :

– Je suis désolée, si le copain de ta sœur est blessé, ça doit être horrible, je…

– Ce n'est pas son copain, et moi, je ne suis pas désolé, me coupe-t-il durement.

– Oh… mais…

Je tente de rassembler mes esprits, d'assimiler ce qu'il me dit.

– C'est moi qui l'ai envoyé à l'hôpital.

Tandis qu'il m'assène le coup de grâce, je reste un instant abasourdie, comme si mon cerveau refusait d'y croire.

Comment ses mains, qui m'ont caressée hier, auraient pu faire ça ? Comment est-ce qu'*il* aurait pu faire ça ?

Je cherche son regard, espérant y trouver quelque chose, n'importe quoi qui m'indiquerait que c'est un malentendu, mais je n'y lis qu'une rage violente, intense, qui me coupe le souffle.

Alors je fais ce que j'aurais dû faire juste avant, ce que j'aurais dû faire depuis le début : je fuis ce garçon au regard clair mais au passé trop sombre, ce garçon qui a du charme à en crever mais du sang sur les mains. Ce garçon que je croyais si différent de Gavin et qui est peut-être exactement comme lui.

14

D'habitude, lorsque le *Moving Paradise* arrive dans un nouveau port, je ressens toujours une pointe de nostalgie mêlée à l'évidente excitation. J'aime le frisson de la découverte, l'émerveillement qui m'étreint dans chaque ville, les vues incroyables qui resteront toujours gravées en moi… mais j'aime encore plus ce paquebot.

Pourtant, après une semaine et demie à avoir l'impression de manquer d'air, je n'ai qu'une envie : m'éloigner de cette seconde maison qui n'a plus rien d'un sanctuaire. Je veux seulement pouvoir me perdre dans les rues du Cap, tenter de reprendre mes esprits en étant à plus de quelques mètres de Milos, enfin réussir à dormir en sachant qu'il n'est pas dans la chambre juste à côté.

Heureusement, Jena est géniale depuis ce matin-là, où j'ai débarqué tremblante de la tête aux pieds et où je lui ai demandé de ne plus jamais mentionner le nom de Milos. Non seulement elle l'a fait, sans hésiter et sans poser de questions, mais en plus, elle s'est chargée de lui dire que ce n'était pas la peine de venir toquer à notre porte, parce qu'on ne lui ouvrirait pas. Et elle a été là chaque jour pour m'accompagner, les rares fois où je sortais de notre chambre, pour me rendre en cours ou à la cafétéria.

Tout comme elle est là aujourd'hui.

J'essaie de lui transmettre ma reconnaissance dans le petit sourire que je lui adresse, alors qu'on badge nos cartes étudiant et qu'on part déjà à la recherche du bus qui nous amènera vers la terre promise : la colline de Signal Hill, le point de rendez-vous pour la séance de parapente qu'on a réservée.

Je vais enfin pouvoir me vider la tête, admirer Lion's Head, Camp's Bay et le front de mer sans avoir tous ces flashs qui m'envahissent le cerveau. Depuis des jours, je ne fais que ressasser. Je m'imagine Milos, les traits déformés par la colère, en train de frapper.

Encore et encore.

J'entends le craquement des phalanges contre une pommette, les gémissements de douleur ; je le vois, le regard fou, incapable de s'arrêter. Tout ça se mêle à mes souvenirs et, en rêve, c'est moi qu'il tabasse jusqu'à ce que je perde connaissance.

– Promis, tu vas tellement flipper lorsqu'on sera à deux mille mètres d'altitude que tu vas bien vite oublier cet abruti, m'assure Jena quand on finit par grimper dans le bus.

Elle me fait une petite grimace, qui efface presque aussitôt les images morbides de derrière mes paupières. Je lui donne un léger coup d'épaule en riant et on s'installe sur les sièges du fond. Elle a une manière particulière de réconforter… mais ça fonctionne ! C'est vraiment une amie à toute épreuve :

même si je ne lui ai pratiquement rien raconté, elle me soutient à 100 %. Alors que moi, je suis la pire des amies, même pas fichue de lui dire la vérité, ni sur Milos ni sur Gavin… Parce que si je commence à lâcher la moindre miette d'information, j'ai peur de ne plus pouvoir m'arrêter.

– C'est pas toi qui m'avais dit que ça faisait pas peur ? renchéris-je.

Quand Jena m'a proposé cette activité parapente, j'ai accepté, les yeux fermés, focalisée sur l'idée de me changer les idées. Mais… deux mille mètres, vraiment ?

– Non, je t'ai dit que ça faisait moins peur que la boule à l'élastique à la fête foraine, nuance ! réplique-t-elle alors que j'essaie de refouler l'anxiété qui commence à s'insinuer dans mes veines.

Bon, j'ai déjà vu des gamins de 13 ans faire la boule à l'élastique, ça devrait quand même aller, non ?

***

OK, si ça, ça fait *moins peur* que la boule à l'élastique, alors je ne veux jamais, au grand jamais, monter dans cette fichue boule !

C'était magnifique, mais j'ai quand même crié pendant presque toute la durée de l'activité.

Autant dire qu'après quarante minutes, j'ai la voix un peu cassée…

– C'était trop bien, hein ? me demande Jena, surexcitée, tandis qu'on se débarrasse de nos équipements.

– Oui, réponds-je sincèrement, même si ma voix déraille un peu vers la fin.

Car malgré la peur, malgré le vertige, je n'ai absolument aucun regret. Je n'ai peut-être plus de cordes vocales, mais j'ai des souvenirs plein la tête !

***

Les trois jours au Cap sont passés beaucoup trop vite ; et maintenant, c'est reparti pour deux semaines à tourner en rond dans ma chambre dès la fin des cours jusqu'à ce qu'on arrive en Égypte.

Je vais craquer…

D'un côté, je n'ai envie de voir personne, mais de l'autre, je deviens folle, à rester enfermée avec rien d'autre que mes pensées obscures pour me tenir compagnie.

Peut-être que si je rejoins les filles au bar à jus, Nick aura encore des potins qui m'arracheront un sourire ?

Je m'extirpe difficilement de ma couette, m'habille, enfile un pull pour combattre le petit vent automnal qui ne va sûrement pas m'épargner, et me dirige vers le pont. Mais j'ai à peine fait quelques pas dans le couloir que je vois Milos arriver dans ma direction. Pendant un bref instant, mon corps réagit comme avant, et le trouble s'insinue en moi, alors que je détaille ces cheveux dans lesquels j'ai glissé mes doigts, cette bouche qui m'a embrassée partout et qui m'a susurré tant de choses, ces bras qui se sont enroulés autour de mes hanches. Tout son être appelle encore le mien, qui semble prêt à répondre, comme s'il refusait de croire que cette attirance magnétique pouvait lui apporter autre chose qu'un plaisir intense. Et à ce moment, même mon esprit doute : je ne décèle aucune violence dans ses épaules un peu voûtées, dans ses yeux qui traînent sur le sol, dans ses sourcils légèrement froncés qui semblent indiquer qu'il a l'esprit ailleurs. Rien qui ne crie qu'il aurait pu faire ce qu'il a fait. Puis il se redresse soudain, ses yeux croisent les miens, et son expression change : il semble plus alerte, soudain, plus déterminé, et je fais brusquement demi-tour alors que je l'entends m'appeler et courir pour me rattraper.

– Putain, mais laisse-moi m'expliquer !

Il se poste devant moi, me bloquant le passage, et il s'apprête à attraper ma main quand mon mouvement de recul le stoppe net. L'incompréhension traverse son regard un quart de seconde, puis il pâlit.

– Me dis pas que t'as peur de moi ?

Il semble réellement choqué par cette perspective, et je laisse échapper un rire sans joie.

– Pourquoi j'aurais peur de toi ? Tu m'as juste avoué avoir tabassé quelqu'un, après tout, c'est pas grand-chose, non ? Il s'en est sorti avec quoi, un œil au beurre noir, une mâchoire fracturée ? Rien de grave !

– J'avais une bonne raison, crois-moi.

Je reste face à lui, les bras croisés, et le fusille du regard. Je devrais effectivement le craindre, m'enfuir, cesser de lui tenir tête, mais je crois que je n'ai pas encore réussi à l'intégrer, car tout ce que je ressens, c'est de la déception, du dégoût et de l'incompréhension.

– Ouais, ils ont tous une bonne raison.

– C'est pas comme si je l'avais mis dans le coma, non plus ! s'agace-t-il. C'est bon, le salaud va bien ! Il le méritait, et…

– Moi aussi, quand tu estimeras que je le « mériterai », tu vas me péter les côtes ? éructé-je en commençant à faire les cent pas, incapable de rester immobile une seconde de plus. Et si je ne finis pas dans le coma, c'est que je n'aurai pas trop mal ? C'est ça ? Tant que je ne suis pas à l'article de la mort, tout va bien ? J'hallucine !

– Mais bien sûr que non ! Jamais je ne lèverai la main sur toi !

Il secoue la tête, comme si cette vision lui était insoutenable.

– Là, c'était différent. Il… Il s'en est pris à ma sœur, et je…

Ses yeux s'abaissent, sa mâchoire se crispe, et le silence nous entoure soudain. Je déglutis alors que mille images commencent à se bousculer dans ma tête.

– Qu'est-ce qu'il s'est passé ? finis-je par demander doucement, sans m'approcher pour autant.

Je m'attends à ce qu'il ne réponde pas, à ce qu'il se renfrogne, comme le soir au bar, mais sa voix rauque ne tarde pas à se faire entendre.

– C'est notre voisin, un mec de son lycée. Ils révisaient parfois ensemble, pendant l'année scolaire, et là, ils devaient se faire une session avant la rentrée. Sauf que quand je suis passé dans la rue en rentrant de chez mon pote, ils…

Je sens qu'il revit la scène, et une douleur insidieuse se mêle à ma colère.

– J'ai remarqué qu'ils n'étaient pas au bureau près de la fenêtre du rez-de-chaussée, comme les autres fois. J'ai cru que Harper était déjà rentrée et je m'apprêtais à continuer mon chemin quand j'ai entendu des… des cris étouffés, comme quelqu'un qui se débat. La porte d'entrée était ouverte, j'ai monté les marches quatre à quatre et… et je les ai vus. Sa jupe était relevée, sa culotte au sol, et il maintenait un oreiller sur son visage pour l'empêcher de crier.

C'est la dernière image que j'ai en tête. Après, j'ai vrillé. Je me souviens juste que ma sœur m'a tiré par le bras, m'a supplié qu'on s'en aille ; la semaine suivante, mon beau-père s'était déjà renseigné sur ce programme et me poussait à y adhérer lors de la dernière vague d'inscriptions.

Il désigne le paquebot d'un signe de main et semble revenir à la réalité. Moi, je ne sais plus quelle est la réalité, car ses révélations viennent de tout bouleverser. Il a été violent, oui, mais s'il n'était pas intervenu physiquement, qui sait ce qui serait arrivé à sa sœur ? Il est allé trop loin, c'est sûr, et pourtant… une part de moi le comprend. Mais ce n'est pas la part que je dois écouter si je veux être sûre de me protéger. Car il avait peut-être une bonne raison, cette fois, mais est-ce que ce sera le cas la prochaine fois ? Et la suivante ?

– Tu ne voulais pas… rester auprès d'elle ? demandé-je prudemment, pour continuer de tenter de le comprendre, malgré tout.

– Si, je ne voulais rien d'autre. Mais ma mère et son mec ont réussi à me convaincre que c'était mieux pour ma sœur qu'elle se reconstruise sans que ma… présence lui rappelle chaque jour les événements qu'elle a vécus. Mon beau-père n'en pensait pas un mot, bien sûr. Il voulait juste éviter le scandale, m'éloigner le plus possible, que je ne ternisse pas sa petite image de publiciste de l'année… Mais sur le coup, je me suis dit qu'ils avaient peut-être raison quand même. Qu'en vivant à mes côtés, elle n'allait pas cesser de voir celui qui était sur les lieux de l'agression, ce jour-là. Alors j'ai accepté, tout en refusant l'argent que mon connard de beau-père voulait me filer pour m'amadouer. Il avait déjà payé la majorité des frais d'inscription, et je n'avais aucune envie de devoir le remercier chaque jour de s'être débarrassé de moi.

Je hoche la tête, comprenant désormais sa présence sur le paquebot et derrière le bar du premier pont, malgré son dédain manifeste envers cette aventure.

– Je me disais que de toute façon, je n'allais pas partir longtemps, que le mec allait porter plainte, que j'allais devoir revenir, mais non. Je suis toujours là…

Un faible sourire étire ses lèvres et j'ai presque envie de le prendre dans mes bras pour le consoler. Puis je me rappelle ce que ses bras à lui ont fait, et mon corps se raidit.

– Je suis vraiment désolée pour ta sœur, et pour ce qu'elle a vécu. Mais ça ne justifie pas ton geste. Ça ne l'excuse pas.

– Et comment t'aurais réagi, toi, à ma place ?

Son regard est plus dur, désormais. C'est comme si, après s'être livré, il remettait son armure.

– J'aurais repoussé le type, oui, mais après, j'aurais appelé la police !

– Eh ben, bravo, t'es une sainte, raille-t-il méchamment.

– Non. Je suis juste pas une putain d'assassin comme tu aurais pu l'être si ta sœur ne t'avait pas arrêté.

– En attendant, ça fait plus de trois mois que Harper a porté plainte, et toujours pas de nouvelles, pas de convocation, rien ! Je n'ai même pas été appelé à témoigner ! Alors ouais, parfois, on est tenté de faire justice soi-même. Et puis, t'imagines pas ce que ça fait. De se retrouver face à un monstre pareil.

– Crois-moi, j'imagine très bien.

Ses sourcils se froncent soudain, et son regard me transperce.

– Quelqu'un t'a déjà fait du mal ?

Je n'ai aucune envie de parler de ça, encore moins avec lui. Je balaie sa question d'un geste de la main et il semble se radoucir, tout à coup.

– Écoute, je suis vraiment désolé si tu t'es retrouvée face à un connard aussi, dans ton passé…

Dans mon passé, dans mon présent, dans mon avenir…

– … mais je veux que tu saches que je n'en suis pas un. J'ai dérapé, mais je ne te ferai jamais de mal.

Sa main s'avance doucement vers mon menton et, pendant un instant, je suis tentée de le croire. Parce que bizarrement, je ne me sens toujours pas menacée par sa présence. Parce que, même si son corps est à quelques centimètres du mien, je n'ai pas l'impression d'être en danger, je ne ressens pas ce malaise, cette angoisse qui m'envahit lorsque je suis seule avec Gavin.

Mais je croyais que Gavin ne me ferait jamais de mal non plus, et pourtant…

– Ne fais pas de promesses que tu ne peux pas tenir, lâché-je d'une voix enrouée. De toute façon, nous deux, c'était juste un coup d'un soir, non ? Alors t'inquiète pas, ce n'est pas comme si tu allais avoir l'occasion de me faire quoi que ce soit.

Ses doigts effleurent ma peau au moment où je me retourne, et je les sens encore contre ma joue quand je m'enferme à double tour dans ma chambre.

15

OK, quand Amandine nous a vendu son « petit tour tranquille en kayak » pour découvrir Santorin, je ne sais pas ce que j'avais en tête, mais sûrement pas de pagayer pendant quatre heures d'affilée ! Il ne fait que seize degrés cet après-midi ; pourtant, je suis en nage.

Heureusement qu'on est en décembre et pas en juillet, j'aurais déjà fondu comme un sorbet au soleil…

Tous les muscles de mes bras sont endoloris et mes jambes sont engourdies, mais au moins, l'effort physique et la fatigue me permettent de ne plus penser, de me concentrer sur mon corps plutôt que sur mon esprit, qui est comme un disque rayé depuis plus d'un mois.

Depuis que ce je-ne-sais-quoi avec Milos m'a explosé à la figure…

Pourquoi est-ce que je n'arrive pas à passer à autre chose ? Pourquoi est-ce que j'y pense encore, chaque jour, chaque nuit ? À ce qu'on a partagé, à ses baisers, sa peau contre la mienne, son contact ?

C'était juste censé être une parenthèse sans prise de tête, un petit moment de plaisir passager… Ce n'était jamais censé durer, entre nous. Donc pourquoi est-ce que ça me fait aussi mal, que Milos soit le genre de mec à en envoyer un autre à l'hôpital ? Pourquoi est-ce que ça me hante ? Pourquoi est-ce qu'il me hante, tout entier, alors même que je passe le plus clair de mon temps à l'éviter, pour être sûre de ne pas flancher, pour ne pas laisser gagner la part inconsciente de moi qui me murmure qu'il est différent de Gavin ?

Je continue de pagayer, accélérant mes mouvements jusqu'à ce qu'on arrive à une petite plage déserte et que je ne sente plus mes bras. Contrairement au sable volcanique de la très touristique plage rouge, celui-ci semble n'avoir jamais été foulé. Alors on accoste en plaisantant et en jouant aux exploratrices. Pourtant, lorsqu'on se retourne et qu'on admire les alentours, un court silence s'installe entre nous.

Ça a de quoi intimider… et couper le souffle.

On est entourées de falaises, dans la bouche du volcan, presque seules au milieu de cette immensité.

Comment ne pas se sentir toutes petites ?

Surtout quand on a en tête ce que le guide nous a raconté sur l'activité volcanique intense qui n'a épargné que Santorin, seul fragment restant d'une ancienne île qui était bien plus grande, il y a des millions d'années…

Et quand on voit ses ruelles, ses maisons blanches aux dômes bleus, ses recoins secrets, on ne peut qu'être ravies que cette île ait survécu au passage du temps.

– Bon, je sais que l'autre jour j'avais dit que Gizeh était ma destination préférée de tout le voyage, et je sais que j'avais dit ça du Cap avant, mais là, je suis encore obligée de changer d'avis, non ? demande Jena en jouant avec le sable.

– Vous vous rendez compte qu'on arrive déjà aux trois quarts du semestre ? renchérit Joy d'une voix mélancolique. Déjà septembre, octobre, novembre et presque décembre de passés, il ne reste plus que janvier, février, et après… ça sera fini.

C'est sûr que maintenant qu'on est arrivés sur le quatrième continent prévu au programme, ça marque un tournant.

L'Europe, la dernière ligne droite avant le retour…

Les pays qu'il nous reste à visiter se comptent sur les doigts d'une main : la Croatie, l'Italie, l'Espagne, le Portugal et enfin la France.

C'est à la fois beaucoup et si peu…

Si irréel, aussi. De se dire que cela va prendre fin, un jour ou l'autre.

– Vous aussi, vous avez l'impression que c'est pas possible que ça s'arrête ? lancé-je dans un souffle. Qu'on va forcément continuer après l'Europe ? Qu'on va retourner en Amérique, oui, mais pas pour débarquer ? Qu'on va faire comme d'habitude, aller de port en port, puis qu'on va retourner en Asie, et enchaîner jusqu'à ce qu'on ait exploré de fond en comble toutes les villes du monde ?

Une petite boule se forme dans ma gorge alors que je laisse mes pensées, mes rêves complètement fous s'échapper à voix haute. Ces derniers temps, l'histoire avec Milos a pris toute la place, mais cela ne change rien au fait que maintenant, le *Moving Paradise* est ma maison, et que je n'ai aucune envie de la quitter. Que je n'ai aucune envie de les quitter, elles, mes copines d'aventure, ni eux, tous ces gens que j'ai rencontrés ce semestre, que ce soient nos profs, avec qui on discute souvent lors des excursions ou à la cafétéria, les membres du personnel que l'on croise sur le pont, ou tous les élèves avec qui on a parlé au moins une fois au détour d'un couloir ou d'un hôtel.

– Eh non, désolée de vous l'annoncer : ça va bel et bien s'arrêter, lâche Jena d'un ton fataliste. Mais ce qui est éphémère est toujours ce qu'il y a de plus beau, pas vrai ? Et putain, on en aura bien profité…

Elle désigne l'étendue devant nous d'un geste de bras, puis elle se met à chantonner « Sweet Dreams » d'Eurythmics :

« Sweet dreams are made of this
Who am I to disagree?
I travel the world and the seven seas
Everybody's looking for something »
(« Je parcours le monde par-delà les sept mers
Les beaux rêves sont faits comme ça
Qui suis-je pour dire le contraire ?
Tout le monde cherche quelque chose »)

Et je ne peux m'empêcher de me dire que ce que j'ai cherché toute ma vie, moi, c'était ça : cette aventure sur le *Moving Paradise* qui, en bien, en mal, aura bouleversé ma vie sans que je m'y attende.

Alors je chante avec elle, pour ne pas penser au fait que bientôt chacun rentrera chez soi, qu'on s'éparpillera de nouveau aux quatre coins du monde, et qu'après l'avoir côtoyée tous les jours pendant des mois, je devrai lui dire adieu.

Je chante car, pour le moment, on est encore ensemble, et c'est tout ce qui compte.

***

Je crois que « vous devriez loger près de Perissa, vous serez proches de la plage » est l'un des meilleurs conseils qu'on ait jamais suivis. Je sais que parmi les étudiants du *Moving Paradise* qui ont également choisi de partir en excursion à Santorin pendant nos quatre jours en Grèce, beaucoup ont préféré les villages de la Caldeira pour leurs points de vue magnifiques. Mais quoi de plus magnifique que ce coucher de soleil sur une plage de sable noir ?

Les filles sont retournées à l'hôtel depuis quelque temps déjà, mais je profite encore un peu du spectacle de la mer Égée. Notre discussion de cet après-midi m'a réellement fait prendre conscience de notre chance, et j'ai envie de profiter de chaque seconde restante de ce voyage, d'emmagasiner le plus d'images possible.

– Vous aussi, vous vous êtes laissé convaincre par le prof de géopolitique ?

Je me retourne et vois Milos qui avance prudemment vers moi, comme pour ne pas me brusquer.

Mais à cet instant, je n'ai plus la force d'être brusquée, de m'énerver contre lui, de partir en courant. Je ne sais pas si c'est le paysage qui m'apaise ou si je suis juste à court d'énergie ; en tout cas, je n'ai plus envie de me mettre dans tous mes états. Alors je reste là, assise sur ma serviette de plage, et lui réponds simplement un petit « Oui » tout en regardant l'horizon. Quelques instants plus tard, il est installé à mes côtés, les yeux aussi braqués sur l'étendue sombre devant nous. Je sais que je devrais me méfier, être sur mes gardes, comme chaque fois que je suis en présence de Gavin, mais encore une fois, je ne ressens aucune crainte.

Désormais, je crois que ce n'est plus uniquement une part de moi qui est tentée de remettre en cause sa duplicité, mais toutes les parts de moi…

– C'était pas juste un coup d'un soir, pour moi.

Sa voix grave vient rompre le silence qui nous enveloppait. Instinctivement, je me tourne vers lui et il en fait de même. Ses yeux gris rencontrent les miens, et je dois lutter pour me rappeler que je ne peux pas lui faire confiance.

Pour refouler tout ce que je sens monter, cette boule d'émotions qui me donne envie de déposer mes lèvres sur sa mâchoire carrée, sur sa peau lisse, et de me noyer dans son odeur familière.

Pour me convaincre que la sincérité que je lis sur tout son visage n'est peut-être qu'une façade construite afin de me prendre par les sentiments, d'endormir mes soupçons.

– Quand je suis arrivé, poursuit-il sans ciller, j'étais au fond du trou. J'avais juste envie de rentrer auprès de ma sœur, de retourner à San Francisco ; j'étais persuadé que j'allais vivre six mois de cauchemar. Et puis tu as débarqué dans ma chambre complètement saoule et trempée, et bizarrement, à partir de là, l'enfer est devenu un peu moins infernal…

Il m'adresse un infime sourire, et toutes les barrières que je gardais érigées tombent une à une.

– Ce petit « jeu », entre nous… C'est ça qui m'a permis de tenir. Quand je pensais à toi, à la prochaine occasion où j'allais te faire sortir de tes gonds, où on allait s'écharper… je ne pensais pas au reste. Et ça, c'était nouveau. Pour la première fois depuis l'agression de ma sœur, je retrouvais un peu le sourire. Et puis, plus on se tournait autour, plus c'est devenu… autre chose. Je n'avais plus envie de te voir pour te rendre folle, j'avais juste envie de te voir.

Son regard n'a pas quitté le mien et je sens mon cœur s'agiter dans ma poitrine. Est-ce que le mec que je ne peux pas supporter ni sortir de mon esprit depuis quatre mois est vraiment en train de me dire qu'il… m'aime bien ?

– Alors… non, c'était pas qu'un coup d'un soir. Et quand je t'ai dit que je ne te ferai pas de mal, ce n'était pas une promesse que je ne peux pas tenir, reprend-il en citant mes mots. C'est une promesse que je vais tenir. Je te promets qu'avant ce type, je n'avais jamais levé la main sur quelqu'un, et je te promets que je ne le ferai plus jamais. Et je sais que tu n'as aucune bonne raison de me croire, mais… j'espère vraiment que tu me croiras quand même, Billie.

L'émotion me prend à la gorge au moment où je réalise que oui, je le crois. Totalement. Sans réserve. Sans le moindre doute.

Et que j'ai envie d'être là, à ses côtés, pour le voir tenir sa promesse, tous les jours jusqu'à la fin de cette aventure.

Alors pour seule réponse, je m'approche un peu plus, et pose mes lèvres sur les siennes. Le soulagement est immédiat, puissant. Je m'enivre de la douceur de sa bouche, et quand sa langue vient caresser la mienne, l'électricité qui me traverse me plonge dans un état d'harmonie totale.

Comme si je me retrouvais enfin à ma place, là, avec lui.

Le sourire que je sens tout contre moi m'enveloppe de bien-être, et le sentiment de sécurité qui me submerge alors que sa main se pose délicatement contre ma nuque finit de me convaincre que je prends la bonne décision. Cette fois, ce n'est pas un baiser désespéré, fougueux ou destructeur. Pas un baiser qui fait mal. C'est un baiser qui me fait croire que tout ira bien.

16

[Tu me rejoins au bar dans
5 minutes, bébé ?
J'ai un truc à te dire...]

La dernière fois que j'ai reçu un texto de ce style de la part de Milos, j'étais hésitante et dans tous mes états, mais là, je cours presque jusqu'à l'autre bout du pont. Après être resté éloigné de n° 6 pendant un mois, mon corps semble ressentir le besoin de rattraper le temps perdu : ça fait à peine vingt-quatre heures que l'on a fini par rentrer chacun à son hôtel, les lèvres gonflées de s'être trop embrassés, et vingt-quatre heures que je ne pense qu'à nos retrouvailles.

Et j'espère que ce qu'il a à me dire est plutôt de l'ordre du « j'ai envie de te retirer ta petite culotte » que du « en fait, nous deux, c'est pas une bonne idée »...

Presque aussitôt, je refoule la pointe d'appréhension qui m'assaille. Il avait l'air si sûr de lui, si catégorique que je ne peux pas croire qu'il ait changé d'avis.

Et son « bébé » sonne à mes oreilles comme un appel au péché…

Je l'imagine me susurrer cela, et mon corps se couvre de frissons alors que j'ouvre la porte du bar où Milos travaille et que je le vois en train de me regarder, accoudé au plan de travail derrière le bar. Je m'arrête un moment, comme clouée au sol par ce que je devine dans son regard, même à cette distance.

OK, c'était bien l'option « petite culotte »…

Il s'avance vers moi d'un pas félin, et je m'attends à ce qu'il me tire par la main et m'entraîne dans sa chambre, mais il se contente de tourner le verrou de la porte.

Les connexions se font dans mon esprit en même temps qu'une bouffée de chaleur m'envahit et que mon bas-ventre s'enflamme. Je balaie la pièce du regard, le cœur battant, mais mes yeux ne rencontrent aucun client.

– Qu'est-ce que tu voulais me dire ? chuchoté-je tout contre son oreille alors que ses doigts frôlent mes hanches.

Et me disent tout ce que je dois savoir…

Sa bouche laisse une traînée de petits baisers le long de mon cou, ses mains se resserrent autour de ma taille, et il m'entraîne vers le plan de travail où il était accoudé quelques instants auparavant.

– Je voulais te dire…

Ses dents viennent mordiller mon lobe d'oreille alors que ses paumes glissent sous mon pull, sous mon tee-shirt, sous mon soutien-gorge… Lorsqu'il pince mes tétons, je renverse la tête en arrière et balaie mes dernières inquiétudes.

Comme le fait qu'on est sur son lieu de travail et que n'importe quel étudiant pourrait avoir envie de venir boire un verre ici ce soir...

– ... bonjour, achève-t-il en continuant son exploration, ses mains déboutonnant à présent mon jean alors que j'envoie valser mes chaussures.

– Un peu décevant... me moqué-je, passant ma main sur sa nuque.

Son regard réprobateur est bien vite décrédibilisé par le sourire qui naît au coin de ses lèvres.

– Et je voulais aussi te dire...

Sa phrase reste en suspens, ses mains viennent caresser mes cuisses désormais nues, et je pousse un petit cri quand il me hisse sur le plan de travail.

– ... que tes fesses iraient parfaitement ici.

– C'est mieux !

Je resserre mes jambes autour de ses hanches, l'attirant à moi. Nos regards se croisent et pendant quelques secondes, seuls nos sourires se répondent.

Bizarrement, à cet instant, je me sens pile à ma place, assise ici entre deux bouteilles de whisky et les cuisses du garçon qui me fait tourner la tête.

Son sourire s'élargit, et je sais qu'il se dit la même chose.

– Mais ça serait encore mieux si tu retirais tout ça... ajouté-je en saisissant son sweat-shirt.

Je sais qu'on devrait attendre, sortir du bar, aller dans sa chambre... Mais je n'ai plus envie d'attendre. J'ai attendu trop longtemps.

Il se débarrasse de son pull et de son tee-shirt, puis me regarde sans ciller alors qu'il baisse son jean et son boxer.

– Satisfaite ? demande-t-il d'un air provocant.

– Pas encore...

J'écarte les cuisses, et le désir que je lis dans ses yeux ne fait qu'alimenter le mien.

Comme la dernière fois, on joue. Pourtant, c'est différent. C'est plus léger, plus espiègle. Il ne s'agit plus de prouver à l'autre qu'on cédera en dernier.

On ne se soucie plus de gagner… parce qu'on sait déjà qu'on a gagné tous les deux.

D'un petit geste sec, il me fait m'avancer un peu plus sur la surface plane, me rapprochant de lui afin que son membre dressé soit directement en contact avec ma culotte. Aussitôt, ma bouche trouve la sienne, et je l'embrasse jusqu'à en perdre le souffle.

L'embrasser, le toucher… tout ce que je pensais ne plus jamais faire.

Les mains de Milos ne me quittent pas une seule seconde, comme si lui non plus n'en revenait pas de pouvoir me garder contre lui. Je laisse les miennes se balader sur ses muscles fermes, sur ses abdominaux légèrement dessinés, et je le sens frissonner à mon toucher. Quelques secondes plus tard, ma culotte tombe au sol, et ses doigts se pressent contre mon clitoris au moment même où je caresse son sexe tendu. Un gémissement nous échappe, libérateur.

Enfin…

Il s'interrompt pour retirer mon pull d'un geste frénétique et passe sa main sous mon tee-shirt, mais il ne prend pas le temps de me l'enlever. L'urgence du désir nous dévore ; pourtant, elle est mélangée à un certain apaisement.

Peut-être parce que cette fois, contrairement à la précédente, on sait que ce ne sera pas la dernière…

Les doigts resserrés autour de son sexe, j'accélère mon mouvement, il reprend le sien, et nos soupirs emplissent la pièce.

– J'ai envie de t'avoir en moi… finis-je par lâcher d'une voix haletante alors que tout mon corps est tendu vers lui.

– Ça tombe bien car j'ai très, *très* envie d'être en toi… me chuchote-t-il, et j'entends le sourire dans sa voix.

Milos fouille les poches de son pantalon baissé sous ses genoux, en sort un petit carré brillant et me le tend.

– Tu veux me le mettre ? propose-t-il dans un souffle.

J'attrape le préservatif, un peu intimidée, mais Milos passe sa main dans mes cheveux avec tant de tendresse que j'en oublie mon appréhension. Je déroule le latex sur son membre, le sentant durcir à mon contact. Cette fois, c'est lui qui écarte mes cuisses de ses deux mains. Son regard sur mon intimité exposée est si brûlant, si débordant d'envie que j'ai soudain l'impression d'avoir toujours mon pull et de mourir de chaud.

Les yeux de Milos accrochent les miens et ne les quittent pas tandis qu'il me pénètre, une paume sur ma hanche et l'autre dans mon dos, me maintenant fermement contre lui. Nos lèvres se joignent et à cet instant, je sais que c'est bien plus qu'une histoire de sexe.

Bien plus qu'un coup d'un soir, comme il me l'a lui-même avoué…

Milos soutient mes cuisses alors que j'enroule mes jambes autour de son dos, son nez vient se nicher dans mon cou, et il entre de nouveau en moi avec douceur. Cette fois, je ne couche pas qu'avec son corps, mais avec son être tout entier. Ce qu'on partage là va tellement au-delà d'une simple partie de jambes en l'air. On partage… tout. Nos corps continuent à s'emboîter, s'embraser, fusionner pour ne faire plus qu'un, et je sens que je vais bientôt être submergée par tant d'harmonie. Quand la main droite de Milos lâche ma cuisse pour venir caresser mon clitoris en feu, j'explose presque aussitôt, en même temps qu'il accélère son mouvement de va-et-vient et jouit à son tour, dans un tremblement incontrôlable.

Quelques minutes passent pendant lesquelles nous tentons de retrouver un rythme cardiaque normal, puis il finit par se retirer, encore pantelant. Mon regard se pose sur son jean à moitié baissé, le sien sur mon tee-shirt à moitié relevé, et on se sourit. Mais au même moment, je vois la clenche s'abaisser en face de moi, et le bruit d'une porte qui refuse de s'ouvrir nous tire soudain de notre bulle.

– Une minute ! lance Milos en remontant prestement son pantalon pendant que j'enfile ma culotte en catimini.

On finit de s'habiller en deux temps trois mouvements, et quand Milos va finalement ouvrir la porte dans un raclement de gorge, je découvre Joy, Bethany et une autre fille dans l'encadrement. Si Joy semble simplement étonnée de me trouver là, Bethany, elle, se décompose.

OK, clairement, ce qu'on était en train de faire doit se lire sur nos visages…

Et pas que sur nos visages…

La porte fermée, l'absence de clients, nos souffles encore courts, mon pull que je découvre à l'envers… tout crie « sexe ! » à trois kilomètres à la ronde.

Bethany se ressaisit bien vite, plaque un sourire sur son visage et lâche en plaisantant :

– Fallait le dire que c'était une fête privée et qu'on n'était pas invitées !

Son regard croise le mien, et je n'y décèle pas de colère ni de ressentiment, juste... de la tristesse et de la déception.

Et je la comprends.

Car je sais mieux que quiconque ce que ça fait, d'être irréversiblement sous le charme de Milos Williamson.

17

– Me dis pas que ce pull immonde, c'est ton cadeau pour ton père ? demande Jena en se penchant sur mon téléphone alors que je lui montre une photo de mes achats de la veille.

– C'est vintage ! grommelé-je.

En face de moi, Milos étouffe un petit rire et je fais mine de lui balancer mon jus d'abricot à la figure.

Il est très bien, ce pull...

– Et toi, t'as pris quoi ? demande Logan à Jena.

Amandine et Valentina, elles, commandent un nouveau chocolat chaud au serveur. C'est vraiment bizarre, d'être là, dans un bar, tous ensemble, alors qu'il y a encore une semaine, on avait rayé Milos de notre quotidien. Milos qui, à l'instant même, caresse ma main de son pouce par-dessus la table... J'ai presque l'impression d'être dans un univers parallèle.

Un univers parallèle très agréable...

Et vu la façon dont les yeux de Jena brillent quand elle regarde Logan, je sens qu'elle n'est pas contre l'idée de recommencer à traîner un peu plus avec les deux inséparables...

– Rien pour l'instant, répond-elle en haussant les épaules, l'air parfaitement détendu.

– T'es au courant qu'on est le 23 décembre et qu'ils arrivent tous ce soir ? la taquiné-je.

Un grand repas de réveillon auquel nos proches sont conviés est organisé demain soir sur le *Moving Paradise*. Afin de prolonger les retrouvailles, et de visiter le port de Zadar où le paquebot est stationné, la plupart des parents vont rester pour plusieurs jours dans un hôtel qui leur est réservé.

Mais qui dit parents qui arrivent dit… cadeaux de Noël à dégoter !

– Tu veux dire qu'après avoir passé la journée à Zagreb hier, sur l'un des marchés de Noël les plus célèbres d'Europe, tu n'as toujours pas trouvé ton bonheur ? s'amuse Logan.

– Que veux-tu, je suis difficile à combler, rétorque ma coloc avec un large sourire.

Pour toute réponse, Logan hausse les sourcils d'un air suggestif tandis que Jena soutient son regard avec malice.

C'est moi ou ils seraient déjà en train de se sauter dessus si on n'était pas là ?

– Et toi Milos, tu as d'aussi mauvais goûts que ta copine en matière de cadeaux, ou tu as réussi à dénicher quelque chose de potable ? enchaîne finalement Jena en battant des cils dans ma direction.

« Copine »… le mot me fait presque recracher ma gorgée de jus de fruits.

Putain, elle a raison…

Même si on n'en a pas discuté, c'est vrai que depuis quelques jours, c'est comme si on était un couple. On ne se quitte plus, je dors dans sa chambre un soir sur deux, tous nos amis sont au courant…

Une vague de culpabilité me submerge aussitôt. Jusque-là, j'étais sur mon petit nuage, je profitais juste du temps ensemble sans penser à rien, mais je ne peux pas ignorer le problème plus longtemps.

Le fait que je suis déjà en couple, et pas avec lui…

– Non, rien à voir avec Billie, moi je fais toujours des cadeaux fantastiques, plaisante Milos.

Il entrelace ses doigts aux miens et le regard qu'il m'adresse me fend le cœur.

Un regard heureux, comme s'il ne souhaitait rien de plus que d'être là, à cette table, avec moi.

– Heureusement, je n'aurai pas à gâcher mes dons en achetant quelque chose à mon beau-père, puisqu'il ne vient pas, continue-t-il d'un air légèrement agacé. Il doit rester à San Francisco pour gérer la « plus grosse campagne publicitaire de sa boîte ». Grand bien lui fasse…

– Il ne sait pas ce qu'il perd ! rétorque Amandine en tapotant maladroitement l'épaule de Milos. Et ta mère, elle vient ?

– Ma mère et ma sœur, oui.

Il presse légèrement mes doigts et je sors de mes pensées.

– Je suis sûre que Harper va t'adorer, lance-t-il à mon intention. Déjà, elle va être plus qu'admirative que quelqu'un arrive à me supporter…

Je lui adresse un maigre sourire alors que mon cœur se serre un peu plus.

OK, la situation commence vraiment à m'échapper, là…

Comment est-ce que je pourrais le laisser me présenter à sa sœur dans ces circonstances ? Et moi, qu'est-ce que je vais dire à mes parents, qui pensent que je file le parfait amour avec Gavin ? « Papa, maman, voici Milos. Oh, oui, je ne vous ai pas dit, c'est mon deuxième petit copain » ?

Et surtout, comment est-ce que je pourrais continuer à faire comme si de rien n'était avec Milos, à lui mentir ? Désormais, ce n'est plus juste une brève histoire de flirt sans lendemain entre lui et moi, je lui dois la vérité.

Lui a été honnête avec moi, il s'est confié sur son passé, il m'a ouvert son cœur, et moi… je vais le lui écraser avec mes mensonges.

Il faut que je lui raconte tout. Mais avant, il faut que je rompe avec Gavin.

***

Allez, tu peux le faire…

La main tremblante, je fais défiler mes contacts pour trouver le nom de Gavin.

On vient de revenir sur le *Moving Paradise*, où plusieurs parents sont déjà présents. Logan, Amandine et Valentina sont repassés dans leurs chambres, Jena est allée faire un saut à la boutique du paquebot et Milos papote avec Aaron à quelques mètres derrière moi.

J'hésite encore un instant à appuyer sur le petit téléphone vert ; pourtant, je sais que je vais devoir le faire. Je ne peux plus continuer comme ça.

Il m'aura fallu attendre de tomber amoureuse de quelqu'un pour enfin oser faire ce que j'aurais dû faire depuis le premier jour où il a levé la main sur moi…

Mais mieux vaut tard que jamais.

Je me retourne un instant vers Milos, et comme s'il avait

senti mon regard, il lève les yeux au même moment, m'adressant un clin d'œil.

Oui, je suis irrémédiablement amoureuse de lui. Même si c'est fou, même si c'est peut-être voué à l'échec, même si on va devoir se séparer dans quelques mois, même s'il va sûrement m'en vouloir quand je vais tout lui révéler.

– Ma chérie !

Au moment où la première sonnerie du téléphone manque de me faire défaillir, la voix de ma mère retentit et je raccroche précipitamment, le cœur au bord des lèvres.

– Maman ! m'écrié-je d'une voix trop aiguë, en essayant de contenir mes tremblements. Vous avez déjà déposé vos affaires à l'hôtel ?

Je la serre dans mes bras, heureuse de la voir malgré tout, alors qu'elle m'ébouriffe les cheveux, comme lorsque j'étais petite. C'est tellement étrange, qu'elle soit là, sur le paquebot ! C'est comme si ma vie d'ici et une part de ma vie d'avant venaient soudain de fusionner. Et maintenant, je vais devoir réussir à les faire cohabiter… Et ça commence par trouver l'occasion de rompre avec Gavin, de parler à Milos de Gavin, de parler à mes parents de Gavin *et* Milos.

– Pas encore, on voulait te faire un coucou avant ! Et puis, on a une surprise…

– Maman, c'est demain, Noël… tenté-je de la sermonner sans pouvoir m'empêcher de sourire.

Ma mère n'arrive jamais à se retenir de m'offrir des petits cadeaux dès qu'elle trouve quelque chose qui pourrait me plaire, au grand dam de mon père, qui ne comprend pas pourquoi elle ne peut pas juste attendre Noël ou mon anniversaire.

– Je sais, je sais… Mais crois-moi, tu ne veux pas attendre…

Elle fait signe à quelqu'un derrière moi, et je repère mon père à côté de trois valises, qui s'avance vers nous à grands pas.

Et puis je le vois, *lui*.

Et tout s'écroule.

18

– Alors, tu ne t'y attendais pas, hein ?

La voix pétillante de ma mère bourdonne dans mes oreilles et je me contente de secouer mécaniquement la tête.

J'ai l'impression d'être engourdie, presque hors de mon corps. Je vois Gavin approcher mais j'espère encore qu'il va s'évaporer, disparaître, et que je vais me réveiller dans mes draps, trempée de sueur.

Puis il pose ses lèvres froides contre les miennes, et ma dernière lueur d'espoir s'envole.

Non, ce n'est pas un rêve. C'est juste un putain de cauchemar.

Mon instinct me crie de le repousser, d'essuyer de ma bouche toute trace de son baiser, de lui hurler que mon corps n'appartient qu'à Milos…

Milos.

J'ai juste le temps de me retourner et de le voir blêmir. La minute d'après, il s'éloigne vers le pont, et la main de Gavin sur mon épaule me ramène fermement à lui. J'aimerais me dégager, courir après n° 6, tout lui expliquer et le supplier de me pardonner. Mais je ne peux pas. C'est une question de survie. Si Gavin apprend l'existence de Milos, je suis morte.

Alors je le laisse partir, et me force à me concentrer sur mon père, qui est manifestement en train de me parler.

– Pardon ?

Je tente de prendre un ton enjoué, comme si j'avais été trop absorbée par la présence soudaine de Gavin pour pouvoir me concentrer sur ses paroles.

– Ah, les amoureux ! se moque mon père en riant. Je te disais que quand on a reçu le mail pour s'inscrire pour le programme de Noël, deux semaines après ton départ, on a tout de suite appelé Gavin. Si tu savais le nombre de fois où ta mère a failli vendre la mèche !

Deux semaines. Pile quand Gavin m'a envoyé son texto pour me dire que j'allais regretter d'être partie.

Le sourire de mon père est radieux, fier.

C'est le sourire d'un homme persuadé d'avoir fait à sa fille le plus beau cadeau du monde…

Je déglutis et me décale imperceptiblement du garçon à mes côtés. Je n'ai pas besoin de le regarder pour savoir ce que mes yeux vont rencontrer. Des pupilles noires pleines d'une froideur déguisée en malice, un crâne rasé que ne fait que renforcer la dureté de traits déjà creusés, un nez droit, une légère cicatrice presque blanche à l'arcade, un manteau bleu foncé avec une petite tache de javel au niveau du col…

Je me souviens de tout ça avec autant d'acuité que si je l'avais quitté hier.

Que si je ne l'avais jamais quitté…

Comme si, même après des mois, j'étais destinée à ne jamais oublier le moindre détail de ce monstre qui régit ma vie.

Comme si j'étais condamnée à le connaître par cœur.

– Et promis, on ne sera pas toujours dans vos pattes ! enchaîne ma mère en me faisant un clin d'œil. D'ailleurs on va aller déposer les valises à l'hôtel, hein, chéri ?

Mon père acquiesce d'un air complice.

– Vous êtes sûrs ? demande Gavin d'un ton prévenant et chaleureux. Je peux venir avec vous, vous aider à porter…

Si je ne le connaissais pas aussi bien, je pourrais presque croire à son personnage de mec attentionné.

– Non, non, ne t'inquiète pas, Gavin, on va vous laisser vous retrouver !

Pitié, non…

– Vous ne voulez pas rester un peu ? Vous venez d'arriver, je peux vous faire visiter le paquebot, on peut aller manger quelque chose… tenté-je dans un élan désespéré de repousser le moment où je me retrouverai seule avec Gavin.

– C'est gentil, ma chérie, mais vraiment, ne t'en fais pas pour nous ! On va aller tranquillement à l'hôtel et on se donne rendez-vous demain dans la matinée, pour découvrir les merveilles de la Croatie ? J'ai lu dans mon guide qu'il y avait une magnifique cathédrale pas loin…

J'obtempère, la mort dans l'âme, et ils s'éloignent joyeusement en nous faisant de grands signes.

– On va dans ta chambre ?

Je sais que ce n'est pas une question, pas une proposition.

Sa main attrape la mienne, dans un geste qui est tout sauf tendre, et il me tire presque dans le couloir après que je lui ai indiqué la direction à prendre. Pendant le trajet, il ne me parle pas, ne me regarde pas, se contentant de resserrer un peu plus sa pression sur mes doigts. Je sais qu'il attend qu'on soit tous les deux, sans témoins. Je sors lentement mes clés de mon sac pour retarder encore cet instant inévitable, même si ce n'est que de quelques secondes.

– Grouille, commence à s'agacer Gavin.

J'ouvre la porte, et pénètre dans ma chambre comme on doit entrer en enfer.

– Tu vois, c'était pas la peine de me faire stresser, tout à l'heure, j'ai tous mes cadeaux ! déclame Jena, assise sur son lit, un œil sur son téléphone et une main devant elle, brandissant un sac.

Mon Dieu, merci…

– Salut.

Jena relève la tête en entendant la voix de Gavin. Ses yeux s'arrêtent sur son visage, puis sur nos mains entrelacées, et ses sourcils se froncent.

– Je suis le copain de Billie, Gavin, annonce-t-il en lâchant ma main pour serrer celle de ma coloc.

Bouche bée, Jena met quelques secondes à tendre son bras à son tour. Pour la première fois, elle semble ne pas savoir quoi dire. Son regard rencontre le mien, me demandant silencieusement une explication que je suis incapable de lui donner. Je me détourne pour poser mes clés sur ma table de chevet, incapable d'affronter ça plus longtemps.

– Eh bien… Je vais… Je vais y aller, alors, bredouille-t-elle, l'air complètement perdu.

S'il te plaît, ne me laisse pas… Sauve-moi…

– Ravi de t'avoir rencontré, lui lance Gavin quand elle referme la porte derrière elle.

Les jambes en coton, je m'assieds sur mon lit pour tenter de maîtriser leur tremblement.

– Enfin seuls, murmure Gavin avec un petit sourire doucereux qui me glace le sang.

Il vient s'installer à mes côtés et me fixe un instant sans rien dire. Je retiens mon souffle, ne sachant pas quoi faire, comment réagir.

– C'est bon ? T'as pu « prendre l'air » ?

Je sais qu'il fait référence au texto que je lui ai envoyé le matin de mon départ de Chicago. Son ton est calme, d'un calme effrayant.

Parce que c'est juste le calme avant l'inévitable tempête.

– Hein ? reprend-il alors que je reste muette. T'as accumulé assez d'air comme ça, pendant quatre mois ?

Ses doigts viennent brutalement attraper mon cou et il me renverse en arrière d'un geste brusque, me forçant à m'allonger sur le matelas.

– J'ai droit à un simple texto pour m'informer que tu prends l'avion pour San Diego et que tu pars pour six mois ? Un putain de texto à huit heures du matin alors qu'on était censés se retrouver l'après-midi ?

Il resserre sa prise et je commence à suffoquer, tentant en vain d'écarter ses doigts. Puis il me relâche soudain, et je sais très bien à quoi je dois ce répit : il ne veut pas laisser de marques apparentes sur un endroit aussi visible que le cou. Je me recule en toussant, me recroquevillant contre la tête de lit.

– Quand tes parents m'ont proposé de venir, j'ai compris qu'ils ne savaient pas que tu voulais « faire une pause ». Ils pensaient que tout allait encore bien entre nous.

Son ton accusateur me met hors de moi et je me lève d'un bond.

– Mais tout n'est jamais allé bien ! éructé-je en hoquetant, la main sur ma gorge douloureuse. Regarde ce que tu me fais ! Comment ça pourrait aller bien ?

C'est la première fois que je lui tiens tête, et je ne sais pas d'où me vient cet élan, d'où je puise cette force. Peut-être de la détresse qui a envahi tout mon corps à l'instant où j'ai senti Milos puis Jena m'être arrachés à cause de lui. En tout cas, le besoin de me défendre fait brusquement rage en moi. Même si c'est vain, même si je sais qu'il ne prendra jamais conscience de la réalité.

– Ce que *je* te fais ? répète-t-il en levant les sourcils comme si je venais de dire quelque chose d'aberrant. Si on parlait plutôt de ce que toi, tu m'as fait ?

Il contourne le lit, m'attrape durement par les épaules et me repousse contre le mur. Je tente de me dégager mais un coup de genou dans les côtes me cloue sur place. Soudain, ses doigts relèvent mon tee-shirt et viennent presser ma peau au niveau de mon tatouage. Puis il appuie sur ma nuque et je baisse les yeux vers le symbole de l'infini dessiné sur ma hanche.

– Toi et moi, c'est pour toujours, tu te rappelles ?

Puis mon regard tombe sur le petit porte-clé du génie de la lampe sur ma table basse, et je formule en silence le seul vœu qui m'importe à cet instant.

Être n'importe où ailleurs qu'ici, dans cette pièce, avec lui.

19

La première chose à laquelle je pense en me réveillant, c'est à la douleur. La douleur lancinante dont j'avais presque oublié les effets. Mes épaules sont ultra-sensibles aux endroits que ses doigts ont serrés, mon ventre est endolori et mon cou en feu. Gavin m'a déjà fait subir bien pire, pourtant j'ai l'impression de ne pas avoir eu aussi mal depuis longtemps.

Peut-être parce que c'est le cas…

C'est comme si mon corps avait perdu l'habitude d'encaisser les coups, comme s'il avait désappris comment être engourdi, comment limiter la souffrance. J'ai l'impression de tout ressentir avec l'intensité de la première fois.

Et ça fait un mal de chien.

Je me relève difficilement sur un coude, pour constater que Jena a déjà quitté la chambre.

Pas étonnant, elle ne devait pas avoir envie de papoter avec sa menteuse de coloc…

Pas plus qu'hier soir, quand elle m'a envoyé un texto cassant pour me demander si j'en avais fini avec mon petit copain secret, et si elle pouvait rentrer dormir.

Sur le coup, j'étais tellement soulagée par la nouvelle que je n'ai pensé à rien d'autre qu'au fait que Gavin allait enfin rentrer dans sa chambre d'hôtel. Mais une fois qu'il est parti, quand elle est arrivée dans la chambre et qu'on a à peine échangé quelques phrases, elle prétextant qu'elle voulait dormir et moi ne sachant pas quoi dire, j'ai failli fondre en larmes. Et pour la première fois depuis le début du semestre, on s'est couchées sans se dire bonne nuit, sans discuter de tout et de rien, sans rire aux éclats.

Impossible de trouver le sommeil après ça, surtout quand j'ai entendu Milos rentrer dans sa chambre deux heures après. J'avais tellement envie de me ruer hors de mon lit, de tambouriner à sa porte et de le supplier de me serrer dans ses bras. Mais j'ai pris sur moi, faisant un effort surhumain pour me raisonner : débarquer dans sa chambre au beau milieu de la nuit quand j'étais probablement la dernière personne qu'il souhaitait voir, ça n'allait sûrement pas arranger les choses.

Et ça n'allait sûrement pas me faire regagner des points auprès de ma coloc endormie non plus…

Quand j'ai enfin fini par trouver le sommeil, le visage de Milos est venu me hanter. Je n'arrêtais pas de revoir l'expression de souffrance qui irradiait de lui, pendant la fraction de seconde où nos regards se sont croisés. C'est cette image précise qui est repassée en boucle derrière mes paupières, m'obligeant à assister encore et encore, impuissante, à l'instant où tout a basculé. À revivre ce moment en étant incapable de revenir en arrière, même en rêve, incapable de faire disparaître son front plissé, ses sourcils froncés et ce sentiment de trahison qui émanait de son regard.

Qu'est-ce que j'aurais donné pour les remplacer par l'air taquin et le sourire enjoué qu'il arborait juste avant…

Mais je ne peux pas effacer ce qui s'est passé, ni dans mes rêves ni dans la réalité.

Je peux seulement… espérer que ça s'arrange.

J'inspire un grand coup et me dirige vers la salle de bains pour prendre une courte douche – qui ne noie en aucun cas mes pensées obscures – avant de m'habiller à la hâte. J'hésite un instant à lever les yeux vers le miroir, à y découvrir la même jeune fille apeurée que j'y voyais chaque jour lorsque j'étais encore à Chicago. Comme avant, je vérifie que je n'ai pas de marques sur les parties visibles de mon corps. Puis je prends de nouveau une longue inspiration et vais toquer à la porte voisine.

Mais au moment où j'entends les pas de Milos à l'intérieur, un vent de panique me saisit. Jusque-là, j'étais obnubilée par le besoin viscéral de le voir, je n'avais pas vraiment réfléchi à ce que cela impliquerait.

Qu'est-ce que je vais bien pouvoir lui dire ?

Hier, j'étais prête à tout lui raconter, à tout affronter. Et ça me paraît si loin…

Comme une époque révolue.

Je me sentais forte, et maintenant, je me sens honteuse. C'est comme si mon courage s'était évaporé avec l'arrivée de Gavin.

La porte s'ouvre, et le regard de Milos à cet instant est encore plus difficile à supporter que celui qu'on a échangé la veille. Il est opaque et ne laisse rien paraître, si ce n'est une certaine impatience. La douleur que j'y ai lue, la peine, la stupéfaction… Tout ça semble avoir disparu.

Milos a remis sa carapace… et il l'a renforcée à l'acier trempé.

– Oui ? demande-t-il d'un ton sec.

Je sais qu'il a toutes les raisons d'avoir envie que je dégage de sa vue, mais sa froideur me serre quand même le cœur.

– Je…

À l'instant où je commence ma phrase, je sais que je ne vais pas réussir à lui révéler la vérité. Alors je murmure juste :

– Désolée.

Au grognement méprisant qui lui échappe, je sais déjà que ce n'était pas ce que j'aurais dû dire.

– Désolée de quoi ? De t'être foutu de ma gueule ? De m'avoir bien pris pour un con ?

Il tourne la tête dans un mouvement agacé, comme s'il ne supportait même pas de me regarder. La carapace se fissure, les émotions semblent déborder de lui, et je retiens mes larmes. J'ai envie qu'il me rassure, qu'il me protège, qu'il jure que personne ne me fera plus de mal, mais non, il me hurle dessus… et je le comprends.

– Putain, et moi qui croyais que t'étais jalouse de Bethany… T'en avais rien à foutre, en fait ! Tu m'étonnes que tu ne « voulais pas de relation », au début : t'étais déjà bien servie !

Je secoue la tête, incapable de parler alors que les sanglots me prennent à la gorge. Cela semble le perturber car il se tait soudain. Pendant quelques secondes, nos regards s'accrochent, et j'ai l'impression qu'on va flancher tous les deux, qu'il va baisser sa garde, que je vais baisser la mienne et qu'on va s'en sortir, ensemble, d'une manière ou d'une autre.

– Bon, ton petit numéro d'actrice est pas mal, mais ma mère et ma sœur m'attendent.

Il saisit sa veste sur le portemanteau, sort de sa chambre en prenant soin de ne pas me toucher, referme derrière lui et commence à s'éloigner. C'est le moment où je pourrais crier son prénom, courir vers lui, le rattraper. C'est le moment où tout pourrait basculer, si seulement j'arrivais enfin à admettre que j'ai besoin d'aide, à éteindre ma peur lancinante juste un instant, le temps d'appeler au secours.

Mais et après ?

Après, l'issue sera la même, à quelques coups près – qui pourraient faire toute la différence.

Quelle que soit la réaction de Milos, Gavin gagnera toujours. Même si Milos va le confronter dans la minute, même s'il l'expose aux yeux de mes parents, aux yeux de tous, Gavin s'en sortira. Il niera en ricanant, lui demandera s'il a des preuves, et il n'en aura pas. Mon père pourra bien lui interdire de s'approcher de moi, ma mère pourra toujours le menacer, ça ne changera rien. Car à un moment ou un autre, ils ne seront plus là. Ni Milos, qui repartira à San Francisco, ni mes parents, qui ne pourront pas veiller sur moi vingt-quatre heures sur vingt-quatre. À un moment ou un autre, ce ne sera plus que lui, et moi.

Il n'y a pas d'autre issue. J'ai toujours su que ça allait finir comme ça, de toute façon. Que le soulagement, la joie, l'insouciance, tout ça ne pouvait qu'être éphémère. Je m'étais fait une raison.

Mais je n'aurais jamais pu anticiper ça.

Je n'aurais jamais pu me préparer à tomber amoureuse de n° 6 et à devoir y renoncer.

Milos disparaît au bout du couloir et je le laisse m'échapper, malgré mon cœur qui se serre et mes yeux qui s'embuent, car je ne sais pas quoi faire d'autre.

***

Les rues de Zadar défilent sous nos pieds, et je suis la cadence comme un automate. J'entends ma mère s'extasier sur la vue, pourtant c'est comme un bruit lointain qui ne me parvient qu'à moitié. Toute mon attention est focalisée sur la présence à mes côtés, et toute mon énergie est utilisée à l'ignorer. Gavin, lui, ne semble même pas vraiment se soucier de moi, trop occupé à découvrir le port. Alors que mon père lui raconte une anecdote, j'observe rapidement son air rieur, ses traits calmes, détendus. La facilité déconcertante avec laquelle il remet le masque du « garçon normal » me désarçonne. Si je ne ressentais pas les traces de sa fureur dans mon corps endolori, si ma mémoire n'était pas pleine de coups, je douterais même qu'il s'agisse d'un masque. En regardant son visage s'éclairer, en voyant ses fossettes se creuser, je jurerais que cet homme est incapable de lever sa main sur quelqu'un. Et peut-être qu'à cet instant, c'est vrai. Peut-être qu'il est réellement ce garçon tranquille qui, pour le moment, ne se soucie de rien d'autre que des bateaux que l'on aperçoit au loin. Qui, pour le moment, ne songe pas à me faire du mal.

Mais dans ce cas, comment peut-il passer de l'un à l'autre ? Du bourreau au gendre idéal qui se balade avec ses beaux-parents ?

S'il ne fait pas semblant, si à l'instant même, il n'est pas en train de tout mettre en œuvre pour cacher sa vraie nature mais qu'il est effectivement disposé à profiter de cette journée ensoleillée de décembre, comment peut-il juste… penser à autre chose ? Oublier ce qu'il m'a fait hier, même pendant une seule seconde ?

C'est comme si ça lui était sorti de l'esprit, désormais.

Alors que moi, je n'aurai jamais ce luxe. Ça ne pourra jamais, jamais, cesser de me hanter.

Une voix familière me fait relever la tête, et j'aperçois Jena, Amandine et Aaron un peu plus loin, accompagnés de leurs parents. Jena est en conversation avec une femme rousse, sûrement la mère d'Amandine, et celle-ci fait de gros yeux à sa fille alors qu'Amandine rougit et qu'Aaron éclate de rire. Une pointe d'amertume me traverse aussitôt.

Moi aussi, j'ai envie de faire partie de cette joyeuse bande. J'ai envie de plaisanter avec les parents d'Aaron et d'apprendre à connaître ceux de Jena, j'ai envie de leur dire à quel point leur fille a embelli mon quotidien pendant ces quatre mois, à quel point elle m'a fait me sentir bien, soutenue et aimée. Mais Amandine croise mon regard et pour la première fois, elle ne me fait pas de grands signes pour m'indiquer de les rejoindre. L'air gêné, elle dit quelque chose à Jena, et je vois le visage de ma colocataire se durcir. Ses yeux ont à peine croisé les miens qu'elle entraîne déjà leur petite bande dans la direction opposée.

Non, pitié.

Perdre Milos m'a détruite, mais perdre *tout le monde*… C'est comme revivre ce qui s'est passé à Chicago une seconde fois. J'ai l'impression d'être de retour dans ma ville natale, et de subir *encore*, impuissante, la distanciation de Kat, de m'aliéner *encore* mes amis, d'être de nouveau dans une putain de bulle, juste tous les deux, Gavin et moi. Une bulle dont il devient de plus en plus difficile de sortir, car il n'y a plus personne pour la faire éclater.

Alors que pendant ce temps, cette bulle-ci, celle de l'aventure, du voyage, celle qui englobe tout ce que je me suis construit depuis septembre est en train de voler en éclats de tous les côtés.

L'histoire se répète, comme un cercle sans fin.

Est-ce que je suis condamnée à tout perdre, jusqu'à ce qu'il ne reste plus que *lui* ?

La première fois, l'écroulement était plus insidieux, plus lent. Je ne me rendais pas compte que j'étais en train de perdre chaque personne qui comptait pour moi, une par une. Sur le coup, je me disais juste : « Ça sera plus facile d'annuler mon après-midi avec Kat que de devoir justifier mon bleu sur le bras » ou « ça sera plus facile de ne pas aller à la soirée que de risquer d'agacer Gavin »… Ce n'est que petit à petit que j'ai compris qu'à force de mettre de la distance entre les autres et moi, ils n'allaient jamais revenir.

Mais cette fois-ci, je sais ce qui va se passer, je sais à quoi va ressembler la chute. Le piège n'est plus « caché », il est là, bien visible ; pourtant, je tombe quand même dedans, alors que c'est la dernière chose que je veux.

Comment je fais pour arrêter, comment je fais pour tout arrêter ?

Je sens l'angoisse monter, m'envahir tout entière. Et surtout, je sens la rage grandir, le désir meurtrier de voir Gavin souffrir comme il m'a fait souffrir. Plus que jamais auparavant, j'ai envie de l'étriper.

Est-ce que c'est ça, ce que Milos a ressenti face à celui qui a voulu violer sa sœur ?

Pendant un quart de seconde, je comprends son geste, je comprends qu'il ait vrillé, qu'il ait laissé sa haine le gouverner, qu'il ait envoyé le type à l'hôpital.

Car pendant un quart de seconde, je me vois attraper l'une

des grosses pierres à mes pieds et la fracasser sur le crâne de Gavin.

Je prends une grande inspiration, et enfouis à l'intérieur de moi tout ce qui déborde. La crainte, l'anxiété, la colère.

Mais pour combien de temps ?

Combien de temps avant que tout ce qui est enfermé à double tour ne me dévore de l'intérieur et ne me fasse imploser ?

20

Tout est somptueux, féerique, magique. Le paquebot s'est paré de rouge et de vert, les guirlandes ont envahi les murs, et un immense sapin trône fièrement à l'autre bout du hall, reconverti en restaurant et en piste de danse pour l'occasion.

Tout est parfait pour la pire fête de Noël de ma vie.

Je triture ma part de bûche au chocolat du bout de la fourchette, incapable d'en manger un morceau de plus tellement le nœud dans mon estomac est serré. Mon regard ne cesse de dévier vers la grande table à quelques mètres de là, où Milos et sa famille sont assis, et je ne peux m'empêcher de ruminer. J'aurais dû être assise avec eux, j'aurais dû rencontrer sa mère, il aurait dû me présenter sa sœur…

« Je suis sûr que Harper va t'adorer. »

Ses mots me reviennent comme un boomerang et je serre les mâchoires pour contenir les larmes qui menacent de déborder.

– Eh bien, c'est sympa aussi de ne pas être aux fourneaux

pour Noël, je pourrais presque y prendre goût ! lance mon père en jetant un regard appréciateur à son assiette.

– Et priver le monde de tes célèbres profiteroles maison ? Tu n'y penses pas ! le taquine Gavin.

– Tu n'y as même pas goûté, répliqué-je sans réfléchir.

Mes parents semblent surpris par mon ton sec, et alors que Gavin me lance un regard glacé, ma mère se racle la gorge et lance :

– Bon, allez, c'est l'heure des cadeaux !

Je crois qu'une part de moi ne peut s'empêcher d'en vouloir à mes parents de ne pas réussir à voir l'enflure qu'est Gavin. J'ai envie de leur hurler de se réveiller, de décrypter ce qui se passe sous leurs yeux, de comprendre le mal-être qui me ronge depuis plus d'un an, de me sauver. Je sais que c'est stupide, je sais qu'ils ne peuvent pas le deviner, que si je veux qu'ils soient au courant, je n'ai qu'à leur en parler.

Mais je ne parviendrai jamais à combattre la partie terrifiée de moi qui me hurle que ça sera encore pire s'ils savent, si Gavin se dit que je l'ai trahi.

Alors j'ai besoin qu'ils me prennent par la main comme une petite fille et qu'ils me forcent à avancer sur le chemin que je redoute d'emprunter. Qu'ils prennent cette décision à ma place, celle que je suis incapable de prendre, celle de laisser éclater la vérité au grand jour, à mes risques et périls.

Mais vu la confiance totale qu'ils semblent avoir en lui, ça n'est pas près d'arriver…

Je déballe la saga de livres qui me faisait de l'œil avant mon départ et les boucles d'oreilles en forme d'étoiles en les remerciant avec tout l'entrain dont je suis capable. Pendant que mes parents déchirent à leur tour les emballages de leurs cadeaux, Gavin se tourne vers moi, et me tend un petit paquet recouvert de papier doré.

– Je… comme je ne savais pas que tu venais, je n'ai pas de cadeau pour toi, lâché-je, embarrassée.

– Ce n'est pas grave. C'est toi mon cadeau.

Je plaque un sourire sur mes lèvres pendant que mes parents laissent échapper des sons attendris. Je finis par arracher le papier scintillant qui enveloppait un écrin rouge. Pendant une seconde, j'ai un haut-le-cœur en pensant qu'il va me demander en mariage, mais ce que je découvre à l'intérieur est encore pire qu'une bague. Je tourne et retourne entre mes doigts la clé qui pend au bout de son cordon, incapable de parler. J'ai l'impression que mon cerveau s'est déconnecté à l'instant où j'ai compris que mon cauchemar était sur le point de devenir mille fois pire. Gavin dépose un baiser sur ma joue en murmurant :

– Joyeux Noël.

Mes parents regardent la clé d'un air perplexe et Gavin leur dévoile ce que je pressentais :

– Je viens de signer pour un appartement dans le quartier de Little Sicily et je me suis dit qu'il était bien assez grand pour deux !

– Eh ben, bravo, lance ma mère d'un ton moqueur en comprenant où il veut en venir. Maintenant, nos cadeaux paraissent nuls en comparaison !

Mon père me regarde en souriant, les yeux brillants, comme s'il était ému à l'idée que je quitte le nid.

– Alors… qu'est-ce que tu dirais qu'on habite ensemble ? me demande Gavin d'un ton plus sérieux, ses yeux sombres plongés dans les miens.

Autrement dit : qu'est-ce que tu dirais de ne plus jamais pouvoir m'échapper ?

Heureusement, avant que je n'aie le temps d'articuler une réponse, un coup sec contre un micro nous fait tous tourner la tête. La directrice du programme se tient au milieu de la salle, et je me revois quelques mois en arrière, lorsque j'étais prête à laisser ce voyage changer ma vie, au moins pour quelque temps. À l'époque, je voulais juste m'échapper de mon supplice et je n'attendais pas grand-chose de plus de cette aventure, qui m'a pourtant tant donné depuis.

Mais c'est fini maintenant...

Lors de son dernier discours, j'avais six mois devant moi, et j'étais libre. Aujourd'hui, je n'ai plus rien devant moi, sinon un cauchemar éternel.

– On l'a toujours dit, le *Moving Paradise*, ce n'est pas qu'une histoire de scolarité, commence-t-elle d'une voix forte. Les étudiants apprennent beaucoup plus que ce qui se trouve dans leurs manuels de classe – manuels qu'on les pousse tout de même à étudier, ne vous inquiétez pas !

Sa précision provoque quelques petits rires dans l'assemblée.

– Au fil des semaines passées ensemble, au fil des excursions et des imprévus, on finit par devenir une grande famille. Et ce soir, nous sommes ravis que la famille du *Moving Paradise* s'agrandisse encore un peu plus.

Les sifflements de plusieurs étudiants retentissent pour souhaiter la bienvenue aux parents et frères et sœurs présents aujourd'hui.

– Comme je sais que vous avez tous envie d'envahir la piste de danse, je vais être brève ! lance-t-elle avec un sourire alors que de la musique commence à sortir des enceintes placées dans le coin aménagé. Je vous remercie d'avoir fait le déplacement et vous souhaite à tous un Noël inoubliable à bord de notre cher paquebot !

La directrice retourne à sa table sous les applaudissements endiablés, non sans avoir esquissé un pas de danse. Ni une, ni deux, mon père entraîne ma mère sur la piste, et plusieurs familles leur emboîtent le pas. Alors que Logan arrive à notre niveau avec une fille un peu plus âgée, sûrement sa grande sœur, il m'aperçoit et m'adresse un signe de la tête en s'approchant.

Tiens, au moins une personne qui ne me considère pas comme une pestiférée...

On n'a pas encore dû lui passer le mot.

– Helloooo, me lance-t-il avant de tendre la main à Gavin.

La sœur de Logan se présente à son tour et nous parle un instant de sa propre expérience sur le *Moving Paradise*, quelques années plus tôt. À sa manière passionnée de se remémorer ce semestre particulier, on sent qu'elle serait prête à recommencer l'aventure à tout instant.

– Désolée, je m'emballe dès que j'y repense, s'excuse-t-elle dans un rire mélancolique. Allez, joyeux Noël !

Elle nous adresse un petit signe de main puis file rejoindre ses parents sur la piste. Logan reprend, l'air curieux :

– Alors, t'as pensé quoi du cadeau de Milos ? Il avait peur que ça soit naze mais je lui ai dit que c'était parfait et que ça te plairait forcément !

Oh, non...

Je me décompose aussitôt, cherchant à toute vitesse une façon de rattraper le coup.

– Milos ? l'interroge Gavin et je sais à sa manière tranchante de prononcer son prénom qu'il est sur la défensive.

Dis quelque chose, dis quelque chose…

Mais rien ne me vient. C'est le trou noir, comme si mon cerveau avait disjoncté.

– Ho, ho, tu fais des cachotteries à ton frère, Billie ? me taquine Logan.

Avant que je n'aie la présence d'esprit de lui dire que ce n'est pas mon frère, il se tourne vers Gavin et lui lance :

– T'inquiète, c'est mon pote, un mec en or, il la traite bien ! On est presque tous jaloux tellement ils forment un couple parfait.

Puis quelqu'un l'appelle et il s'en va en sifflotant, sans se rendre compte qu'il vient sûrement de signer mon arrêt de mort.

– Tu veux danser ?

C'est la seule chose que je trouve à dire pour tenter de repousser l'inévitable cataclysme. Ma voix tremble, je dois sûrement être blanche comme un linge et je sens un filet de sueur froide couler le long de mon dos.

– On va aller dans ta chambre, plutôt.

– Mais cette chanson est sympa, et…

– Tu viens avec moi, me coupe-t-il d'un ton sans appel en m'attrapant le bras.

Le sentiment de honte qui m'étreint à l'idée de faire un scandale devant tout le monde se mêle à la peur, et je ne résiste pas. J'avance en mode automatique, comme hors de mon corps alors que je le suis une nouvelle fois, droit vers ma perte.

La gifle qu'il m'assène après avoir claqué ma porte est si

puissante qu'elle me désoriente et que je manque de tomber au sol. J'ai à peine le temps de me retenir contre le mur qu'il m'envoie son poing dans la mâchoire. Des étoiles dansent devant mes yeux et je me fais violence pour ne pas perdre connaissance.

Si je perds connaissance, c'est fini...

Car cette fois-ci, il n'a plus aucune limite. Je le sens à sa façon de ne pas dire un mot, de ne pas me crier dessus comme la veille ou toutes les fois précédentes. Il concentre sa haine dans ses coups, et rien que dans ses coups. Et surtout, il ne se soucie plus de là où il frappe, ne s'interdit plus les endroits trop visibles de mon corps, comme s'il avait passé un cap dans sa colère qui l'empêchait de penser à l'après. Il est focalisé sur une chose : me faire payer, quoi qu'il advienne.

Je ne sais pas si c'est parce que je prends conscience qu'il ne s'arrêtera pas, et que ça ne pourra pas être pire si je riposte, car rien ne pourra être pire que ça, mais pour la première fois, je tente de le frapper en retour. Ma main s'apprête à heurter son visage quand il l'arrête d'une poigne de fer.

Mon geste semble le sortir de sa transe et la surprise le fait s'interrompre un instant.

– T'allais faire quoi, là ?

Je tente de débloquer ma main pour essayer de nouveau de l'atteindre, mais elle reste fermement emprisonnée entre ses doigts.

– Pourquoi tu résistes ? me demande-t-il avec mépris en approchant son visage du mien. Après ce que t'as fait avec ce petit con, tu devrais me laisser t'achever. Parce que tu mérites juste de crever.

Mourir... C'est ce qu'il va se passer si je ne fais rien...

Donc je continue. De me débattre, de le griffer de ma main libre, de lui rendre ses coups. Mon instinct de survie se réveille peu à peu et une pulsion s'empare de moi, concentrant tous mes efforts dans un seul but : sortir vivante de cette pièce.

Alors que la main gauche de Gavin enserre mon cou, plus brutalement que jamais, la mienne se faufile fébrilement dans la poche de mon blouson, où se trouve la petite boîte rouge. Je l'entrouvre du bout des doigts et attrape le cordon à l'intérieur. Une seconde plus tard, il fend l'air et la clé à son extrémité vient lacérer la joue de mon agresseur.

– Aïe, putain !

Ses doigts autour de ma gorge lâchent prise et viennent toucher la mince traînée de sang sur sa joue. Quand ses yeux reviennent sur moi, ils sont noirs de fureur.

– Sale pute !

Mon cou est de nouveau pris au piège et mon crâne vient cogner le mur derrière moi. Je sens un liquide chaud couler dans mes cheveux, mais je n'ai pas le temps de m'en préoccuper car, d'un mouvement de tête, il me fout un coup de boule qui m'assomme encore plus.

Cette fois, ce ne sont plus quelques étoiles que je vois mais des galaxies tout entières.

Tiens bon, tiens bon…

La tête me tourne, ma vision se brouille, et je m'accroche aux épaules de Gavin pour lui envoyer un coup de genou dans l'entrejambe. Je le repousse avec toute la force qu'il me reste alors qu'il se plie en deux, et je cours vers la porte dans un état second. Le couloir est désespérément vide, mais j'entends des rires au loin, couverts par la musique qui pulse dans tous les haut-parleurs.

– À l'aide !

Ma voix n'est presque qu'un murmure, mes cordes vocales semblent s'être désagrégées sous les doigts de Gavin. Je continue à avancer, avec l'impression oppressante d'être dans un rêve, de savoir que je suis trop lente, que le monstre derrière moi est trop rapide, et qu'il est en train de me rattraper. Tout mon corps m'élance mais je ne peux pas penser à la douleur maintenant. J'entends les grognements de Gavin derrière moi, et la porte qui s'ouvre de nouveau.

Ne te retourne pas, continue…

Si j'arrive au bout du couloir, il y aura sûrement des gens. Si j'y arrive…

Mes jambes se dérobent soudain sous moi au moment où des bras les agrippent et mon menton heurte violemment la moquette. Le choc m'étourdit encore davantage, et je peine à garder les yeux ouverts. Les ongles de Gavin se plantent dans mes mollets et je me sens tirée en arrière. Je tente d'attraper la moquette, les murs, quelque chose, n'importe quoi, mais je continue de reculer inexorablement. Alors je m'autorise à fermer les paupières, juste un instant. Le temps de reprendre des forces, d'avoir un peu de répit… Tout devient confus dans mon esprit. Je crois entendre des bruits de pas, et j'ai l'impression qu'on arrête soudain de me traîner, mais je ne sais plus.

– Qu'est-ce que tu lui as fait, espèce de taré ?

La voix familière me fait rouvrir les yeux. Je ne vois d'abord que des taches floues, comme si mon regard n'arrivait pas à faire le point. Puis petit à petit, les formes se précisent. Milos est en train d'avancer à grandes enjambées vers nous, sa mère et sa sœur sur les talons. En quelques secondes, Milos arrive à mon niveau, ses yeux horrifiés braqués dans les miens, et il s'apprête à s'accroupir quand Gavin se poste devant moi et le repousse violemment.

– T'occupe pas de ça.

Mais Milos bouge à peine de quelques centimètres et aussitôt, il empoigne Gavin par le col et le plaque contre le mur du couloir.

– Putain d'enfoiré, je vais te massacrer… Comment t'as pu lui faire ça ?

Au moment où il lève son poing sur lui, son regard accroche de nouveau le mien, et je le vois suspendre son geste, juste avant que ma vue ne se trouble complètement.

Puis je l'entends crier à sa famille d'appeler les urgences et la police. Et je sombre.

21

Ce n'est pas la douleur qui me réveille mais la douceur d'une main dans la mienne. Je tente d'ouvrir les yeux, mais c'est comme si on tirait sur mes paupières pour les garder fermées. Puis, je me prépare à l'accueillir : la souffrance, insupportable, omniprésente, émanant du moindre recoin de mon corps. Je ne sais pas où je suis, quelle heure il est ou encore quel jour nous sommes, mais je sais par habitude que je devrais avoir mal, très mal. Pourtant, j'ai l'impression d'être allongée dans un nuage de coton.

– Le petit merdeux… Si j'avais su… Qu'il se pointe encore une fois et je vais les lui faire bouffer, ses profiteroles à la con…

La virulence de mon père m'arrache un sourire en même temps qu'elle me serre le cœur.

Je l'imagine très bien faire les cent pas dans la pièce, incapable de se calmer, rongé par l'énervement, par la culpabilité.

Hors de question que Gavin pourrisse sa vie comme il a pourri la mienne.

Je fais un effort surhumain pour entrouvrir les paupières, et je comprends rapidement où je suis : sur un lit d'hôpital. Ma mère, assise tout près de moi, me presse un peu plus fort la main en remarquant que j'émerge de mon sommeil. Ses traits sont tirés et ses yeux gonflés, mais elle tente de me sourire malgré tout.

– Comment tu vas ?

Je suis d'abord tentée de faire une blague du style « j'ai connu mieux », pour détendre l'atmosphère, mais je réalise que je me sens en fait… plutôt bien. Mon corps me semble à la fois terriblement lourd et incroyablement léger, mais surtout, c'est comme si l'enclume qui écrasait mon esprit s'était volatilisée. Pourtant, je ne sais pas encore ce qui va se passer par la suite, je suis dans le flou total, mais rien que le fait de m'être enfin délestée de mon secret poisseux me donne de l'espoir. Je devrais sûrement être angoissée à mort, mais à cet instant, entourée de mes parents, je me sens en sécurité.

Bon, cet apaisement est peut-être aussi lié à la morphine qui coule très probablement dans mes veines…

Ce qui expliquerait que j'ai l'impression de parler comme une personne bourrée quand j'arrive enfin à répondre :

– Ça va.

Ma gorge est sèche et je peine à avaler ma salive avant de reprendre :

– Il…

Je m'interromps une seconde. Je ne sais même pas de qui je veux parler. Ma tête se pose mille questions sur Gavin, mais mon cœur, lui, veut juste savoir si Milos va bien.

– Il est en garde à vue, m'annonce ma mère, prenant les

devants. Et quoi qu'il advienne, il ne te fera plus jamais souffrir.

Je sens sa voix se briser sur cette dernière phrase et je cherche comment la réconforter, comment lui faire comprendre ce que j'ai encore du mal à appréhender moi-même : ce n'est ni leur faute ni la mienne. Le seul coupable, c'est Gavin.

Mon père s'approche également, et me chuchote, en posant maladroitement sa main sur mon épaule :

– Désolée, ma chérie. J'aurais dû voir les signes, j'aurais dû me dire que quelque chose n'allait pas dès le moment où tu as commencé à voir de moins en moins Kat, mais je n'aurais jamais imaginé que…

– Et moi qui lui ai proposé de venir ici… se lamente ma mère, les yeux dans le vague, comme si elle n'entendait pas les paroles de mon père mais était plongée dans ses propres pensées.

– Vous êtes des parents géniaux, vous avez toujours été là pour moi, et c'est tout ce que je pouvais espérer, les coupé-je, incapable de les voir se flageller davantage. C'est juste que vous n'êtes pas devins, mais ça, je peux difficilement vous le reprocher.

Mes taquineries finissent par leur redonner un semblant de sourire et ils me prennent tous les deux dans leurs bras.

– Et… continué-je, le garçon qui…

Qui m'a sauvée. Qui me sauve chaque jour depuis que je suis montée sur ce paquebot.

– Milos ? Il est resté avec nous tout du long, il vient à peine de partir pour aller dire au revoir à sa famille qui décolle bientôt. Je vais lui écrire un texto pour le prévenir que tu es réveillée, d'ailleurs… ajoute ma mère en attrapant son portable dans son sac.

Milos était là.

Cette simple pensée me réchauffe le cœur.

Sans parler du fait que ma mère l'appelle par son prénom et lui envoie des messages comme s'ils étaient de vieux amis.

– Il a l'air de beaucoup tenir à toi, ajoute-t-elle prudemment, craignant peut-être que je ne veuille pas m'attarder sur le sujet.

Avant que je n'aie le temps de répondre, Jena déboule dans la pièce comme une tornade, le nez sur un paquet de biscuits chocolatés et les sourcils froncés.

– Frank, ils n'avaient plus les gâteaux que vous vouliez dans la machine, alors j'ai pris ceux-là… Ça a l'air bof…

Elle les tend à mon père et quand elle remarque que je suis réveillée, son air dubitatif disparaît et son visage s'illumine. La légère appréhension qui m'avait assaillie s'évapore aussitôt, surtout quand un flot continu de paroles s'échappe de ma coloc :

– Oh ! là ! là ! Je sais même pas par où commencer, je me sens tellement stupide… En plus, c'était vraiment nul sans toi, Noël. Enfin, c'était sympa, mais tu m'as vraiment manqué, et même si j'essayais de rester en colère contre toi parce que j'étais triste que tu m'aies menti, eh ben, je finissais quand même toujours par parler de toi, par raconter une anecdote d'un truc qu'on a vécu ensemble, et finalement mes parents n'arrêtaient pas de me demander quand ils allaient pouvoir te rencontrer, et…

Elle secoue sa tête et s'approche de moi, les yeux brillants, tandis qu'un sentiment d'apaisement intense me donne envie de lui sauter dans les bras.

– Enfin bref, je suis tellement désolée pour tout, et je comprends maintenant, et je veux plus jamais qu'on se fasse la tête. Surtout à cause d'un con pareil… Déjà que je l'aimais pas beaucoup, mais alors là… Pardon, tu veux sûrement pas en parler, mais vraiment… Quel enfoiré !

Elle pousse un cri rageur, et mon père hoche sobrement la tête d'un air approbateur.

– Si j'avais été là, je peux te dire qu'il serait arrivé au poste de police le pantalon en sang et les couilles écrabouillées, le sale petit…

– Jena… tente de la calmer ma mère, plus pour la forme qu'autre chose.

– Oui, pardon ! Mais personne touche à ma meilleure amie sans avoir affaire à moi ! Non mais, sérieusement… Je peux vous dire qu'il a eu de la chance de tomber sur Milos, parce que si ça avait été…

Je ne l'écoute plus, restant focalisée sur les mots qu'elle a employés.

« Meilleure amie. »

J'attrape la main de ma coloc survoltée et la serre fort. Gavin n'aura pas réussi à tout m'arracher, finalement. Mes parents, Jena, Milos… je sais qu'ils sont là pour me soutenir. Et je sais qu'avec eux à mes côtés, à la minute où j'aurai quitté mon lit d'hôpital, je vais avoir le courage de faire ce que j'aurais dû faire depuis le début : déposer plainte contre ce salopard.

***

Quelques heures plus tard

– Ne vous inquiétez pas, je vais tellement la chouchouter qu'en atterrissant à Chicago vous aurez déjà des dizaines de textos d'elle se plaignant de sa relou de coloc !

Ma mère et mon père prennent Jena dans leurs bras comme s'ils la connaissaient depuis toujours, puis c'est mon tour. Je leur rends leur étreinte en tentant d'y faire passer tout mon amour et toute ma gratitude. Ces dernières heures ont été difficiles, mais mes parents m'ont permis de les supporter sans m'effondrer. Et puis, il y a eu ce moment inespéré où l'on m'a annoncé que je pouvais avoir recours dès maintenant à une ordonnance restrictive, qui empêcherait Gavin de m'approcher. On m'a bien expliqué que l'enquête préliminaire, l'instruction, le procès, tout cela pouvait prendre du temps, que la date de l'audience ne serait pas fixée tout de suite… mais je ne les entendais presque plus. J'entendais juste le son de ma liberté, de la peur qui s'échappait, de mon cœur qui pouvait enfin arrêter de battre à toute allure. Il y a encore beaucoup chemin à parcourir jusqu'au jugement, mais je sais désormais que j'y arriverai.

– À un de ces jours ! hurle Jena alors que mes parents s'engouffrent dans le taxi qui les attend devant leur hôtel. Si jamais vous passez à Minneapolis, faites-moi signe ! Promis, je vous accueillerai avec des gâteaux meilleurs que ceux de tout à l'heure !

– J'y compte bien ! la prévient mon père dans un rire avant que la voiture ne démarre et qu'ils ne disparaissent au loin.

Le silence nous enveloppe un instant, puis Jena propose :

– On rentre à la maison ?

Et je la suis, le cœur léger.

22

On a à peine fait un pas dans le couloir que je le repère, assis devant notre porte. Je stressais de revenir ici, à l'endroit où j'ai cru que j'allais y passer, sur cette moquette peut-être encore tachée de mon sang, mais la vision de Milos efface de mon esprit tous les flashs immondes qui menaçaient de remonter à la surface. Elle efface tout, sauf la joie intense qui m'envahit aussitôt. Le garçon qui a réussi à gagner mon cœur est là, devant moi, et plus rien ne se tient sur notre chemin. Plus rien ne peut m'empêcher de m'enfouir dans ses bras, de le toucher, de l'aimer de tout mon être… Car maintenant, je suis libre, libre de faire ce que je veux, libre de ressentir ce que je veux. Libre de laisser mes sentiments me guider.

Me guider vers celui que j'ai voulu depuis que j'ai débarqué dans sa chambre, il y a des mois.

Milos se relève d'un bond et s'approche en courant, sans me quitter des yeux une seule seconde.

– Tu vas bien ? s'enquiert-il dès qu'il arrive à mon niveau. Je sais que ta mère m'a dit que oui, et que tu m'as dit la même chose par texto tout à l'heure, mais…

Il n'a pas le temps de terminer sa phrase. Je glisse mes doigts le long de sa nuque, l'attire à moi et l'embrasse comme si ma vie en dépendait.

Et peut-être que c'est le cas.

À cet instant, j'ai terriblement besoin de lui, besoin de laisser derrière moi tout le reste, au moins pour aujourd'hui.

Les lèvres de Milos répondent aussitôt aux miennes et me font passer toutes les émotions que je sens déborder de lui. Ses doigts viennent frôler mes hanches, comme s'il n'en revenait pas que je sois vraiment là, à portée de main, entre ses bras, et qu'il voulait s'en assurer.

Et moi non plus, je n'en reviens pas. C'est tout ce que j'aurais pu espérer, tout ce sur quoi j'avais tiré un trait, et le fait que ça soit bel et bien en train d'arriver… c'est extraordinaire.

– Bon, je vous laisse, je vais aller bosser un peu sur mes cours ! nous lance Jena.

Je m'attends à ce qu'elle fasse une blague, comme à son habitude, mais elle nous regarde simplement en souriant, comme si elle était heureuse qu'après tout ça, on se retrouve enfin. Elle disparaît dans notre chambre avant de ressortir avec son ordinateur et de nous faire un petit signe en s'éloignant dans le couloir. Mon regard se détourne bien vite, de nouveau aimanté par les yeux gris de Milos.

Il y a encore quelques minutes, j'avais envie de m'affaler sur mon lit et de dormir pendant trois jours, pour pouvoir déconnecter mon cerveau mais aussi pour récupérer l'énergie que cette journée m'a pompée. Je n'ai pas eu une seconde de répit cet après-midi. Après que le médecin m'a assuré que je n'avais rien de cassé et que j'allais pouvoir rentrer, je suis passée à l'étape suivante. Auprès des policiers, j'ai dû tout me remémorer, du premier coup de Gavin jusqu'au dernier. J'ai dû tous les faire sortir de moi, en parler à haute voix, revivre chaque blessure, chaque bleu, chaque côte fêlée, et ça m'a éreintée.

Pourtant, la présence de Milos me redonne instantanément de l'énergie. Je sais que lui non plus n'a pas eu une journée facile, et qu'il est allé également faire sa déposition après le départ de sa famille, tandis que sa mère et sa sœur ont fait la leur lorsque j'étais à l'hôpital. Harper a eu le réflexe de filmer la scène dès qu'elle a vu Gavin me traîner dans le couloir, ce qui va être une preuve précieuse pour le dossier.

On est donc là, tous les deux probablement épuisés, mais plus gonflés à bloc que jamais, à se noyer dans les yeux de l'autre comme si on n'en revenait pas d'être réunis. Mais avant de céder à l'ivresse des retrouvailles, avant de m'abandonner à la joie qui m'emplit entièrement, je sais que je lui dois une explication.

– Milos, je…

… suis désolée de t'avoir fait subir ça. De ne pas t'en avoir parlé avant. D'avoir sûrement gâché tes fêtes de Noël. De t'avoir laissé croire que tu ne comptais pas pour moi alors que c'est tout le contraire.

Par quoi je commence ?

– On n'est pas obligés d'en parler maintenant, m'assure-t-il en me caressant la joue du bout du doigt. Ça peut bien attendre demain… Pour le moment, il nous reste encore…

Il regarde sa montre d'un air malicieux.

– Trois heures pour profiter de Noël.

La perspective de ne pas avoir à me replonger, même brièvement, dans la tourmente, de ne pas avoir à me lancer dans des explications me soulage plus que je ne l'aurais pensé. Je sais qu'on va devoir en discuter, mais je lui suis reconnaissante de m'offrir une porte de sortie pour ce soir.

– Je dois juste régler quelques détails, on se retrouve dans vingt minutes à Java ?

Je hoche la tête ; pourtant, il n'esquisse pas le moindre mouvement pour s'en aller, comme si l'idée de se détacher de moi, même pour un court instant, lui déplaisait. Je dépose un baiser sur ses lèvres avant de répondre dans un sourire :

– Je vais aller me mettre sur mon trente-et-un pour fêter ces trois heures comme il se doit.

Et je vais aussi aller me doucher, accessoirement…

On m'a rapidement nettoyée à l'hôpital, notamment pour enlever tout le sang séché, mais après avoir passé la journée dans un lit puis dans un poste de police, je ne dirais pas non à un jet d'eau tiède.

Alors que je tourne la tête et m'apprête à faire un pas pour aller dans ma chambre, les doigts de Milos me rattrapent doucement, enlaçant les miens. Je crois d'abord qu'il a oublié de me dire quelque chose, mais lorsque l'on est de nouveau face à face, il me prend simplement dans ses bras et me serre contre lui. Je sens qu'il se retient de me presser davantage, mais je n'ai pas besoin qu'il me laisse de l'espace.

J'ai besoin qu'il l'emplisse entièrement.

Car sa façon de m'enlacer ne me donne pas envie de l'éloigner, mais de le rapprocher. Car son odeur familière, rassurante, me fait plus de bien que n'importe quelle thérapie.

Car son geste tendre me donne envie de pleurer de

bonheur, et c'est mille fois mieux que d'avoir envie de pleurer tout court.

– Je suis tellement heureux que tu ailles bien, me chuchote-t-il, le nez enfoui dans le creux de ma nuque.

Je sais que je mettrai sûrement longtemps à aller vraiment « bien », mais je sais aussi que là, maintenant, il n'y a aucune zone d'ombre dans mon esprit. Pas alors que Milos fait de nouveau partie de ma vie.

– Et moi, je suis tellement heureuse de t'avoir retrouvé.

Je le serre un peu plus, et nous restons là pendant un temps qui me paraît à la fois infini et si court, avant que je ne finisse par me rendre dans ma chambre. Après ma douche, j'enfile la petite robe vert bouteille que j'ai achetée dans une friperie à Santorin, ma veste, une paire de collants opaques et des bottines, et je me regarde difficilement dans la glace. Mes bras sont recouverts de bleus, mon menton est violet, mon arcade sourcilière est gonflée et je n'ai pas pu me laver les cheveux, car le médecin me l'a déconseillé pour le premier jour, à cause des points de suture à l'arrière de mon crâne.

« Plus la plaie sera au sec, plus vite elle cicatrisera », m'a-t-il affirmé.

Et toutes mes autres plaies, celles qui ne se voient pas ? À quelle vitesse vont-elles se refermer ?

Je me regarde et j'ai l'impression que Gavin est encore un peu avec moi, présent à travers chaque marque, chaque anomalie. Mais contrairement à toutes les autres fois où j'ai inspecté mon corps dans le miroir, où j'ai serré les dents en passant un doigt sur un endroit sensible, où j'ai abusé du fond de teint, le cœur battant, je me dis quelque chose que je ne m'étais jamais dit avant : « Ce sera la dernière fois. »

Et cette simple pensée vient apaiser les traits durcis du visage boursouflé devant moi.

J'attrape le cadeau que j'avais acheté pour Milos et que je me voyais déjà mettre à la poubelle, et souris en entrouvrant le petit sac. La décoration de Noël en forme de verre à cocktail, parfaitement kitsch, rayonne dans son papier crêpé. Ça ne m'a pas coûté beaucoup plus qu'un sachet de pâtes et c'est très moche, mais je sais que ça le fera sourire aussi. Et alors que je referme le paquet et que je me presse vers la porte, toute l'effervescence de Noël affluant dans mes veines, je me rends compte que Milos a réussi l'impossible : faire que ces fêtes ne soient pas un total cauchemar. Sauver mon jour préféré de l'année, rattraper ce qui était pourtant irrattrapable.

Sur le chemin jusqu'à la cafétéria, je vois des gens se retourner discrètement sur mon passage, certains me jetant des regards désolés.

OK, ça a été rapide…

Il faut dire qu'il y a plus discret que de se faire sortir du paquebot sur un brancard avec les policiers autour… Je n'ai aucun souvenir de mon départ pour l'hôpital, mais je sais qu'il suffit que quelques personnes m'aient vue pour qu'aujourd'hui tout le *Moving Paradise* soit au courant.

Dans un lieu clos, les nouvelles se répandent en un claquement de doigts.

J'essaie de faire abstraction de tout ça et continue mon chemin en regardant droit devant moi. Il y a quelques jours, j'aurais été mortifiée que tout le monde apprenne que j'étais « la fille qui se fait battre par son mec », j'aurais eu peur que l'on me juge et j'aurais eu honte. Mais maintenant que je suis libérée de ce fardeau, je préfère mille fois cette solution à l'autre : que personne n'ait jamais rien su. Je croise une dizaine de membres du personnel qui s'affairent déjà à retirer les décorations éparpillées ci et là, faisant disparaître les petits rennes argentés et les boules scintillantes dans de grands cartons. Pourtant, dans le hall presque désert de Java, qui semble tout vide sans ses guirlandes volumineuses et ses gigantesques chapeaux de père Noël sur les dossiers des sièges, une table est encore emplie de la magie des fêtes : de la fausse neige a été saupoudrée sur des sets de table vert et or, des bougies étoilées dansent autour de deux assiettes remplies de dinde et de marrons, et des sapins en pain d'épice recouverts de glaçage me font de l'œil sur un plateau rouge vif.

Est-ce que Milos a vraiment recréé cette petite bulle féerique… rien que pour moi ?

Alors que je m'émerveille face à ces vestiges du buffet de Noël, Milos arrive des cuisines, une bouteille de jus de fruits à la main. Hier, on a tous bu du vin rouge, mais je le soupçonne de s'être douté que je n'aurais pas le droit de boire d'alcool, à cause des médicaments.

– Tu es pote avec le père Noël ou quoi, pour réussir à décaler le repas du réveillon ? plaisanté-je pour masquer mon émotion.

– Presque, répond-il en s'approchant, incroyablement beau dans sa chemise blanche et son pantalon de costume. Avec Gordo, l'un des cuisiniers.

L'air un peu nerveux, il me fait signe de m'installer à la table, avant de prendre place en face de moi.

Milos, nerveux ? Qui l'aurait cru ?

À sa manière soucieuse de capter régulièrement mon regard pendant qu'on entame notre festin, je vois qu'il guette la moindre défaillance de ma part, comme s'il voulait s'assurer que le sourire sur mes lèvres et la joie dans mon regard ne sont pas qu'une façade, mais comme s'il voulait également me faire comprendre que cela serait normal que ça en soit une.

Comme s'il voulait me dire que j'ai le droit d'aller mal.

Son attention minutieuse pourrait me mettre la pression, mais au contraire, elle me soulage : elle est la preuve qu'il comprend mon tourment. Il ne cherche pas à minimiser la situation, à prétendre que rien ne s'est passé pour pouvoir rapidement aller de l'avant en effaçant toutes les ombres au tableau. En étant là pour moi après le calvaire de ces derniers jours et de l'année passée, il accepte ces ombres, accepte de s'en accommoder, de les traîner derrière lui de la même manière que je les traîne derrière moi. Il m'accepte, tout entière. La Billie farouche mais pétillante du début qu'il aimait taquiner tout comme la Billie un peu cassée d'aujourd'hui.

– Merci.

Je désigne les plats du menton, mais j'espère qu'il comprend que je le remercie pour bien plus que cette dinde aux marrons – aussi délicieuse soit-elle.

– Comme ça, on peut passer le repas de Noël ensemble, comme prévu, précise-t-il d'une voix rauque.

Puis il ajoute, d'un ton plus fripon :

– Bon, il manque juste nos familles respectives, mais ça en fera plus pour nous !

Et avec un clin d'œil, il approche le plateau des desserts. Puis sa main vient recouvrir la mienne sur la table, et mon cœur fait une embardée, car alors que Milos me regarde, j'ai l'impression qu'il me crie les mots qui tambourinent à l'instant dans ma tête et dans mon cœur.

Ce « je t'aime » que je n'ai jamais prononcé auparavant, et que j'ai envie de ne dire qu'à lui, encore et encore, jusqu'à la fin des temps.

– Bon, ce ne serait pas le réveillon de Noël sans un cadeau, non ? ajoute-t-il, me tirant de mes rêveries.

Le paquet qu'il pose devant moi est petit, presque de la même taille que celui de Gavin. Mais celui-là, je ne crains pas de l'ouvrir. Je déchire même hâtivement le papier, le cœur battant. Logan m'avait prévenue que Milos m'avait acheté quelque chose ; pourtant, sur le coup, je n'avais pas eu le temps d'assimiler l'idée, bien trop préoccupée par le fait que Gavin venait de tout découvrir.

Mais maintenant que je me rends compte que Milos Williamson m'a acheté un cadeau, *à moi*, je ne peux m'empêcher de sourire jusqu'aux oreilles.

Je découvre le MP3 vert pomme au moment où Milos me précise :

– Comme ça, si un gros nul décide de vider de nouveau la batterie du tien, tu en auras un de secours.

Son sourire est si craquant que le mien s'élargit encore un peu. Je tourne et retourne le petit lecteur entre mes doigts comme si c'était la huitième merveille du monde, et alors que je l'allume par automatisme, m'attendant à le trouver vide, une liste de titres, tous écrits en français, s'affiche sous mes yeux.

– J'espère que tu aimes toujours les chansons françaises, parce que je n'ai mis que ça, me taquine-t-il.

Je repense aussitôt à notre première altercation et à sa façon totalement désinvolte de bien me faire comprendre qu'il avait écouté mon iPod en douce. À l'époque, j'étais furieuse, mais maintenant, j'ai envie de l'embrasser. Ce que je fais, oubliant presque qu'on est dans un lieu public, me perdant dans la douceur de ses lèvres jusqu'à ce que des éclats de voix plus loin me ramènent à l'instant présent.

– Logan avait raison, c'est parfait.

Ma main s'attarde un instant sur sa nuque, la quittant à regret.

J'aimerais ne plus jamais, jamais cesser de toucher sa peau.

Milos ne semble pas surpris par ma remarque, signe que lui et son ami ont dû discuter depuis la veille. Je range avec soin le MP3 dans ma poche, impatiente d'en écouter l'intégralité plus tard, et tends à Milos mon cadeau pour lui d'un air un peu contrit.

Est-ce que lui aussi, il va se dire que son cadeau est mille fois mieux que le mien ?

Il ne s'attendait manifestement pas à ce que je lui offre quelque chose, mais son air étonné est vite remplacé par un sourire malicieux alors qu'il sort la boule de Noël « verre à cocktail » de son paquet.

– C'est pour…

– … décorer ton bar quand il ouvrira ses portes, terminé-je pour lui, trop contente qu'il semble apprécier l'attention pour ne pas compléter sa phrase.

– Ce sera la première chose que j'accrocherai, m'assure-t-il d'un air à la fois espiègle et solennel.

– Même si tu ouvres ton bar en plein mois de juillet, et que cette décoration de très mauvais goût paraîtra encore plus ridicule qu'en décembre ?

– Même si j'ouvre mon bar en plein mois de juillet, confirme-t-il en entrelaçant ses doigts aux miens.

Et nos mains ne se quittent plus jusqu'à ce que l'on arrive de nouveau devant nos deux portes. On reste un instant silencieux, comme des adolescents un peu maladroits ne sachant pas trop comment agir. Je sens que Milos n'ose pas me proposer de le suivre dans sa chambre, comme s'il craignait que j'interprète mal sa proposition, que j'y voie une invitation déplacée à coucher ensemble. Et moi, je n'ose pas lui avouer que je ne me vois dormir nulle part ailleurs que dans ses bras.

Je sais que je vais devoir me réapproprier ma chambre, en refaire un *safe space* et ne pas m'arrêter au fait que c'est l'endroit où Gavin a failli m'achever, mais pour le moment, c'est trop tôt.

– On va chez toi ? finis-je par suggérer timidement.

Il acquiesce aussitôt, attrapant de nouveau ma main, comme soulagé que l'on n'ait pas à se séparer tout de suite. Et alors que je m'allonge sur son lit tout habillée, la fatigue me retombe dessus d'un coup. Milos me rejoint et je me blottis contre lui. Dans quelques minutes, les cauchemars vont peut-être m'assaillir, mais pour le moment, le dos contre son torse, j'ai l'impression que plus rien ne peut m'atteindre. Je sors alors mon nouveau MP3 de ma poche, déroule les écouteurs, en propose un à Milos, mets l'autre dans mon oreille, et me prépare à me laisser bercer par la voix mélodieuse d'interprètes français. Je fais défiler les titres des chansons, y prêtant un peu plus attention que tout à l'heure afin de choisir une musique, et je découvre que ce ne sont pas seulement des chansons françaises.

Ce sont aussi toutes des chansons d'amour.

Je sens le cœur de Milos battre un peu plus fort derrière moi, comme s'il savait que je venais de comprendre. Toute chamboulée, les doigts tremblants, je finis par cliquer sur une chanson de Jacques Brel, « Quand on n'a que l'amour », et les premières paroles nous enveloppent de leur poésie.

« Quand on n'a que l'amour
À s'offrir en partage
Au jour du grand voyage
Qu'est notre grand amour »

Grand voyage, grand amour… Exactement ce que nous aura apporté le *Moving Paradise*.

« Quand on n'a que l'amour
Pour vivre nos promesses
Sans nulle autre richesse
Que d'y croire toujours »

Le texte défile et j'ai l'impression que c'est Milos qui me parle directement à travers les mots de Brel. J'ai l'impression que son vrai cadeau, c'est une déclaration d'amour.

Et je n'aurais pas pu rêver mieux comme cadeau de Noël.

23

J'ai encore la tête pleine de chansons françaises quand je me réveille le lendemain matin. Il faut dire qu'on s'est carrément endormis avec les écouteurs dans les oreilles, et que je n'ai éteint le MP3 qu'à quatres heures du matin, lorsque j'ai été tirée du sommeil par la voix puissante de Piaf.

C'est tout juste si je n'ai pas rêvé dans la langue de Molière…

Alors que j'attrape mon téléphone et découvre deux messages de soutien de mes parents, Milos s'agite derrière moi et me tire de nouveau à lui dans un demi-sommeil. Je me laisse replonger dans notre petite bulle sans me faire prier, et ne peux m'empêcher de me tourner face à lui pour l'observer. Pour détailler le léger sourire sur ses lèvres pleines, qui semble taquin même alors qu'il dort, pour caresser du regard la ligne de sa mâchoire, pour admirer ses traits, encore et encore… Parce que quand je le regarde, si près de moi, si accessible, le bonheur prend le pas sur tout le reste. Je sais que quand il va se réveiller, on va devoir parler, et je devrais vouloir repousser ce moment, pourtant j'ai envie qu'il ouvre les paupières et qu'il me regarde avec la même lueur dans les yeux qu'hier.

Celle qui me donnait l'impression que l'amour peut être tout sauf douloureux.

Je glisse de nouveau mes jambes sous la couette et Milos me jette un regard ensommeillé. Il semble prêt à se rendormir, mais ses yeux gris s'arrêtent sur mon visage, ses sourcils se froncent, et sa main vient doucement caresser ma pommette gonflée. Ça me surprend d'abord, et je mets quelques secondes à me souvenir que mes blessures sont désormais affichées sur tout mon corps.

Et que le monde entier peut les voir.

J'ai tellement l'habitude qu'elles soient dissimulées, enfouies en moi ou sous du maquillage, que je me sens brusquement mise à nu, comme un fantôme qui perdrait soudain son invisibilité et qui n'aurait plus d'autre choix que de se dévoiler.

Sous le regard franc de Milos, je n'ai nulle part où me cacher. Alors je ne tente pas de le faire. Je ne remonte pas la couverture sur mon visage, je ne me remets pas dos à lui pour me soustraire à son inspection. Je le laisse me détailler et je regarde en face ma souffrance, se reflétant dans ses pupilles qui s'assombrissent un peu plus chaque instant.

– Si tu savais à quel point j'ai eu envie de le frapper…

Sa voix rauque n'est qu'un murmure ; pourtant, j'entends tout son cœur crier.

– Mais tu ne l'as pas fait.

Je le revois, bouillonnant de rage, prêt à abattre son poing sur Gavin… et je le revois retenir son mouvement et baisser son bras.

– Une promesse est une promesse, non ?

Son faible sourire me réchauffe de l'intérieur alors que je comprends à quoi il fait référence. Depuis quelque temps, j'avais tellement intégré le fait que Milos ne me fera jamais de mal que j'avais presque oublié notre discussion sur la plage, où il m'avait rassurée en me jurant qu'il ne frapperait plus personne. Et lorsque j'ai vu Milos face à Gavin, j'étais beaucoup trop perdue pour analyser la scène sous mes yeux, je pensais à tout sauf à cette promesse.

Je ne pensais à rien, à vrai dire.

Et sûrement pas au fait que c'était moi, en quelque sorte, qui avais retenu son geste.

Je lui rends son sourire, attrape sa main, et la serre fort.

Oui, une promesse est une promesse.

Et je me suis promis à moi-même de tout lui expliquer. Alors je me lance, sans trop savoir par où commencer.

– La… la première fois qu'il m'a frappée, j'ai réellement cru que j'étais en plein cauchemar et que j'allais me réveiller. C'était si irréel que je n'ai même pas ressenti la douleur, sur le coup, j'étais juste… choquée.

Milos se rapproche de moi et m'entoure de son bras, me caressant lentement le dos, comme pour me protéger de mes souvenirs. Et ça fonctionne autant que possible, parce que je sais que désormais, à ses côtés, ils ne seront que ça : des souvenirs, des moments du passé. Mais plus jamais quelque chose à redouter.

– On était chez moi, dans ma chambre, et j'étais en train de le chatouiller pour qu'il me rende la télécommande. Ça l'amusait, et puis ça a cessé de l'amuser.

Ma voix s'étrangle un peu sur la fin de la phrase, et je me demande si je vais réussir à aller au bout, mais Milos m'encourage d'un regard bienveillant, même si je le sens se crisper.

– Il m'a lancé « Bon, arrête, là ! » et il m'a giflée, continué-je, en ayant du mal à réaliser que je lui raconte vraiment tout ça. J'ai eu l'impression que le temps s'arrêtait pendant un instant. On était muets, immobiles, comme si on se demandait tous les deux ce qui allait venir ensuite, comment on allait bien pouvoir réagir après ça. Et puis Gavin s'est juste reconcentré sur la télé, il a changé de chaîne, et c'était fini. Il n'a pas ouvert de grands yeux ahuris, n'a pas eu l'air effrayé de lui-même, ne s'est pas excusé platement. Il a fait comme si ce qui venait de se passer était une dispute comme une autre, comme s'il n'y avait pas de problème.

Je marque encore une pause, essayant de me souvenir de qui j'étais à ce moment-là, tentant de comprendre comment j'ai pu me retrouver embarquée là-dedans.

– C'était une « petite gifle », rien par rapport à ce qu'il a pu me faire après, mais c'était déjà trop, et je le savais au fond de moi. J'aurais pu incendier Gavin, lui crier de dégager, tout raconter à mes parents, en bas dans le salon, et ça aurait pu être la fin de tout ça. Mais… le voir là, allongé sur mon lit, concentré sur l'épisode de *Grey's Anatomy*… ça ressemblait de nouveau à un samedi comme les autres. Sa gifle… ça paraissait déjà si loin, presque comme si ça n'avait pas eu lieu. Et je crois… je crois que je me suis sentie bête en m'imaginant faire un scandale alors que tout était redevenu si normal, si habituel, si calme. Donc je n'ai rien dit, moi non plus, je me suis allongée à côté de lui et j'ai regardé les personnages à l'écran en essayant de ne plus y penser. Je n'ai même pas décortiqué la scène dans ma tête, je n'ai même pas fait semblant de me concentrer sur la télévision tout en réfléchissant à un plan d'attaque, je me suis plongée à corps perdu dans l'épisode et j'ai enfermé à double tour au fond de moi ce qui venait de se passer. Je crois que j'aurais eu trop honte de moi-même si j'avais analysé la situation. J'aurais eu honte de ne pas avoir osé dire quelque chose.

Maintenant que j'ai commencé à vider mon sac, c'est comme si je ne pouvais plus m'arrêter. J'ai l'impression de retourner des années en arrière, quand j'allais toquer à la porte de mes parents en pleine nuit après avoir fait un cauchemar, et qu'ils me disaient de le leur raconter, pour que le cauchemar sorte de moi, et qu'il arrête de me hanter. Et c'est ce que je fais à l'instant.

Je me libère de mon plus gros cauchemar.

– À partir de là, j'ai préféré m'enfoncer dans le déni… Jusqu'à ce que le déni ne soit plus une option. Un soir, il m'a frappée un peu plus fort, et c'est là que j'ai sauté le pas, que j'ai postulé au programme du *Moving Paradise* sans le dire à personne. Sur le coup, je voyais ça un peu comme une lubie, je n'envisageais pas réellement de participer. Seulement, ça m'apaisait de savoir que j'aurais peut-être cette échappatoire. Et puis, plus les semaines défilaient, plus les choses empiraient. Au début de notre relation, je ne ressentais que de l'amour, mais ensuite, la peur s'est mêlée à l'amour, et à la fin, il n'y avait plus que la peur… La peur de faire quelque chose qui allait lui déplaire, la peur qu'il me fasse payer une quelconque discussion avec quelqu'un d'autre que lui… Au bout de quelques mois, il avait réussi à m'isoler de tous mes amis, à m'éloigner de ma meilleure amie, Kat. Je ne voyais plus comment m'en sortir, et j'ai fini par guetter la réponse du *Moving Paradise* comme j'aurais guetté mon salut. Et quand j'ai appris que j'avais été sélectionnée, ça a été mon premier moment de joie depuis presque un an. Le jour du départ, je n'ai pas osé rompre avec lui, je craignais trop ce qu'il pourrait faire à mon retour pour se venger. Je savais qu'il me ferait quand même payer le fait d'être partie, mais une nouvelle fois, j'ai enfoui ma tête dans le sable, je me voyais déjà être libre plusieurs mois, pouvoir avoir une vie normale le temps d'un semestre... Même si, comme tu le sais, tout ne s'est pas passé comme prévu.

Je tente de plaisanter, mais mes larmes tombent sur l'épaule de Milos. On est maintenant si proches que je ne vois plus son visage, j'entends juste son souffle rapide près de mon oreille alors qu'il me serre contre lui.

– Tu es libre, maintenant, me chuchote-t-il d'une voix troublée.

J'acquiesce contre son cou.

– Et je suis désolée que tu aies dû apprendre son existence en le voyant débarquer pour Noël, enchaîné-je. Quand...

J'ai envie de lui dire « quand j'ai commencé à tomber amoureuse de toi », mais je n'ose pas.

– Quand tu es entré dans l'équation, je n'ai pas su comment te dire qu'il ne pouvait rien se passer entre nous, car c'est tout ce dont j'avais envie. Et quand c'est devenu sérieux... j'ai eu peur de te perdre. Peur de ce que pourrait faire Gavin, aussi. Et au moment où j'étais prête à tout t'avouer et à tout arrêter avec lui... il est arrivé, et ça a tout foutu en l'air.

– Pas tout, me reprend-il en passant une main dans mes cheveux, et en s'écartant pour pouvoir me regarder dans les yeux. Ce qu'il se passe entre toi et moi... Personne ne pourra jamais foutre ça en l'air.

Et comme pour prouver cela, il dépose ses lèvres sur les miennes, dans un baiser qui me fait croire qu'il a raison, que rien ne pourra jamais plus nous empêcher d'être ensemble. Mon cœur se remet à battre un peu plus vite.

– Tu as raison... Il a gâché beaucoup de choses, mais pas ça.

– Et il ne faut pas qu'il en gâche encore plus. Alors je te propose qu'on sorte de ce lit, même si là, je n'en ai aucune envie, et qu'on fasse comme on aurait fait avant.

Je souris à cette idée. C'est vrai que pour me réapproprier cette seconde maison, ce refuge qu'il a transformé en théâtre de mes angoisses, le mieux est peut-être d'en partir, comme à chaque escale. Comme quand le *Moving Paradise* n'avait pas encore été souillé par la présence de Gavin.

Ce paquebot, c'est le nôtre, pas le sien. Et je ne le laisserai pas me le prendre. Alors je vais sortir de cette chambre, aller découvrir Venise, et je vais accumuler autant de souvenirs heureux qu'il me faudra pour effacer les autres.

Je me rue presque dehors pour aller me préparer, sous le rire de Milos, et quand je reviens vingt minutes plus tard, il me tend la main.

– Prête à découvrir la ville des amoureux ?

Je hoche la tête et glisse mes doigts entre les siens.

La ville des amoureux...

Je sais que c'est une façon comme une autre de désigner la ville la plus romantique du monde, mais l'intensité que je lis dans son regard me pousse à croire que c'est aussi sa façon de me confirmer qu'on en fait partie, de ces amoureux...

Deux « déclarations » en deux jours... Qu'est-ce que je pourrais espérer de plus ?

La réponse, amère, m'apparaît soudain.

Ce que je pourrais espérer, c'est qu'on ne soit pas à quelques semaines de se dire adieu, peut-être pour toujours…

L'Italie, l'Espagne, le Portugal, la France… Et puis, ça sera chacun chez soi. Moi à Chicago, et lui à San Francisco, à l'autre bout des États-Unis. On n'a pas du tout parlé de ce que cela signifierait, pour nous, la fin du voyage, mais soyons honnêtes : ça s'annonce mal. Si je n'écoutais que mon cœur, je réserverais déjà un aller simple vers San Francisco pour le 27 février, le lendemain de notre retour à San Diego.

Mais malheureusement, il faut aussi que j'écoute ma raison, qui pense à mes études à finir, à mes parents soucieux, à mon compte en banque presque vide maintenant que toutes mes économies ont été dilapidées…

Gavin ne nous a pas séparés… et si trois mille kilomètres le faisaient ?

Ça risque d'être le cas… mais pour le moment, rien ne nous sépare encore. Pour le moment, je suis avec Milos, et Venise nous ouvre ses bras. Aussi je repousse cette angoisse tout au fond de moi, et resserre mes doigts autour de ceux de mon amoureux alors qu'on part à l'aventure.

24

Est-ce que les gens qui disent que Venise est l'endroit le plus romantique ont déjà visité Grenade ?

Peut-être que c'est parce que je suis dans un état d'esprit plus serein que lorsqu'on était en Italie il y a quelques semaines, mais à cet instant, alors qu'on déambule dans les ruelles du quartier de l'Albaicín, main dans la main, j'ai l'impression que la magnifique ville d'Espagne est tout ce qu'il y a de plus romantique.

Mais il faut dire qu'avec Milos à mes côtés, même un local à poubelle me semblerait sûrement être un endroit merveilleux...

Pendant cette seconde partie du voyage, on visite moins de pays différents qu'au début, mais on les explore de fond en comble, en allant de ville en ville, ce qui permet de découvrir différentes facettes d'un même pays et nous donne encore plus l'impression d'en saisir l'essence. En Espagne, on a déjà visité Alicante, où nous attend le *Moving Paradise*, Barcelone, Pampelune, San Sebastien, Bilbao, Madrid, Tolède, Séville et maintenant Grenade… En ce moment, on passe plus de temps dans les trains, les bus et les hôtels que sur notre cher paquebot.

Et en parlant d'hôtel…

– On rentre ? finis-je par proposer alors qu'on a fait le tour d'un petit jardin fleuri.

Cet après-midi, on a passé plusieurs heures à visiter l'Alhambra avec Jena et Aaron, et mes jambes commencent à protester. Et puis… j'ai aussi envie de lui sauter dessus.

Depuis Noël, Milos a voulu me laisser du temps et de l'espace, et je lui en suis reconnaissante, mais maintenant, j'ai juste envie de lui arracher son pantalon et tout ce qui se tient entre moi et sa peau.

Au regard sombre de désir que me lance Milos, je vois qu'il a très bien compris où je voulais en venir.

Et ça n'a pas l'air de lui déplaire. Ça a même l'air de beaucoup, beaucoup lui plaire.

Pourtant, quand on pénètre dans le hall et que le réceptionniste nous parle de la piscine au dernier étage de l'hôtel, en nous vendant la vue imprenable sur la ville, on oublie un instant nos corps qui bouillonnent et on se laisse tenter par cet interlude.

Mais lorsqu'on arrive près des transats après un rapide passage par la chambre et que Milos se déshabille pour se retrouver en maillot devant moi, le feu enflamme de nouveau mon bas-ventre.

Comment est-ce qu'il peut être aussi sexy dans ce vieux truc jaune poussin ?

Milos doit suivre mon regard, braqué sur son entrejambe, car il réplique :

– Tu essaies de la faire se dresser par la seule force de ton regard ? Parce que ça pourrait fonctionner.

Son ton est amusé, mais je sens que la tension est montée en flèche pour lui aussi. Je jette un coup d'œil autour de nous : aucun transat n'est occupé, et le seul client qui était dans la piscine est en train de partir. On pourrait presque…

Non, Billie, mauvaise idée !

Je me fais violence pour me rentrer dans le crâne qu'il y a sûrement des caméras partout, qu'on est dans un lieu public et que me faire virer d'un hôtel parce qu'on a fait l'amour dans la piscine n'est pas sur ma *bucket list*.

Mais rien ne nous empêche de jouer un peu avec le feu…

Sans lui répondre, avec un sourire taquin, j'enlève mes vêtements et dévoile mon maillot deux pièces. C'est la première fois que je montre autant de peau depuis un mois, mais désormais les traces de coups ont presque disparu, et je me sens plus à l'aise. Tout signe d'amusement déserte le visage de Milos quand il s'approche de moi. C'est comme si nos corps étaient aimantés et qu'ils ne pouvaient faire autrement que se retrouver. Alors qu'il n'est plus qu'à quelques centimètres de moi, je sens mes tétons devenir durs sous son regard avide.

– Ça marche aussi avec moi, apparemment, murmure-t-il en effleurant l'un de mes seins.

Ne pas se faire virer de l'hôtel, ne pas se faire virer de l'hôtel…

– On doit tous les deux avoir des regards bioniques, soufflé-je, en essayant de ne pas laisser mon trouble me faire faire n'importe quoi.

Comme étendre la main et toucher l'érection qui commence déjà à se deviner sous son maillot…

On a dit non…

Est-ce que l'eau fraîche va me remettre les idées en place ? Sans plus attendre, je m'introduis dans la piscine et nage un peu pour me réchauffer, avant de trouver le corps de Milos sur mon chemin. L'eau lui arrive au niveau du bassin, et cette vision de son torse recouvert de gouttelettes ne m'aide pas beaucoup à apaiser mes esprits. Il me repousse lentement jusqu'à ce que mon dos rencontre le bord de la piscine, et je m'accoude au sol carrelé derrière moi, le cœur battant. J'ai l'impression de repartir de zéro, avec lui. D'être de nouveau dans l'excitation des débuts, dans une sorte de jeu insouciant, mais avec, cette fois-ci, un énorme poids en moins sur mes épaules.

Et l'idée de recommencer me plaît. De prendre un second départ, sans tous les obstacles qui ont entaché notre début de relation, sans l'ombre de Gavin planant sur chacune de mes décisions.

Cette fois, c'est juste lui et moi.

Milos s'avance de quelques centimètres, glisse sa main derrière mon dos et colle son corps au mien. Nos lèvres se rencontrent et tout mon corps s'enflamme.

OK, ça risque vraiment de déraper, là…

– On devrait peut-être…

Je désigne la caméra derrière lui d'un signe du menton, il tourne rapidement la tête, et son sourire en coin s'élargit.

– Faire en sorte qu'on ait juste l'air d'être en pleine discussion ? Tout à fait.

J'allais dire « retourner dans la chambre », mais après tout…

Il m'attire quelques centimètres plus loin, près de la cascade artificielle, et je comprends très bien sa stratégie : à cet endroit, les remous rendent l'eau plus opaque, et masquent ce qui se passe en dessous de la surface.

À savoir la main de Milos qui glisse lentement vers mon entrejambe…

Alors qu'il était auparavant collé à moi, Milos s'est décalé, si bien qu'il est désormais à mes côtés. J'imagine que si quelqu'un regardait les images de la caméra à cet instant, il verrait seulement deux personnes en train de profiter innocemment de la piscine, la première adossée au bord et la seconde tournée vers l'autre pour lui parler. Rien de choquant là-dedans, non ? D'autant que nos corps ne se touchent même pas…

… Si ce n'est pour ses doigts, qui caressent désormais mon clitoris.

– Qu'est-ce que tu disais ? Que cette piscine est très relaxante ? me susurre Milos avec un regard taquin.

Je jette un œil à la caméra et déglutis. Mais j'avoue que ce petit jeu m'excite assez…

– Oui, ça aide à se détendre après la journée de marche, concédé-je en retenant un soupir.

– Je dirais que c'est presque aussi bon que le sexe… ajoute Milos en augmentant la délicieuse pression entre mes jambes.

– Ah oui ? lâché-je d'une voix un peu trop aiguë.

OK, pas si facile d'avoir « juste l'air d'être en pleine discussion » quand je suis presque sur le point de jouir…

– Ouuuuh, elle est un peu fraîche, non ?

Je retire aussitôt ma main, que je venais de poser sur le membre dressé de Milos, m'écarte de lui et rougis violemment en apercevant la femme qui vient d'entrer dans l'eau.

– Euh, oui, très fraîche.

À l'instant, j'ai plutôt l'impression qu'elle est brûlante, mais ça doit être moi.

Qui brûlais de plaisir il y a une seconde, et qui brûle maintenant de honte…

– D'ailleurs, on allait y aller. Bonne soirée ! lâche Milos d'un ton aimable.

Il se cache derrière moi pour dissimuler son érection, on se rhabille en vitesse après une douche express et on court en riant vers notre chambre.

Alors qu'on s'écroule sur le lit, essoufflés et à moitié hilares, on cherche chacun le regard de l'autre. Je crois qu'on veut y trouver la confirmation que ce qu'on a commencé dans la piscine est bien sur le point de continuer…

Et dans le gris de ses iris, je la trouve sans l'ombre d'un doute.

Mes yeux s'égarent ensuite sur le caleçon bleu foncé qu'il a enfilé à la hâte et qui dépasse de sous son jean.

– Ah, voilà qui est mieux que ton maillot de bain… le taquiné-je.

Je passe mes doigts à la lisière de l'élastique, à la naissance d'une ligne de poils bruns, et je sens Milos tressaillir alors que ma main effleure sa peau.

– Qu'est-ce qu'il t'a fait de mal, ce pauvre maillot ? m'interroge-t-il d'une voix rauque.

Je jette un œil à son maillot jaune flashy qui dépasse du sac abandonné au sol et, avant que je n'aie le temps de répondre, il me fait basculer sur lui, de façon à ce que je sois assise sur son entrejambe. Je le sens déjà dur sous moi, et la température monte soudain de quelques degrés.

– À part qu'il m'a littéralement cramé les yeux, rien… continué-je sur le ton de la plaisanterie, même si à l'instant, j'ai la tête un peu ailleurs.

Beaucoup plus au sud…

– Littéralement ? demande-t-il d'un air sceptique tout en passant ses mains dans mon dos.

– Oui, assuré-je en fermant les yeux, comme pour lui prouver que je n'y vois plus rien.

– Eh bien, comme ça, tu vas pouvoir te concentrer sur tes autres sens… tu devrais le remercier, en fait.

Il me presse un peu plus contre son érection et j'ouvre les yeux pour déboutonner son jean, impatiente.

– Eeeeh… me sermonne-t-il en couvrant mes paupières d'une main tout en se penchant vers le sac avec nos vêtements.

Quand il retire ses doigts de mon visage, je vois qu'il tient une de mes paires de collants opaques.

– Comme ça, pas de triche, me susurre-t-il à l'oreille en posant le tissu noir contre mes yeux.

Il me laisse nouer ce bandeau improvisé, comme pour s'assurer que je suis partante. Et vu ses réactions, mon corps est plus que partant. Ma culotte s'humidifie presque instantanément et tout mon corps frissonne.

Désormais dans le noir, je tâtonne pour trouver son pantalon et finir d'entreprendre ce que j'ai commencé. Assise à côté de lui, je débarrasse Milos de son jean en riant, et redouble de désir alors que je passe ma main sur le dernier obstacle entre sa peau et la mienne.

– Tu sais, si tu l'aimes tant que ça, ce caleçon, je peux le garder, renchérit-il dans un murmure espiègle.

Il s'écarte légèrement, faisant grimper ma frustration. Mais à sa respiration troublée, j'entends très bien que ça serait la dernière de ses envies.

– Je le trouve mieux que ton maillot, mais pas mieux que ce qu'il y a dessous, lui assuré-je sans pouvoir m'empêcher de sourire.

– Dans ce cas…

Je l'entends bouger, j'entends un bruit de tissu qui glisse contre la peau et un emballage que l'on déchire… J'entends tout, et ces sons sont autant d'indices sur la scène qui est en train de se dérouler à quelques centimètres de moi, mais le fait de ne rien voir redouble mon excitation.

Je tends le bras, trouve sa peau brûlante, me rapproche, et le repousse contre le matelas afin qu'il soit en position allongée.

– Qu'est-ce que tu fais ? me demande-t-il d'une voix pleine de désir.

– Je me « concentre sur mes autres sens »… dis-je en entourant son membre de ma main et en passant ma langue dessus.

J'ai follement envie de voir sa réaction à cet instant, mais son sexe qui se tend davantage dans le préservatif me dit tout ce que j'ai besoin de savoir.

Je le prends pleinement en bouche, et un léger râle parvient à mes oreilles. Des doigts viennent doucement caresser mes cheveux, et j'entame un lent mouvement de va-et-vient, accentuant de temps en temps la pression de mes lèvres, accélérant puis ralentissant, jusqu'à ce que les soupirs deviennent des gémissements et qu'il finisse par m'arrêter d'un geste tendre.

– J'ai envie d'être en toi… me murmure-t-il en me faisant étendre sur le dos.

– Tu étais déjà en moi, lui rappelé-je avec malice, tout en tressaillant d'impatience alors qu'il commence à me déshabiller.

– J'ai envie que *ma queue* soit en toi, précise-t-il, m'arrachant un frisson fiévreux.

Je sens ses doigts jouer avec les agrafes de mon soutien-gorge, et l'air frais qui caresse mes seins est vite remplacé par des lèvres avides, qui malmènent délicieusement mes tétons dressés.

Milos dépose des baisers sur tout mon corps, allant de simples effleurements à des caresses plus appuyées, et quand sa langue vient tracer un sillon jusqu'à mon nombril, je frémis et me cambre, l'incitant à continuer, à descendre plus bas. J'attends le prochain contact qui me surprendra, la prochaine main qui me pressera, la prochaine morsure qui me fera défaillir.

Et quand, enfin, je sens sa main empoigner doucement mon sexe à travers le tissu de ma culotte, je gémis, avec une telle intensité que j'ai presque l'impression que je pourrais jouir dès sa caresse suivante.

– Tu en as envie aussi ? me questionne-t-il alors que ses mains attrapent mon sous-vêtement, sans encore le baisser.

Je mets un instant à me souvenir à quoi il fait référence.

Sa queue… en moi…

Mon « Oui » sonne plus comme une supplique que comme une simple réponse, et je l'entends sourire.

Je sens son corps recouvrir le mien, désormais nu, et mes mains viennent automatiquement l'entourer.

Maintenant que je le tiens, je le garde…

Presque aussitôt, son sexe se trouve à l'orée du mien, et je retiens mon souffle. Il me pénètre peu à peu, et plus il s'enfonce en moi, plus nos respirations se libèrent et deviennent erratiques.

– Oh, bébé… lâche-t-il dans un murmure qui semble à peine conscient.

Et ce surnom qui m'exaspérait au début me semble désormais si sensuel qu'il me mène presque à lui seul aux portes de la jouissance.

Il me serre un peu plus contre lui et, son cœur tout contre le mien, il accélère ses mouvements. Une partie de moi a envie de le regarder dans les yeux alors que le plaisir nous emporte au bord de l'orgasme, mais une autre sait que je n'ai pas besoin de mes yeux pour savourer pleinement ce moment où nos deux corps ne font plus qu'un et se disent qu'ils s'aiment.

Et la seule chose qui me vient à l'esprit au milieu de toutes ces vagues de plaisir est : *comment est-ce que je vais bien pouvoir me passer de lui ?*

25

– Est-ce que c'est pas la meilleure Saint-Valentin de votre vie ? nous interroge Logan en levant sa coupe de champagne.

Les tintements de verres se mêlent à nos acclamations. Chacun d'entre nous devait avoir l'habitude de passer cette fête en tête à tête, mais cette fois-ci, on est tous réunis : Milos, Jena, Logan, Amandine, Aaron, Joy, Valentina, Bethany, Wren, Takumi, Peyton et moi.

Et on trinque à notre amitié.

Quitte à célébrer l'amour, autant le faire avec toutes les personnes qui comptent, non ?

Et qui plus est dans un endroit dont on est désormais tous amoureux ! On a déjà été séduits par le Portugal en général et par le petit village d'Alvor en particulier, mais ce restaurant au cœur des rochers, avec une vue à couper le souffle sur la plage de sable blanc, c'est vraiment la cerise sur le gâteau.

– J'ai presque envie de me faire tatouer « I love Alvor » sur la fesse, tiens ! plaisante Bethany alors qu'on sort du restaurant deux heures plus tard. J'aurais juste peur de m'évanouir avant la fin et de me retrouver avec un tatouage incompréhensible, genre « I lo » !

– Essaie de tenir jusqu'à ce que le tatoueur ait pu écrire « I love Al », renchéris-je, au moins on pourra croire à une déclaration à Al Pacino.

– En fait, c'est Logan qui devrait se faire ce tatouage, lui qui adore *Le Parrain* !

On blague encore quelques minutes en jetant des coups d'œil à Logan, qui marche un peu plus loin avec Takumi, et qui fronce les sourcils comme pour nous demander ce qu'on est encore en train de raconter sur lui. C'est la première fois qu'on a une conversation – aussi peu sérieuse soit-elle – avec Bethany, et ça me soulage qu'il n'y ait pas de malaise entre nous.

– En vrai, je ne sais pas si j'aurais envie de me faire tatouer, reprend-elle. T'imagines, un jour, tu regrettes ?

M'en parle pas…

Je me contente de hocher la tête, la gorge nouée. Machinalement, je porte ma main au niveau de ma hanche, où le symbole infini est dissimulé sous mon pull.

– Logan, on a eu une idée pour toi, avec Billie ! crie soudain Bethany en me lançant un clin d'œil avant de courir vers notre ami.

Je me retourne en riant pour voir la réaction de Logan, qui me lance un regard à la frontière entre le « vous êtes folles » et le « c'est peut-être pas une si mauvaise idée ». Puis, mes yeux tombent sur Milos, qui marche avec Jena à quelques mètres derrière moi, et je les rejoins.

– Ça va ? T'as l'air pensive, m'avoue-t-il alors que je me blottis contre lui.

– Je me disais juste que j'en avais vraiment marre de mon tatouage…

Je vois Jena acquiescer vivement. Je lui ai déjà raconté l'histoire derrière ce petit trait d'encre et je sais qu'elle comprend que je n'ai plus aucune envie de porter sur ma peau quelque chose qui me rappelle autant Gavin.

– Alors fais-le recouvrir, propose Milos en passant un bras autour de mes épaules.

Je reste un instant silencieuse, laissant germer l'idée dans mon esprit. Je n'avais jamais vraiment songé à cette option, mais après tout… pourquoi pas ?

– Ah mais ouiii ! renchérit aussitôt Jena. Demain, quand on sera à Lisbonne, on trouve un salon de tatouage qui prend sans rendez-vous et le tour est joué !

– Eh, eh, eh, rétorqué-je en riant, t'enflamme pas ! C'est vrai que l'idée est tentante, mais je ne sais même pas encore ce que je voudrais me faire tatouer, et puis…

– Mais si ! Mon nom dans un cœur, voilà, trouvé ! affirme Jena, tout sourire, en battant des cils.

– Ou alors, quelque chose de meilleur goût, comme MON nom dans un cœur, blague à son tour Logan, en passant sa tête par-dessus nos épaules pour se mêler à la conversation.

– C'est cela, oui… lâche Jena d'un ton moqueur avant de se tourner de nouveau vers moi. En tout cas, je t'accompagnerai, si tu veux, pour veiller à ce que tu ne te retrouves pas avec le prénom d'un abruti sur la hanche. Histoire que tu n'aies pas un second tatouage à recouvrir…

– Un « abruti », vraiment ? Je crois que l'expression « qui aime bien châtie bien » prend tout son sens…

Jena lui donne un petit coup d'épaule en le sommant d'arrêter de délirer, et le sourire en coin qu'il lui adresse est si parlant que ça me semble désormais évident : ils sont foutus, ces deux-là... parce que quoi qu'ils veuillent se faire croire, il se passe bel et bien un truc entre eux.

– Moi aussi, je peux venir, si tu veux que je sois là, m'assure Milos alors qu'on laisse nos deux amis se chamailler derrière nous.

Sa voix douce à mon oreille me fait frissonner en même temps qu'elle me réchauffe de l'intérieur.

Moi aussi, je suis foutue...

– Enfin, si jamais tu décides réellement de sauter le pas demain. Ne laisse pas Jena te mettre la pression, enchaîne-t-il avec un clin d'œil.

J'ai soudain envie de lui demander ce qu'il en serait si je décidais d'y aller non pas demain, mais dans trois mois, ou six ? Est-ce qu'il proposerait aussi de m'accompagner ? Mais je sais que ça serait injuste de lui poser cette question.

Même s'il le voulait, comment pourrait-il se permettre de claquer des centaines de dollars dans un aller-retour San Francisco-Chicago uniquement pour me voir serrer les dents sur une table de tatoueur ?

Et puis, en réalité, j'aime assez l'idée d'y aller dès demain. Ça me semble fou, presque irréel, mais ça me semble aussi être la bonne chose à faire. Je crois que l'excitation de Jena est contagieuse.

À mon tour de m'enflammer...

Après tout, quoi de mieux pour remplacer « l'infini » que l'attitude « *Carpe diem* » ?

***

– T'es sûre que tu préfères pas plutôt quelque chose dans ce style ?

Je bugge un instant sur le crâne et les triangles entrelacés.

Elle plaisante, ou… ?

– C'est grave beau, renchérit-elle en traçant du doigt les contours du modèle, le gros classeur sur les genoux.

… Ou pas.

– Oui, je suis sûre, Jena ! Je n'ai pas envie de sursauter d'effroi chaque fois que je me regarde dans le miroir, merci bien !

– Pff, je vois pas pourquoi ça te ferait peur ! Un crâne, t'en as déjà un là-dessous, tu sais ! m'assène-t-elle en me tapotant le front.

– Eh bien, fais-le, toi, si tu l'aimes tant !

Je dis ça pour la provoquer mais, à son regard qui s'illumine, je vois clairement qu'elle prend le défi très au sérieux.

– Chiche ! Si Milos se fait un tatouage aussi, je le fais ! réplique-t-elle en haussant la voix et en m'entraînant à l'autre bout du salon, où Milos et Logan observent les motifs exposés sur les murs.

Pour toute réponse, Milos lâche un poli « Non merci ».

S'il croit qu'il va s'en tirer comme ça avec Jena…

– Alleeez, on se fait tous un *matching tattoo* pas du tout *matching* ! insiste Jena en sautillant presque.

Elle se tourne vers Logan, cherchant du soutien.

– Comme ça, quand on le regardera, on repensera tous les uns aux autres !

– Qui aurait cru que tu étais aussi sentimentale ? la taquine gentiment Milos. Mais c'est toujours non.

– Ouais, j'ai pas envie de repenser à vous, moi ! raille le grand métis.

– Tu repenseras à moi de toute façon, Logan ! lâche Jena sur le ton de l'évidence. Je suis sûre que je vais envahir tes rêves.

Il ne la contredit pas, se contentant de soutenir le regard de feu de mon amie.

– Donc, en conclusion, pas besoin qu'on se fasse tatouer, intervient Milos, clairement amusé par le petit jeu entre nos amis.

– Tu disais l'autre jour que t'adorais ta ville, reprend Jena sans se démonter. T'as qu'à te faire tatouer, je sais pas moi… le Golden Gate Bridge !

Je réprime un léger pincement au cœur. Encore un rappel que lui non plus ne peut pas tout quitter pour me suivre à Chicago… Il faudrait vraiment qu'on aborde le sujet, qu'on arrête de faire comme si rien n'allait changer, entre nous. Parce que d'ici quinze jours, tout va changer.

Ce soir. Je lui en parle ce soir.

– J'ai pas envie d'un tatouage qui fait la taille de mon bras…

– Mais t'as envie d'un tatouage qui ne fait *pas* la taille de ton bras ? tente Jena avec un sourire angélique.

Milos lui jette un regard qu'il veut sûrement agacé, mais je vois bien qu'il est sur le point de céder. Il finit par sortir une pièce de monnaie de sa poche.

– OK, si tu me trouves un dessin cool qui est plus petit que ça, je me fais tatouer avec vous.

Il ne regarde que moi en prononçant ces mots, et je sais que ce tatouage, c'est aussi sa façon de me soutenir alors que je tourne la page sur mon passé. Je lui attrape la main, la serre fort, et tente de ne pas laisser mes émotions déborder.

Au même moment, Jena pousse un cri de victoire et s'affaire aussitôt à feuilleter les catalogues disposés sur des présentoirs.

– Y a ça ! s'exclame-t-elle au bout de quelques minutes.

On se penche tous par-dessus son épaule, curieux, mais Milos se redresse aussi vite qu'il s'est baissé.

– Jena, au cas où tu as vraiment besoin de l'entendre : non, je ne vais pas me faire tatouer une licorne...

– C'est pas une licorne, c'est juste une tête de licorne, rectifie-t-elle. Et puis ça te fera comme un animal de compagnie, tu ne te sentiras plus jamais seul...

– Un animal de compagnie *mort*, du coup, vu que « c'est juste une tête », renchérit Milos en levant un sourcil amusé.

– Bon, OK, OK, c'est pas le tatouage du siècle ! Mais je trouve rien de plus petit que... Ooooh, voilà !

Elle pointe frénétiquement du doigt un modèle sur la page suivante, et on découvre une minuscule ancre de bateau.

– Très approprié pour un tatouage fait pendant un semestre en mer, si tu veux mon avis, lance Jena d'un ton détaché, en regardant Milos du coin de l'œil. Et ça ira bien avec le petit bateau que se fait Billie, en plus !

Je ne peux m'empêcher de sourire à cette réflexion. Même si je tiens vraiment à me faire un tatouage « pour moi », qui représente toute cette aventure, et pas un tatouage « pour un garçon », comme je l'ai fait pour le précédent, je dois avouer que l'idée que nos deux tatouages soient liés n'est pas déplaisante.

Parce que quoi qu'il se passe entre Milos et moi, je sais que je ne regretterai pas ce voyage, et donc que je ne regretterai pas ce tatouage.

Ces six mois m'ont tant apporté, tant appris sur moi-même, tant ouvert les yeux sur le monde… Et même si, fatalement, ce tatouage me rappellera aussi les deux jours les plus sombres de ma vie, c'est un mal pour un bien : car je ne veux pas oublier que j'ai vécu l'enfer et que je m'en suis sortie, je ne veux pas oublier la délivrance que j'ai ressentie en m'extirpant enfin du piège dans lequel je suffoquais. Je ne veux surtout pas oublier, pour ne plus jamais, jamais me retrouver dans une situation similaire.

Et ce tatouage me rappellera chaque jour à quel point la liberté est précieuse.

Si je le fais un jour, vu que l'heure tourne et que je n'ai toujours pas d'aiguille plantée dans la hanche !

Après un silence qui semble durer des heures, Milos finit par lâcher en souriant :

– Allez, vendu !

Nouveau cri de victoire de Jena.

Nouveau tympan explosé…

– Qu'est-ce que vous me faites pas faire… soupire-t-il en secouant la tête.

Mais je vois à la lueur espiègle dans son regard que, comme moi, à cet instant, il n'aimerait être nulle part ailleurs. On s'apprête à aller alpaguer le tatoueur à l'accueil quand un raclement de gorge nous arrête dans notre élan.

– Et moi alors ? Il faut encore que je trouve le mien !

– Tiens, tiens, regardez qui change d'avis, se moque Jena.

– Ben, maintenant que vous en faites tous un, je veux faire partie de la *Dream Team* aussi ! renchérit Logan. Je suis un mouton, moi, je vais là où vont les foules !

Jena lève les yeux au ciel puis regarde sa montre et m'entraîne en direction du comptoir.

– Si on veut être dans les temps, je crois que tu vas devoir choisir ton tatouage de mouton tout seul ! Il faut qu'on commence à se faire mettre de l'encre sous la peau, et vite !

***

– Bon, j'ai pas envie de retenter l'expérience « on est à deux doigts de louper le départ du paquebot », alors on se dépêche ! crié-je d'un ton faussement autoritaire en me retournant vers la petite troupe à l'arrêt derrière moi.

À quelques pas du salon de tatouage, Milos m'adresse un clin d'œil, repensant sûrement lui aussi à cette soirée en boîte, où tout a vraiment commencé. J'ai l'impression de sentir encore ce premier baiser sur mes lèvres, et j'en oublie presque qu'il est déjà dix-huit heures et que le départ pour la France est dans trente minutes.

– Atteeends, on admire nos œuvres d'art ! rétorque Jena. Enfin on essaie…

Concentrée, elle tente de discerner au mieux les contours de son tatouage à travers la cellophane qui enveloppe son avant-bras.

– Vous aurez toute votre vie pour les admirer, grommelé-je.

Mais je finis par m'approcher, curieuse de voir le résultat. Comme on était chacun à un bout de l'immense salon, avec un tatoueur différent, on n'a pas encore pu regarder les tatouages des autres.

On a juste eu l'occasion d'entendre quelques « ouille » et « aïe » de temps en temps…

– Tu t'es fait quoi, alors ? demande Milos à Logan en jetant un œil au biceps de son ami.

– Un truc dément que j'ai trouvé dans un des catalogues…

Il met fièrement son bras sous notre nez, et je retiens une petite exclamation de surprise.

– Montre ! lance Jena en sautillant vers nous.

Contrairement à moi, elle ne se retient pas, et son rire ahuri semble inquiéter Logan.

– Quoi, qu'est-ce qu'il y a ?

Il inspecte son biceps d'un peu plus près, l'air soucieux, pendant que Jena jubile.

– T'avais pas envie de repenser à moi, hein ? Eh bien, ça risque d'être difficile, maintenant qu'on est… comment dire… liés ?

Ma coloc tend son avant-bras, et les yeux de Logan tombent sur les triangles et le crâne, identiques à ceux qui ornent désormais son corps.

– Sérieusement ?

Il semble interloqué, mais un sourire finit par se dessiner sur ses lèvres alors qu'il hoche lentement la tête.

– OK, je m'avoue vaincu. Je crois que je t'ai dans la peau, hein ?

Le double sens de sa phrase n'échappe visiblement pas à Jena : pour une fois, elle a l'air vraiment déstabilisée, comme si elle cherchait à séparer le jeu de la réalité. Pourtant, ça saute aux yeux que c'est 100 % réel et qu'il est totalement mordu.

– Oui, on dirait, finit-elle par répondre d'un ton trop détaché pour l'être réellement.

Alors que Jena accélère le pas, l'air soudain bien pressé de rejoindre le *Moving Paradise*, Milos m'attire à lui.

– Quand est-ce que je pourrai le découvrir, ce petit bateau ?

– « Je te montre le mien si tu me montres le tien », répliqué-je en le regardant de façon appuyée, un air provocant sur le visage.

Il rit de ma proposition pas très déguisée – ni très subtile –, puis me tend son poignet, et répond sur le même ton :

– Voilà le mien. On dit que c'est ton tour dès qu'on arrive à bord ?

J'acquiesce malicieusement, mais sans réussir à détacher mes yeux de la petite ancre noire.

C'est lui, mon ancre. Et je veux qu'il le reste.

Je sais que je dois lui parler ce soir. Mais qu'est-ce que je vais pouvoir lui dire, à part que je l'aime de tout mon être ?

***

– OK, c'était moins une… commente Jena en se tenant les côtes, le souffle court.

– On aurait dû s'inscrire à plus d'activités sportives pendant ces six mois, ça nous aurait peut-être évité de décéder après avoir couru trois mètres, regretté-je, dans le même état qu'elle.

Devant nous, Logan acquiesce, même s'il a l'air de tenir un peu mieux le coup que nous après notre sprint de la mort.

– Je ne comprends pas pourquoi vous m'avez stressé, on a… cinq bonnes minutes d'avance, constate Milos en regardant sa montre. C'est cinq de plus que la dernière fois, bébé.

Ce surnom taquin dans sa bouche m'arrache un sourire, mais je secoue la tête pour montrer mon désaccord.

C'est notre dernière escale du voyage, nos derniers moments tous ensemble, et on a failli se retrouver comme des cons à regarder le *Moving Paradise* partir sans nous !

– Bon, je file à la douche avant d'empester tout le paquebot, nous lance Jena en se dirigeant vers notre couloir.

Logan commence aussi à s'éloigner, et je m'apprête à proposer à Milos d'aller dans sa chambre quand son téléphone sonne. Il décroche en m'indiquant « C'est Harper » du bout des lèvres. Au même moment, le capitaine annonce au micro notre départ imminent, et Milos se bouche l'oreille pour bien entendre ce que raconte sa sœur.

– Dis-lui bonjour de ma part ! chuchoté-je, avant de le voir froncer les sourcils.

– Attends, mais qu'est-ce qu'il fout là ? s'énerve Milos, le téléphone collé à l'oreille.

Au son de sa voix, je sais que c'est sérieux, et mon cœur commence à battre un peu plus vite.

– Comment ça, il est revenu ? Il n'est pas censé s'approcher le temps du procès !

Est-ce qu'il parle du mec qui l'a agressée ? Cette fois, c'est mon estomac qui se retourne.

– Hein ? Attends, ralentis… Tu as… quoi ?

Milos blêmit soudain, et je reste suspendue à ses lèvres à la recherche du moindre indice qui pourrait me rassurer, me convaincre que sa sœur est en sécurité.

Mais Milos se décompose un peu plus alors que j'entends des sanglots mêlés à des paroles inaudibles de l'autre côté du téléphone.

– Tu as… retiré ta plainte ? Mais pourquoi ? Pourquoi tu as fait ça ?

Harper lui répond quelque chose que je n'entends pas, et l'incrédulité de Milos laisse place à une colère noire.

– Le salaud, putain !

Quelques étudiants, sûrement venus observer le départ du paquebot depuis le pont principal, nous jettent des coups d'œil interloqués.

– OK, appelle ce connard, et appelle maman, dis-leur de revenir dès qu'ils peuvent. Appelle aussi la police. Je prends un taxi pour l'aéroport et je saute dans le premier avion. Ça va aller, d'accord ?

Et il raccroche. J'ai à peine le temps de comprendre ce qu'il se passe que Milos me prévient :

– Je dois rentrer à San Francisco. Maintenant.

– Quoi ? Mais…

J'entends ce qu'il me dit, mais mon cerveau refuse de l'enregistrer. Milos se tourne vers les membres du personnel qui sont occupés à ranger la passerelle d'embarquement.

– J'ai pas le temps de t'expliquer, je suis désolé, je…

– Mais et tes affaires ? demandé-je soudain, me rattachant désespérément à la première chose qui me vient à l'esprit.

Ce n'est pas possible qu'il s'en aille. Pas là, pas avant qu'on n'ait eu l'occasion de parler ou le temps de se dire au revoir.

– Je verrai pour qu'on me les fasse envoyer. Ma sœur a besoin de moi.

Un élan de honte me submerge aussitôt.

Harper est manifestement en mauvaise posture, et moi, je ne pense qu'à mon petit bonheur…

Je baisse les yeux en rougissant, mais Milos me relève le menton d'une main douce. Nos regards s'aimantent et il me caresse la joue, rapidement, presque instinctivement, alors que le capitaine fait une dernière annonce.

– Il faut vraiment que j'y aille.

L'instant d'après, ses lèvres sont sur les miennes, et il murmure contre ma bouche :

– Je t'aime.

Mon cœur bondit dans ma poitrine, mais je n'ai pas le temps de lui répondre qu'il court déjà vers les deux membres de l'équipage, qui finissent par remettre la passerelle après quelques secondes de discussion. Une fois sur le quai, Milos se retourne, ses yeux trouvent les miens malgré la distance, et on échange un dernier regard, rempli de tout ce qu'on ne s'est pas dit. Puis il presse le pas au moment même où le paquebot lève l'ancre. Impuissante, je regarde sa silhouette disparaître au détour d'une rue, et je souffle dans le vide :

– Moi aussi, je t'aime.

26

Je m'étais dit que Milos ne pourrait jamais me faire de mal, mais je crois que j'ai eu tort. Parce que depuis quinze jours, je ne ressens que de la douleur. J'ai essayé de profiter de La Rochelle, de Paris, de Honfleur et d'Étretat, de chaque visite qu'on a faite, de chaque macaron qu'on a mangé, de chaque ruelle qu'on a traversée…

Et j'ai lamentablement échoué.

Les filles ont tenté comme elles pouvaient de me remonter le moral, et j'ai prétendu que ça fonctionnait pour ne pas leur gâcher leurs derniers jours, à elles non plus. Mais maintenant qu'on est à moins d'une heure de l'arrivée à San Diego, et que tout le monde a le moral dans les chaussettes, je n'arrive plus à faire semblant. Je jette un coup d'œil à Jena, elle aussi allongée sur son lit tout habillée, et on échange un regard de chien battu.

– Franchement, soupire-t-elle, j'arrive pas à me faire à l'idée que d'ici une semaine, je serai de retour dans le Minnesota avec Aaron, à m'assoupir dans un amphi *normal* en écoutant les cours de Mme Barnett, la prof la plus soporifique de la fac…

C'est sûr que dit comme ça, il n'y a pas de quoi sauter de joie…

Ces dernières semaines, on a tous reçu au compte-gouttes nos emplois du temps du second semestre, et ça a chaque fois été un cruel rappel du fait que la « vraie vie » allait désormais reprendre ses droits.

– Ouais, il doit être aussi dépité que toi… renchéris-je.

Quand on a embarqué pour la dernière fois à bord du *Moving Paradise* il y a plusieurs jours, Aaron a dû dire adieu à Amandine, qui est restée à Étretat. La voir sur le quai avec ses affaires, à nous faire coucou de loin, prête à prendre le train pour Bordeaux et à doucement reprendre sa vie… je crois que ça nous a chamboulés. Non seulement on était tristes de la quitter, mais en plus, ça a rendu l'idée du retour douloureusement réelle. Mais celui pour qui ça a été le plus dur, c'est Aaron.

Il avait l'air tellement anéanti…

On a tous fini la larme à l'œil, à se moucher discrètement, au moment où il a réussi à se détacher d'elle pour remonter à bord. Mais même s'ils étaient tous les deux en pleurs, une petite partie de moi n'a pas pu s'empêcher de les envier et de se dire qu'au moins, ils avaient eu droit à leurs au revoir…

Est-ce que ça aurait changé quelque chose entre nous, si Milos était resté une poignée de jours de plus ?

Je ne sais pas. Mais j'ai l'impression qu'on m'a brutalement arraché la possibilité de le découvrir. Je me doute que ça n'aurait été qu'un court sursis, qu'on aurait été condamnés à se séparer dans tous les cas, comme Aaron et Amandine, mais… j'aurais voulu me balader à Paris avec lui, j'aurais voulu profiter jusqu'au bout, jusqu'au dernier moment.

Depuis qu'il est parti subitement, je lui ai envoyé un seul message pour savoir si sa sœur allait bien, auquel il a répondu un laconique « Ça va aller, maintenant ». Ensuite, plus de nouvelles… Et je n'ai pas osé le relancer. Je sais qu'il doit être très occupé et qu'il a autre chose à penser, et je ne veux pas qu'il se sente obligé de me répondre, que me parler devienne une « corvée ». Je veux qu'il revienne vers moi quand il sera prêt. Mais je n'y peux rien : j'ai le cœur écrabouillé et le doute qui me prend aux tripes.

Est-ce que son « je t'aime » était juste un « je t'aime » d'adieu, pour amortir le choc du départ ? Un « je t'aime mais je te quitte » ?

Est-ce qu'il a déjà abandonné ?

Après tout, ça serait la chose la plus logique, la plus raisonnable, la plus normale à faire, au vu de tous les obstacles…

– Bon, je crois qu'il faut vraiment qu'on prépare nos affaires, finit par lâcher Jena.

– T'es sûre ? la supplié-je mollement. Il reste encore… quarante minutes.

– Mais t'as vu tout ce qu'on a à ranger ?

Je jette un regard autour de nous. Bon, c'est vrai qu'on s'est un peu étalées pendant six mois… Comment on a pu amasser autant de choses ?

Est-ce que j'avais vraiment besoin de cette poêle à takoyaki ?

Vingt minutes plus tard, on est assises sur nos valises pleines à craquer pour essayer tant bien que mal de les fermer. Ça m'a fait tout drôle de détacher mes affiches, de retrouver des bricoles aux quatre coins de la pièce et de sortir du placard tout ce que j'y avais entassé.

Le masque de plongée acheté à Honolulu, la statuette en bois sur laquelle j'ai craqué à Surabaya, le bracelet déniché à Alexandrie…

Tous ces objets n'ont fait que raviver des souvenirs magiques, et presque douloureux, désormais.

Même ranger ma brosse à dents m'a fait un pincement au cœur !

– Bon, je crois que ça y est… commente Jena en regardant autour d'elle pour vérifier qu'elle n'a rien oublié.

J'observe longuement la pièce qui a été notre chambre pendant six mois, cherchant à la graver dans ma mémoire. Est-ce que dans trois ans, ou dix, je me souviendrai de cette minuscule trace au plafond qui ressemble à une fleur ? De cette moquette bleu foncé ? De cette télévision qu'on n'a presque jamais utilisée ? De tous les fous rires qu'on a eus avec Jena sur ces lits ?

– Je suis contente que t'aies été ma coloc, lui confié-je soudain avec un petit sourire.

Je m'attends à ce qu'elle me charrie ou qu'elle fasse une blague, mais elle me rend juste mon sourire et me dit :

– Et moi, je suis contente que tu sois mon amie.

J'avais dit quoi déjà, après le départ d'Amandine ? Que je ne pleurerais plus ?

Raté…

Les larmes me montent aux yeux et je n'essaie même pas de les retenir.

– On va sur le pont ? propose Jena d'une petite voix.

C'est devenu notre rituel à toutes les deux, à chaque arrivée dans un port. Mais aujourd'hui, on dirait que tout le monde s'est passé le mot : une fois dehors, on découvre que le pont est bondé d'étudiants, de profs, de membres du personnel.

On a commencé tous ensemble et on finit tous ensemble… ou presque.

Cette scène parvient à me réchauffer un peu le cœur, malgré l'absence de Milos et d'Amandine, malgré notre arrivée imminente à San Diego.

La ville où nos chemins vont se séparer.

– Dernière fois qu'on se les pèle sur le pont, lance Jena en grelottant.

On doit avoir un côté maso, parce que depuis hier, on a commencé à nommer chaque « dernier » moment que l'on vit à bord.

Dernière séance ciné, dernier jus de fruits au QG numéro 1, dernier snack à Norton, dernier discours de la directrice, dernier dîner à Java, dernière soirée au QG numéro 2, dernière nuit en mer…

Petit à petit, je vois San Diego qui se dessine au loin, et pour la première fois, ce n'est pas l'excitation qui m'envahit. Parce que, pour la première fois, l'arrivée au port ne va pas marquer le début d'une escale, mais la fin de l'aventure.

De la plus belle aventure de ma vie.

***

– Dis donc, vous êtes pas bien couvertes ! nous réprimande ma mère en nous prenant, Jena et moi, dans ses bras alors qu'on descend à peine du paquebot.

– T'as pas fait quatre heures d'avion juste pour nous faire des reproches, quand même ? la taquiné-je en lui rendant son étreinte.

Je leur ai dit que ça ne servait à rien qu'ils fassent un aller-retour pour venir m'accueillir à l'arrivée, que je rentrerais comme une grande, toute seule en avion, mais ils ont insisté jusqu'à ce que je cède. Je crois qu'ils sont encore sous le choc de ce qui s'est passé à Noël, et qu'ils veulent me couver au maximum.

Ça pourrait m'agacer, mais en fait, ça me fait surtout plaisir.

– Frank, comment ça va ?

Jena salue mon père, puis son regard tombe sur Logan, qui parle avec Peyton et Aaron un peu plus loin, et elle s'éloigne soudain dans sa direction. Moi aussi, je regarde autour de nous, et constate que presque tout le monde est encore là : on devrait déjà s'être dispersés dans des dizaines de taxis en direction de l'aéroport, mais on reste ici, à discuter entre nous, comme pour prolonger le voyage de quelques minutes.

– Et Milos, il est où ? s'étonne mon père en le cherchant dans la foule.

– Oh, il... Il a dû partir plus tôt.

Je tente un sourire rassurant, mais je sais déjà qu'il ne convainc personne. Ma mère me caresse l'épaule, comme si elle sentait que j'avais besoin d'être consolée.

Parce que mon cœur est en mille morceaux et que la seule personne capable de le recoller est à l'autre bout du pays.

– On partage un taxi ? demande Jena en revenant, la voix un peu tremblante.

J'acquiesce, mais ne peux m'empêcher de la questionner :

– Qu'est-ce que tu lui as dit ? À Logan, précisé-je.

– Que je savais qu'on se reverrait un jour ou l'autre, admet-elle avec un petit sourire.

Je la prends dans mes bras et me tourne vers Logan, qui, pour la première fois, semble avoir perdu sa bonne humeur.

J'ai envie d'aller le voir, de lui parler encore. J'ai envie de tous aller les voir. Joy et Valentina, Takumi, Bethany et même ceux avec qui j'ai moins échangé, même ceux dont je ne connais pas les noms.

On s'est déjà dit au revoir avant d'accoster, pourtant, mais ça me fait tellement bizarre, de les laisser là… J'ai l'impression qu'il manque quelque chose, que ça ne peut pas finir à cet instant, sur ce quai, que ça ne peut pas être la dernière image que j'ai d'eux.

– Ah, le taxi est là ! constate mon père quelques minutes plus tard.

Je sais que ça va être mille fois plus difficile de partir si je me retourne encore une fois, alors je garde les yeux rivés sur la voiture jaune et je m'y engouffre à la suite de Jena, en retenant mon souffle. Le chauffeur démarre, et ça y est. C'est fini.

Le taxi accélère, et c'est plus fort que moi, je tourne la tête. Mon dernier coup d'œil est pour le *Moving Paradise*, fièrement dressé au milieu du port.

Je le regarde jusqu'à ce que la voiture prenne la première rue à gauche, et en silence, je dis adieu à ma maison sur l'eau.

27

Cinq mois plus tard

[J'ai des choses à régler et
je sais que je ne peux pas
te demander de m'attendre,
mais j'espère que quand tout
ça sera fini, on se retrouvera.]

Je relis pour la millième fois le texto de Milos, reçu il y a cinq mois. Comme toujours, j'essaie d'y déceler quelque chose que je n'aurais pas saisi lors de mes lectures précédentes, de trouver un indice, une réponse à mes interrogations, mais tout ce que ça génère, c'est encore plus de questions.

Qu'est-ce qu'il a à régler ? Qu'est-ce qu'il a à régler qui lui prend *autant de temps* ? Comment est-ce qu'on pourrait se retrouver, *vraiment* se retrouver ?

Tout ça, j'ai envie de le lui demander, chaque jour, depuis mon retour à Chicago. Je pourrais juste attraper mon portable, cliquer sur son nom, lui parler de vive voix… mais je me force à ne pas le faire. S'il avait eu envie de tout m'expliquer, il l'aurait fait, et je ne veux pas le mettre au pied du mur en l'appelant. Alors je me contente de m'accrocher à ce texto, à ce « on se retrouvera », et de prier pour que ce soit vrai.

Je regarde une dernière fois mon téléphone, puis le range dans ma poche et pénètre dans l'amphi, pour l'un de nos derniers cours de littérature de l'année. J'ai à peine passé la porte que Kat me fait de grands signes, comme pour être sûre que je la voie, et comme chaque fois qu'elle le fait, un sourire s'installe aussitôt sur mes lèvres.

Comment est-ce que je pourrais la louper, alors qu'on s'assied systématiquement à la même place, à tous les cours ?

Je lui rends son salut, en réajustant mon bracelet d'un geste machinal. Avec mon tee-shirt à l'inscription « Moving Paradise » et mon bijou égyptien, j'ai l'impression d'être une enfant nostalgique qui ne veut pas accepter que la colo est finie, et qui tente de prolonger la magie.

Mais la magie s'est envolée en même temps que le paquebot a levé l'ancre à San Diego…

Heureusement que Kat m'a accueillie à bras ouverts quand je l'ai recontactée et que je lui ai tout expliqué, parce que sans elle, ce semestre aurait vraiment été éprouvant.

Ça m'a fait tellement de bien de la retrouver… Je crois que pour me protéger, j'avais réussi à me dire que ce n'était pas si grave, la vie sans elle, mais chaque jour à ses côtés me prouve à quel point j'avais tort.

Je grimpe les marches jusqu'au cinquième rang, et m'installe à côté d'elle à ma place habituelle.

Ça m'a fait tellement de bien aussi de retrouver des habitudes...

Les premiers jours après mon retour, j'étais totalement perdue. Les repas équilibrés à heures fixes avec mes parents ont succédé aux snacks qu'on prenait à Norton ou à Java dès qu'on avait un petit creux ; les trajets en métro ou en voiture pour aller retrouver Kat et d'autres amis ont remplacé les cinq minutes à pied pour aller à l'un des bars du paquebot ; mon lit deux places dans ma chambre spacieuse s'est substitué à mon lit simple dans la petite cabine. Tout était différent, tous mes repères avaient été bousculés d'un revers de la main. Moi qui avais toujours aimé être seule, avant mon départ, je ne supportais plus, désormais, de ne pas pouvoir simplement descendre l'escalier et trouver quelqu'un de réveillé avec qui discuter, à toute heure du jour ou de la nuit.

Aujourd'hui, je me suis plus ou moins réadaptée à ma vie d'avant, ma vie d'avant le paquebot, ma vie d'avant Gavin. Mais il y a toujours des moments plus difficiles que d'autres : des moments où je dois me répéter sans cesse que Gavin n'a pas le droit de m'approcher jusqu'au procès, que je suis en sécurité, que je n'ai pas besoin d'aller vérifier trois fois qu'il n'y a personne à la fenêtre. D'autres moments où je vois soudain une vidéo qui me fait penser à Jena, où j'entends une chanson qui me fait penser à Amandine.

D'autres moments où *tout* me fait penser à Milos.

Où j'ai juste envie d'être avec eux, comme avant. Je sais qu'après un semestre d'études à l'étranger, on est censé accepter que « c'était bien, mais maintenant c'est fini », que les amitiés que l'on s'est créées là-bas sont aussi puissantes qu'elles sont passagères...

Mais comment on fait, si on n'y arrive pas ?

Je regarde par la fenêtre de la salle de cours, et comme toujours depuis cinq mois, ce n'est plus l'eau que mes yeux rencontrent, mais un grand acacia.

Et comme toujours, mes pensées se baladent sur le pont du *Moving Paradise*.

« Sweet dreams are made of this »...

La chanson d'Eurythmics que Jena a chantée à tue-tête pendant des semaines s'infiltre dans mon esprit, et je me dis qu'effectivement, les rêves sont faits de ce qu'on a vécu, là-bas, sur ce paquebot.

Alors est-ce que c'est « tout » ? Est-ce qu'on a eu droit à ce rêve intense, féerique, grandiose, et maintenant, c'est fini pour nous ? Ou est-ce qu'on va en avoir bien d'autres... ?

Pour le moment, j'ai l'impression que rien ne pourra surpasser ça. Et bizarrement, ça me convient.

***

Trois mois plus tard

– On va finir par devenir alcooliques !

Dans mon téléphone, je vois Jena approcher sa bière de la caméra, et faire un « tchin » virtuel contre mon mojito. C'est vrai que notre rendez-vous du vendredi soir a fini par devenir notre rendez-vous « du vendredi et du mercredi » puis notre rendez-vous « de n'importe quand », selon les disponibilités des autres personnes qui avaient envie de se greffer à notre apéro à distance. Entre Kat – qui est désormais considérée comme un membre à part entière de la bande ! –, Aaron et Amandine – qui tentent tant bien que mal une relation longue distance –, Logan, Takumi, Peyton et tous les amis que chacun ramène, notre groupe WhatsApp n'a pas beaucoup de répit !

Il n'y a que Milos qui reste désespérément silencieux. Je sais que je devrais arrêter d'espérer, mais c'est plus fort que moi. Aujourd'hui, j'ai à peu près réussi à trouver un équilibre, à concilier les deux Billie : celle dont le cœur est resté en mer et celle qui reprend doucement ses marques à Chicago.

Surtout maintenant que le procès approche à grands pas et que je sens que je vais enfin réussir à totalement laisser derrière moi l'histoire macabre avec Gavin, à aller de l'avant.

Il ne manquerait plus que Milos pour que l'équilibre soit parfait…

– Bon, ce soir, c'est juste toi et moi, comme au bon vieux temps ! me rappelle Jena.

J'acquiesce vivement en attrapant une poignée de cacahuètes. C'est vrai que les autres ont tous mis un message dans le groupe pour dire qu'ils avaient quelque chose de prévu. Mais ça ne me dérange pas du tout qu'on soit en tête à tête, elle dans son bar préféré de Minneapolis, et moi dans mon bar préféré de Chicago.

– Mais je te préviens, je peux pas rester trop longtemps !

– Ah bon ? l'interrogé-je avec les yeux du chat Potté.

– Ouais, j'attends un message méga important, et après, il faudra que je file !

– Tu vas encore soudoyer Aaron pour qu'il t'aide pour ton exposé d'anglais, c'est ça ? lui demandé-je, suspicieuse.

Son sourire est un peu trop radieux pour ne pas être louche…

– Mais pour qui tu me prends ? C'est déjà fait depuis longtemps, je suis quelqu'un d'organisé !

– C'est pas toi qui as dû inventer une histoire de boîte mail piratée pour avoir un délai parce que tu n'avais pas fini ton dernier devoir ? la taquiné-je.

– C'était l'ancienne Jena, ça ! La nouvelle Jena est prête à valider son semestre en beauté !

On commence à parler des vacances d'été qui approchent en buvant nos verres, quand Jena semble tout à coup très concentrée sur son téléphone.

– Ah, ça y est, c'est le moment où tu m'abandonnes pour ton plan secret ?

– Oui ! Ce soir, je crois que tu vas avoir mieux à faire que parler à ta vieille copine !

– Qu'est-ce que je pourrais avoir de mieux à faire ? m'amusé-je en reprenant une gorgée de mojito.

– Bai-ser ! lâche-t-elle d'un ton triomphant.

Je manque de m'étouffer et recrache toute ma gorgée sur le sol.

Heureusement que je suis dans un petit coin reculé de la terrasse et qu'il n'y a pas de serveur en vue, parce que j'aimerais bien pouvoir y retourner, moi, dans ce bar !

Je commence à lui demander ce qu'elle raconte, mais je vois qu'elle a déjà raccroché. J'attrape une serviette en papier et m'apprête à me pencher pour essuyer discrètement le sol, quand quelqu'un pose un nouveau verre de mojito sur ma table et qu'une voix taquine me parvient :

– Je crois qu'une bonne partie du tien a fini par terre, alors…

Je me retourne aussitôt, le cœur battant. Parce que c'est *sa* voix.

Milos est là, en jean et tee-shirt noir, encore plus beau que dans mes souvenirs. Il a une barbe de trois jours, désormais, et un air soucieux vient contredire son sourire.

– Elle... elle était dans le coup ? demandé-je en désignant mon téléphone, parce que parler de Jena est la seule chose que j'arrive à faire, le temps de rassembler mes pensées.

Le temps d'assimiler qu'il est réellement là, à Chicago, dans ce bar, avec moi.

– Oui, répond-il en hochant la tête, mais je vois bien qu'à cet instant, il pense à tout sauf à mon amie.

Il ne me quitte pas des yeux, et ses mains viennent aussitôt trouver les miennes. La proximité soudaine de son corps me provoque une bouffée de chaleur, un tourbillon d'émotions, et j'ai presque l'impression que je vais m'évanouir.

– Je n'ai pas d'excuses, je sais que j'aurais dû t'appeler avant, tout te dire. Je sais que ça aurait été la chose à faire, et je suis désolé si je t'ai fait souffrir, si tu as cru que...

Il semble chercher ses mots, et je reste pendue à ses lèvres.

– Si tu as cru que c'était fini. Et... c'est peut-être fini, de ton côté, mais...

– Non !

Ma réponse fuse instantanément et je vois le soulagement envahir ses traits. Je devrais peut-être m'agacer, lui demander plus d'explications, le faire ramer, mais je n'en ai aucune envie. J'ai juste envie de le toucher, de l'embrasser, de le serrer contre moi et, d'après son expression, c'est ce dont il a envie aussi. Pourtant, il finit par lâcher ma main et par s'asseoir à la table en poussant un long soupir.

– Tu te souviens quand je t'avais dit que ma sœur avait porté plainte contre son violeur, mais qu'on n'avait toujours pas de nouvelles du tribunal ?

Une sensation désagréable naît dans ma poitrine alors que je m'assieds à mon tour, et je tente de calmer les battements de mon cœur. À la réaction de Milos lors de son dernier jour sur le *Moving Paradise*, j'avais déjà compris que tout ne s'était pas passé comme prévu. Mais là, j'ai bien l'impression qu'en fait, *rien* ne s'est passé comme prévu…

– Oui, tu attendais d'être appelé à témoigner, me rappelé-je.

– Eh ben, j'aurais pu attendre longtemps.

Son air sombre fait naître en moi une foule d'émotions contradictoires : je suis à la fois si heureuse de le retrouver, si triste de le voir dans cet état, et si mal pour sa sœur, dont j'imagine la souffrance mieux que je ne le voudrais…

– Le jour de mon départ, comme tu l'as sûrement plus ou moins compris, Harper m'a appelé en pleurs, parce qu'elle était toute seule à la maison et qu'elle avait vu notre putain de voisin rôder devant chez nous. Et elle m'a avoué…

Sa voix tressaille légèrement, et je prends sa main dans la mienne. Même si je ne connais pas le fin mot de l'histoire, je sais que les huit derniers mois n'ont pas dû être faciles, ni pour lui ni pour sa sœur.

– Elle m'a avoué que c'est notre beau-père qui lui avait fait retirer sa plainte, sous prétexte de me protéger. Il avait passé un deal avec notre voisin : s'il ne portait pas plainte contre moi pour coups et blessures, Harper retirerait sa plainte. Et c'est ce qu'elle a fait, pour m'éviter d'avoir des ennuis. J'étais tellement en colère contre mon beau-père, presque plus que contre ce salaud de violeur, c'était irrationnel... « Me protéger »...

Il ricane amèrement en secouant la tête, comme perdu dans ses souvenirs, et je me rapproche un peu plus de lui, jusqu'à ce que je sente son souffle contre mon visage.

– Je savais que ça n'avait rien à voir avec moi, et que ça avait tout à voir avec lui, avec sa réputation qu'il voulait à tout prix garder intacte, encore une fois. Et un beau-fils qui est au cœur d'un scandale, ça fait tache...

Il triture nerveusement la paille du mojito auquel je n'ai pas touché, avant de continuer :

– J'étais furieux contre lui, ouais. Mais après, j'ai eu plus de dix heures d'avion pour bien y réfléchir. Et je me suis dit que si je n'avais pas frappé ce mec, il aurait peut-être déjà été en taule depuis longtemps. Mais non, à cause de moi, de ce que j'avais fait... il était libre. Et j'ai commencé à repenser à toi, à ce que tu avais vécu avec Gavin, et j'ai eu encore plus honte d'avoir agi ainsi.

Son regard rencontre réellement le mien pour la première fois depuis qu'il a commencé à tout me dire, et je sens que désormais, il s'est reconnecté avec le moment présent.

– Avant que tu me fasses me confronter à ce que j'ai fait, j'avais toujours trouvé mon acte plus ou moins légitime, m'avoue-t-il sans baisser les yeux. C'est la loi du talion, après tout : œil pour œil, dent pour dent. Mais là, pendant ces dix heures d'avion à devenir fou, avec juste mes pensées pour m'occuper, j'ai vraiment réalisé que lorsqu'on peut éviter d'utiliser la violence... Il faut l'éviter. Et c'est ce que j'aurais dû faire... Parce que quand je vois ce que la violence peut engendrer... Je n'ai aucune envie de m'en servir.

Je sais qu'il fait allusion non seulement à ce que son violeur a fait subir à Harper, mais aussi à ce que m'a fait subir Gavin, et je resserre un peu plus ma prise sur sa main, en hochant doucement la tête.

– Alors j'ai pris la décision d'aller témoigner. De prendre mes responsabilités de la même manière que j'allais forcer mon voisin à prendre les siennes. Pas uniquement pour ma sœur, mais aussi pour toi. Pour nous.

Il caresse ma paume de son pouce, tandis que son regard me transperce et me donne envie de réduire encore davantage la distance qui reste entre nos deux corps.

– Je voulais purger ma peine avant de te revoir, pour… pour être digne de toi, reprend-il dans un souffle. Et c'est ce que j'ai fait. J'ai témoigné, notre voisin a enfin fini derrière les barreaux et je suis venu à bout des cent heures de travaux d'intérêt général dont j'ai écopé. Et maintenant, je suis là.

Et maintenant, tu es là… Et je n'en crois pas mes yeux.

– Tu aurais pu me dire tout ça, j'aurais compris, je t'aurais attendu, lui assuré-je en passant ma main sur sa joue.

Je sens que ce contact le fait frissonner en même temps qu'il m'électrise.

– Je sais. Et crois-moi, j'ai hésité, j'ai pesé le pour et le contre des centaines de fois dans ma tête… Mais même si je me disais que tu méritais une explication, et bien plus que ça… je ne voulais pas que tu m'attendes, justement. Je ne voulais pas te faire perdre ton temps alors que tout était trop incertain. Avant le procès, je n'ai pas voulu t'appeler, car je ne savais pas du tout ce qui allait me tomber dessus, je ne savais pas si j'allais devoir aller en taule, et je ne voulais pas que tu gâches tes journées à m'attendre si j'en avais pour un an, deux ans… Après le procès, là encore, j'ai voulu t'appeler, plus que jamais… Mais je me suis dit que j'allais attendre d'être sûr de pouvoir t'annoncer une bonne nouvelle. Et entre la bataille avec la fac, pour pouvoir valider mon année malgré les deux semaines de cours loupés, et le fait que j'avais désormais un casier judiciaire, j'avais peur de ne pas pouvoir trouver de taf, j'avais peur que tous mes plans tombent à l'eau.

– Tes plans ?

– Oui. Mes plans pour que ce qu'on a vécu ensemble, pendant six mois… tout ça puisse continuer. Mes plans pour qu'on puisse être ensemble, vraiment.

Il sourit enfin. Un vrai sourire lumineux, qui réveille tous les papillons au creux de mon ventre.

– J'ai trouvé un travail, ajoute-t-il, une lueur de fierté dans le regard.

Mon cœur bondit soudain de joie et d'espoir.

Est-ce que ça veut dire qu'il va gagner suffisamment d'argent pour pouvoir venir de temps en temps ? Est-ce qu'on va pouvoir tenter une relation à distance ? Ça sera compliqué, c'est sûr, mais Amandine et Aaron y arrivent bien, alors… pourquoi pas nous ?

– C'est super ! m'extasié-je sans pouvoir m'empêcher de me rapprocher davantage, de chercher son contact, encore et toujours. Un travail où ?

– Ici.

Heureusement que je n'ai pas touché à mon mojito, car je crois que je l'aurais de nouveau recraché au sol.

– Ici ? Tu veux dire… à Chicago ?

C'est trop beau pour être vrai.

– Je veux dire ici, dans ce bar. Tu as devant toi le nouveau manager du Burning City.

OK, c'est BEAUCOUP trop beau pour être vrai !

Son sourire est de plus en plus taquin, ses yeux de plus en plus brillants, et je sens qu'il est content de son petit effet. Et il peut l'être ! Je reste bouchée bée, ne sachant même pas quoi répondre, me contentant de laisser les larmes défiler sur mes joues.

Peut-être que j'avais tort, après tout. Peut-être que mes rêves ne sont pas tous déjà derrière moi, peut-être qu'ils sont là, juste devant moi.

– J'avais repéré cette offre bien avant que Jena m'apprenne que c'était ton bar préféré, et quand je l'ai contactée il y a quelques jours pour lui demander si elle savait où je pourrais te faire la surprise de te retrouver, et qu'elle m'a parlé du Burning City, là, je me suis dit que c'était vraiment un signe…

Nos émotions débordent de partout, et je crois bien qu'on est à deux doigts de pleurer dans les bras l'un de l'autre.

– Alors t'es venu ici… pour moi ? demandé-je sans vraiment en croire mes yeux.

– Eh bien, disons que ce n'était pas plus mal que Chicago regorge de *speakeasy*[1] et de bars géniaux… La ville parfaite pour se lancer dans ce milieu. Mais… oui, je suis venu pour toi. Pour être avec la fille parfaite dans une ville parfaite.

Je passe ma main dans ses cheveux et l'attire plus près, le cœur débordant de joie.

– Alors, si tu pouvais éviter de recracher tes cocktails par terre, dorénavant… Ça m'embêterait de me faire virer avant d'avoir commencé parce que ma copine ne sait pas se tenir.

---

1. Bars cachés.

Je réponds à son clin d'œil par une moue boudeuse faussement outrée, m'éloignant légèrement, et il me ramène aussitôt à lui en riant.

– D'ailleurs, qu'est-ce que Jena t'a raconté pour que tu en arrives là ?

– Je te dirai plus tard…

– Oui, plus tard, c'est bien… murmure-t-il d'une voix rêveuse, en enroulant une mèche de mes cheveux autour de son doigt.

Je crois que le bonheur, ça ressemble à ça. Exactement à ça.

– Est-ce que je peux t'embrasser et ne plus jamais te quitter, maintenant ? me souffle-t-il en passant une main sur ma nuque.

Et à ça aussi…

J'ai à peine le temps de hocher la tête que nos lèvres se trouvent enfin, et c'est comme lors de notre premier baiser : déroutant et familier, intense et passionnel. C'est exactement ce qu'il me faut, à l'instant, et pour toujours.

– Je t'aime, me rappelle-t-il entre deux baisers.

Et cette fois, je lui réponds assez fort pour que lui et toute la terre l'entendent :

– Je t'aime.

ÉPILOGUE

Trois ans plus tard

– T'es gonflée, quand même…

Sans pouvoir m'empêcher de sourire, j'observe Jena pousser le portail et traverser le jardin sur ses hauts talons, dans sa robe… très, *très* claire.

– Quoi ? demande-t-elle innocemment, en tentant de replacer une mèche rebelle dans son chignon.

Je lève les sourcils, l'air de dire « tu sais ce que tu as fait », et elle finit par répliquer avec un mouvement nonchalant de la main :

– Mais c'est pas du blanc, c'est du *crème* !

Elle nous rejoint sur la terrasse de bois en ignorant le regard sceptique de Milos, attrape une coupe de champagne puis lève les yeux sur l'imposante maison qui nous domine.

– Pas mal, la baraque… Ils se mettent bien, les parents d'Amandine ! Bon, elle est où, la future mariée ?

– Pourquoi, tu veux lui piquer sa place, c'est ça ? s'amuse Joy en fixant ostensiblement l'habit de notre amie.

C'est vrai que quand je l'ai retrouvée il y a deux jours pour faire les boutiques dans le Marais – alors qu'elle estimait avoir encore « largement le temps » pour se décider sur sa tenue – elle m'avait parlé d'un ensemble vert émeraude, pas d'une robe qui pourrait concurrencer celle de la mariée !

– Amandine a validé ma tenue, je vous signale, donc vous pouvez arrêter de rager parce que je suis plus belle que vous ! nous nargue mon ancienne coloc.

Je suis tellement contente de la revoir en vrai, et pas juste sur un écran, qu'elle pourrait dire la pire vacherie sans que je me départe de mon sourire. Depuis qu'on s'est retrouvés à Paris il y a une semaine, on est tous comme des petits fous. Il ne manque plus que Logan, Wren et Peyton, qui n'ont pas pu prendre autant de jours de congé que nous et qui ne sont arrivés qu'hier soir, pour que la bande soit au complet. Amandine a même convaincu Kat de venir, en lui disant que ça serait l'occasion pour rencontrer tous les gens qu'elle avait vus en visio ! Mon amie était un peu intimidée au début, mais après un ou deux cocktails dans les bars branchés de la capitale et quelques blagues de Jena, elle a fini par être aussi détendue que nous.

– Alors, les amoureux, vous avez pu visiter Paris ensemble, cette fois ? demande Aaron, qui vient se joindre à nous avec trois de ses cousins.

Il est tout beau dans son costume sur mesure, à la fois si semblable au Aaron qu'on a connu il y a trois ans, et si différent. Il a le même piercing à la lèvre, qu'il arborait déjà lors du semestre en mer, les mêmes yeux rieurs ; pourtant, il a aussi tellement changé ! J'ai l'impression qu'hier encore on buvait des jus sur le pont du paquebot en jouant aux cartes, mais la réalité me frappe plus que jamais à cet instant : il s'en est passé du temps depuis l'époque du *Moving Paradise*…

Et c'est très bien aussi comme ça.

Après avoir passé des semaines plongée dans la nostalgie la plus totale, après avoir mis plusieurs mois à vraiment accepter que ce semestre était terminé, j'ai finalement réussi à penser à l'avenir, et non plus seulement au passé. Je suis parvenue à me faire à l'idée que les nouveaux chapitres de ma vie pouvaient se révéler tout aussi excitants que les anciens, si seulement je leur laissais une chance de l'être.

Et il faut dire que l'emménagement de Milos à Chicago a pas mal aidé, niveau excitation…

Et surtout l'emménagement *avec* Milos, quelques mois après son arrivée. Je passais mon temps au Burning City, à rédiger mes articles pour divers sites Web de voyage, et il y passait son temps à coordonner son équipe et à me voler discrètement des baisers, entre deux services… Alors quand on a vu un petit panneau « à louer » à la fenêtre d'un appartement à quelques rues du bar, on a sauté sur l'occasion en même temps qu'on a sauté le pas. Habiter avec quelqu'un… ça me paraissait si compliqué à envisager, il y a quelques années, mais avec Milos, ça s'est fait le plus naturellement du monde. Je jette un regard en coin à celui qui partage ma vie, et il me serre contre lui.

– Oui, on a fait la totale, affirme-t-il. Notre-Dame, Montmartre, le pont des Arts, le Louvre, la tour Eiffel, le Panthéon… on a tout vu ! Finalement, heureusement que je n'étais pas déjà venu il y a quatre ans, sinon ça aurait été un peu redondant…

J'affiche mon plus bel air boudeur, mais je n'ai pas le temps de répliquer qu'Aaron lance déjà, en hélant quelqu'un dans mon dos :

– Ah ben, pas trop tôt ! Monsieur daigne enfin nous honorer de sa présence !

Le regard de Jena s'éclaire soudain, ses joues se parent

de rose, et je n'ai pas besoin de me retourner pour savoir que c'est Logan qui approche.

– Salut, lâche-t-elle quand il arrive à notre niveau et se place à ses côtés.

– Salut.

Je les ai connus plus inspirés !

Mais je sais que ce « salut » traduit leur émotion bien plus que n'importe quel discours.

– Alors, il t'a fait penser à moi ? demande Jena en effleurant l'épaule de Logan, comme si elle avait peur de s'attarder trop longtemps.

Son tatouage est caché par sa veste de costume bleu clair, mais on sait tous de quoi elle parle.

Parce qu'on *shippe* tous le couple Logan-Jena depuis des lustres !

– Un peu plus que je ne l'aurais voulu, même, répond-il en regardant à son tour le crâne et les petits triangles qui ornent le bras nu de Jena.

– Jena, tu sais que Logan a décroché un super job à Saint-Paul pour la rentrée ? demande Milos en faisant une accolade à son pote. Il va presque devenir ton voisin !

– Oh !

La surprise sincère de mon amie et le sourire qui illumine son visage me donnent envie de sauter de joie comme une gamine.

Et si le moment était enfin arrivé pour ces deux têtes de mule de se laisser une chance ?

Encore faudrait-il qu'ils aient l'occasion de la saisir, et ça ne risque pas d'arriver si on est tous agglutinés autour d'eux à guetter la moindre de leurs réactions !

– Aaron, tu nous fais visiter la maison de tes futurs beaux-parents ? proposé-je soudain, à grand renfort de mouvements de tête pas très subtils.

– On risque de se recroiser l'année prochaine, alors, souffle Jena dans mon dos, tandis que notre petite troupe se met en marche.

– Oui. Mais je n'ai pas envie d'attendre l'année prochaine pour…

Je tends l'oreille, guettant impatiemment la fin de la phrase de Logan, et finis par laisser ma curiosité prendre les rênes lorsque j'entends un sifflement à ma droite. J'imite mes amis, qui se retournent un par un, et découvre Logan et Jena qui s'embrassent à en perdre haleine, sous les applaudissements de notre groupe.

OK, c'est aussi pour ça que j'adore les mariages ! C'est là que la magie opère…

Je me joins aux autres et m'époumone alors que les deux intéressés nous traitent de voyeurs et de commères.

Pas faux !

Quand on finit enfin par se détourner pour partir à la découverte des lieux, c'est Amandine qui nous interrompt, resplendissante dans sa longue robe blanche.

– Qu'est-ce que vous fabriquez ? s'amuse-t-elle en s'adressant à Aaron, qui arrive le premier dans le grand salon. C'est plus l'heure des visites, c'est l'heure de m'épouser !

***

– Voilà, à droite… et maintenant, on tourne, on tourne !

Le père d'Aaron a pris le contrôle de la piste de danse le temps d'une chanson, et on s'applique tous à suivre à la lettre sa chorégraphie et les instructions qu'il nous hurle par-dessus la musique.

Alors qu'un nouveau morceau résonne dans les enceintes et que Takumi attrape Bethany par la main pour la faire danser, mon portable vibre dans la poche de ma veste.

– C'est ta sœur, lancé-je à Milos, qui vient m'entourer de ses bras et impose à mon corps le rythme entraînant de la musique.

Avec Harper, on est vite devenues très proches, et on s'écrit régulièrement pour parler de tout et de rien. Il faut dire que ça crée des liens, de vivre deux procès la même année, et de mettre son agresseur derrière les barreaux !

– Qu'est-ce qu'elle te veut, ma future *business partner* ? me questionne mon amoureux.

Je souris en l'entendant employer cette expression. Leur rêve d'ouvrir un bar ensemble est plus que jamais sur le point de se concrétiser, maintenant que Harper a fini ses études à San Francisco, et je sais qu'il trépigne d'impatience que sa petite sœur vienne nous rejoindre à Chicago.

– Elle m'écrit « Alors, mooontre ! » Avec plein de *o*.

Je le sens se tendre légèrement, tout à coup. Il est parfois inquiet quand il s'agit de sa sœur, et c'est compréhensible, vu tout ce qu'elle a traversé, entre son agression, le pacte infâme avec son beau-père, et le divorce de sa mère peu de temps après… Mais là, son message ne semble pas alarmant. Il est juste… bizarre.

– Qu'est-ce qu'elle veut que je lui montre ? m'interrogé-je à voix haute en fronçant les sourcils.

Ma tenue, peut-être ? C'est vrai qu'elle savait qu'on allait au mariage d'Amandine et Aaron, aujourd'hui !

– Je vais lui demander de quoi elle parle, ajouté-je en pianotant sur mon téléphone, avant de le ranger dans ma poche, et d'attraper la main de Milos pour l'attirer au centre de la piste.

– Bon, je voulais attendre la fin de la soirée, quand il y aurait moins de monde, pour ne pas voler la vedette à Amandine et Aaron, plaisante-t-il, mais comme je n'ai pas envie que la reine des spoileuses gâche ma surprise…

Je sais que sa sœur a tendance à faire des gaffes, mais là, je ne comprends vraiment pas de quoi il parle. Il a une surprise ? Pour moi ? Je le vois faire un signe à Amandine, comme pour lui dire « maintenant », et je suis encore plus perdue. Ils sont de mèche, tous les deux ?

– Qu'est-ce que…

Les premières notes de la chanson « Quand on n'a que l'amour » de Brel retentissent, et je m'interromps, alors que les couples, l'air légèrement surpris du changement de registre, commencent à danser des slows autour de nous.

Il a demandé à Amandine de passer *notre* chanson ? C'est trop mignon !

« Quand on n'a que l'amour
À s'offrir en partage
Au jour du grand voyage
Qu'est notre grand amour »

Les paroles emplissent la pièce, et je passe ma main sur la nuque de Milos, prête à l'embrasser, quand il reprend :

– C'est ça que Harper voulait que tu lui montres.

En même temps, il sort une petite boîte de sa poche de costume et mon cœur s'emballe.

OK, tout doux, ce n'est sûrement pas ce que tu penses…

– Je crois qu'elle s'est embrouillée avec le décalage horaire et a cru que j'avais déjà fait ma demande depuis quelques heures.

… ou peut-être que c'est exactement ce que je pense ?

– Ta… demande ?

Les mots restent presque coincés dans ma gorge, devenue subitement sèche.

Est-ce que c'est vraiment en train d'arriver ?

– Ta… DEMANDE ! répètent les voix surexcitées de Kat et Jena derrière moi.

Au même moment, il ouvre l'écrin, et révèle une magnifique bague sertie d'un saphir.

Bleu comme l'océan. Bleu comme l'endroit où tout a commencé…

– Alors… Est-ce que tu veux tenter le « grand voyage » avec moi ? me demande-t-il en reprenant les paroles de la chanson, un sourire au bord des lèvres et le regard brillant.

Je hoche la tête vivement, d'abord incapable de parler, avant de parvenir à articuler un « oui » au moment où des larmes de bonheur dévalent sur mes joues.

Notre amour a déjà eu un voyage de six mois pour naître… Mais maintenant, il va avoir le voyage de toute une vie pour s'épanouir !

– Pleure pas, c'est une chanson d'amour… me chuchote-t-il à l'oreille, un sourire dans la voix alors qu'il me serre un peu plus fort dans ses bras.

L'émotion me submerge, et je l'embrasse enfin, jusqu'à en perdre le souffle.

Il a été celui que je pensais ne jamais avoir le droit de désirer… Et il est désormais celui que je ne veux plus jamais quitter. Celui que je ne *vais* plus jamais quitter. Je le regarde passer délicatement l'anneau à mon doigt, et mon cœur s'emplit d'une joie si pure que j'éclate de rire avant de l'embrasser de nouveau.

– Et après c'est ma robe qui attire trop l'attention ? rétorque Jena avant de nous sauter dans les bras, pendant que les acclamations se font entendre partout autour de nous.

– Ça va être à nous de venir vous voir à Chicago pour le mariage, alors !

Amandine a les larmes aux yeux aussi, quand elle et Aaron s'approchent pour nous féliciter. Je hoche la tête, mais au même moment, une idée germe dans mon esprit.

– À moins que…

Je me tourne vers mon futur mari, et lui glisse à l'oreille :

– Tu penses que la directrice du *Moving Paradise* accepterait qu'on privatise le paquebot le temps d'une soirée ?

Fin

REMERCIEMENTS

Merci à ma sœur pour ses commentaires minutieux et son soutien indéfectible, et pour m'avoir montré il y a un an la vidéo « *Day in the Life of a College or Gap Year Student at Semester at Sea* » en me disant « ça ferait un trop bon décor pour un roman ! » Merci à mes grands-parents pour leur enthousiasme et leurs remarques amusantes ; merci à mon père, le Lucky Luke de la lecture, d'avoir lu chaque chapitre plus vite que son ombre ; merci à ma mère pour sa lecture attentive et ses encouragements. Merci à tous les cinq d'avoir été les premiers lecteurs de cette histoire (dans sa version censurée !) et d'avoir suivi chapitre par chapitre les aventures de Billie et Milos.

Merci aux éditions Addictives d'avoir donné sa chance à cette histoire, et merci à Marianne, mon éditrice, de m'avoir guidée dans les corrections et d'avoir parfaitement mis le doigt sur ce qu'il fallait modifier ou étoffer.

Merci au programme *Semester at Sea* d'avoir été une telle source d'inspiration.

Merci à Billie et Milos d'avoir été des personnages si cool à écrire et de m'avoir tenu compagnie pendant de nombreux jours et de nombreuses nuits.

Et enfin merci à vous, d'avoir embarqué avec eux à bord du *Moving Paradise* le temps de ce roman !

Extrait

HOT REWARD

Sarah Dheilm

PROLOGUE

Lorsque le téléphone se met à sonner en affichant un numéro inconnu, j'ai tellement la tête dans le guidon que je décroche en me demandant si c'est EDF, mon nouvel opérateur téléphonique, ou mon futur propriétaire.

– Hé ! Salut à toi ! Je n'ai qu'une question à te poser, annonce la voix enjouée d'une femme à l'autre bout du fil.

Ouh là, qu'est-ce qui m'attend ?

– Est-ce que tu connais Hot Rock Radio ? s'époumone-t-elle en criant presque le nom de la radio qui se targue d'être la station numéro un à chaque fois que mon autoradio s'allume au démarrage de ma voiture.

– Oui, bien sûr mais je...

– Formidable ! s'extasie-t-elle avec un tonnerre de cris et

d'applaudissements pour fond sonore. Comment t'appelles-tu ?

– Angèle.

– Eh bien, Angèle, j'ai une grande nouvelle. Nous avons composé ton numéro au hasard, et figure-toi que tu es l'heureuse élue, la grande gagnante de notre incroyable concours « HotEverShot Rocks » ! Alors, ça te fait quel effet ?

– Ah, euh… C'est chouette, dis-je sous le coup de la surprise.

Alors, ça ! Moi, je suis la fille qui ne gagne jamais à rien, à aucun jeu, à aucun concours, qui n'arriverait même pas à attraper le pompon dans un manège pour enfants. Bon, certes, il faudrait déjà commencer par jouer, mais de toute façon, ça tombe toujours sur les autres, même quand je croise très fort les doigts. Non pas que j'aie la poisse, c'est juste que j'ai « pas de bol ». Comme dans ma vie amoureuse, d'ailleurs. Mais ça, c'est une autre histoire, longue, triste et douloureuse.

– Oh, là, là, chers auditeurs, je crois qu'Angèle ne réalise pas la chance qu'elle a ! Mais c'est sans doute parce que nous ne lui avons pas encore expliqué ce qu'elle a gagné ! Alors, Angèle, tu es prête à entendre l'énoooorme surprise que nous t'avons réservée ?

– Euh… Oui.

Je m'attends à tout. Un lot de CD inutiles à l'ère du numérique ? Une place de concert à l'autre bout de la France pour aller voir Nana Mouskouri ? Un ensemble de mugs avec l'inscription « J'écoute Hot Rock Radio et j'ai décroché mon téléphone » ?

– Tu t'envoles dans deux jours avec moi pour passer trois semaines à Los Angeles dans un palace cinq étoiles, et surtout, tiens-toi bien, tu vas partager le quotidien des HotEverShot,

LE groupe de rock qui déchire tout de l'autre côté de l'ATLANTIQUE !!!!!!!!!!

Médusée, je reste sans voix, le tympan très certainement perforé par ce dernier mot qu'elle a hurlé dans le téléphone. Si c'est bien vrai, ce gros lot tombe à pic ! Pouvoir partir aussi loin, pile au moment où j'ai désespérément besoin de fuir ma vie ici, serait un réel soulagement. Je n'ose pas m'emballer, mais quand on me passe finalement une standardiste qui m'assure que tout est vrai et qu'elle a juste besoin d'un e-mail pour m'envoyer les informations, je sens déjà l'effet sur le nœud qui enserre mon ventre depuis des semaines maintenant. Il y avait quoi ? Une chance sur cinquante millions ? Si, si, j'ai compté, c'est la probabilité d'avoir la chance de gagner. Enfin, c'est le nombre d'utilisateurs de téléphones portables en France, d'après ce que Google répond à la question que je viens de taper sur mon ordinateur.

1

Angèle

Un éclair de lumière me transperce les paupières, et j'ouvre les yeux en papillonnant des cils pour faire le point. La grande blonde qui m'accompagne observe l'écran de son téléphone avec une moue indiquant qu'elle est satisfaite de la photo, puis elle porte à ses lèvres le dictaphone qui semble greffé à sa main.

– « Et c'est parti pour Los Angeles ! » dit-elle dans le micro, de sa voix spécial enregistrement. « Deux heures de vol, et notre grande gagnante s'imprègne déjà de la musique des HotEverShot, ses grands yeux verts perdus dans le vague. Elle porte une tenue confortable et a détaché ses cheveux blonds… Non, roux ? Châtains ? »

Elle appuie sur l'écran de l'appareil, probablement pour mettre en pause le dictaphone.

– Putain, j'arrive pas à savoir de quelle couleur ils sont, marmonne Mika. C'est trop bizarre.

Mika, alias le revers de la médaille. Médaille qui possède tellement de revers qu'elle doit plutôt ressembler à une boule à facettes, puisque la seule chose positive dans cette histoire, c'est l'occasion qui m'a été offerte de prendre le large avec un timing des plus parfaits. Il fallait vraiment que je m'envole. Littéralement. Alors oui, je sais, j'ai une chance folle d'avoir gagné ce concours, il faudrait être une sacrée peste pour ne pas l'admettre. Mais voir mon confort et mes habitudes bousculés me fait peur, encore plus sachant que je vais me retrouver propulsée dans un univers qui m'est totalement étranger. Si j'avais pu, j'aurais laissé cette chance à quelqu'un qui la méritait sans doute bien plus que moi. Mais je n'avais pas le choix… S'il m'avait retrouvée…

Mika attrape une mèche de mes cheveux et la tourne dans tous les sens en fronçant les sourcils pour essayer d'en définir la couleur qui varie selon l'intensité de la lumière. Je pousse un long soupir à l'idée de ce qui m'attend.

Durant les trois heures d'attente dans la salle d'embarquement, j'ai pu constater que cette femme est une boule de pure énergie, ce qui pourrait être agréable si elle ne tenait pas davantage d'un soleil sur le point d'exploser en dévastant tout sur son passage que d'un astre lumineux aux rayons apaisants. Depuis notre rencontre à l'aéroport, elle n'a eu de cesse de tout commenter en poussant de grands cris de joie dans son dictaphone, tout en ajoutant des détails improbables qui m'ont fait sur le moment me demander si elle n'était pas sous substances. L'ensemble des voyageurs semblent d'ailleurs partager mon avis, si j'en crois les regards agacés qu'ils lui lancent régulièrement, visiblement fatigués de devoir subir tant de bruit depuis notre décollage. Lorsque Mika délaisse son dictaphone, en revanche, elle a tout de la femme normale et agréable. Mais encore faudrait-il qu'elle le pose, justement…

Et dire que je vais me la coltiner pendant tout mon séjour… Moi qui ai horreur d'être mise en avant et préfère être la plus discrète possible… C'est loupé ! La reporter-photo-blogueuse-chroniqueuse – elle doit avoir d'autres casquettes encore, j'imagine – va me suivre comme mon ombre durant ces trois longues semaines.

– Faut que je refasse une photo de toi, Angèle. Avec le sourire, et les yeux ouverts, aussi. Je dois mettre un maximum de photos sur Insta, sans compter qu'il faut que je poste un article sur le blog tous les jours. Rappelle-toi, on te suit, toi, qui suis le groupe. C'est notre façon à nous de le mettre sous le feu des projecteurs : à travers tes yeux. Sur les réseaux, en profondeur dans le magazine à la fin du mois, sans compter sur les ondes. C'est moi qui ferai le plus gros du boulot, tu as juste à sourire et à dire à quel point tu t'éclates, ce que tu penses, les questions que tu te poses, toutes les formidables découvertes que tu fais en pénétrant dans les coulisses des concerts et enregistrements en studio pour leur nouvel album. Le reste du temps, tu pourras te balader en toute liberté. Je viendrai avec toi de temps en temps, mais moi aussi j'aurai besoin d'air.

Que du bonheur ! « Juste sourire », c'est tenir la pose pendant un temps interminable, recommencer les clichés jusqu'à ce qu'elle soit satisfaite du rendu – oui, elle m'a déjà fait le coup pas moins de trois fois rien qu'en montant dans l'avion, créant un véritable embouteillage à l'embarquement, raison de plus pour que le reste des passagers l'aient prise en grippe. « Juste sourire », c'est aussi retrouver ma photo sur Instagram, réseau sur lequel je ne suis pas, fort heureusement, étant hautement allergique aux réseaux sociaux. Quant à « dire ce que je pense »,

Mika m'a déjà prévenue que ça consisterait en un débriefing d'au moins deux heures tous les soirs, si ce n'est plus. Alors mon temps libre, j'ai peu d'espoir d'en voir la couleur.

S'il n'avait pas été impératif que je prenne autant de distance en changeant carrément de continent et en y ajoutant un océan, jamais je n'aurais accepté ce « super grand prix ».

– Hé ! Souris un peu, on croirait que tu te rends à un enterrement. Tu vas rencontrer le groupe le plus en vogue des États-Unis. La plupart des nanas tueraient rien que pour les entrapercevoir, et toi, tu vas pouvoir assister à tous leurs concerts.

Je réponds d'un lever d'yeux vers le ciel paré d'un faux sourire, mais ça ne l'empêche pas de continuer à parler toute seule. J'ai l'impression d'être Korben Dallas, le héros cynique et taciturne du film sur lequel je suis tombée l'autre soir, agrémenté d'un Ruby Rhod[1] plus vrai que nature. Mika serait parfaite dans ce rôle de l'animateur radio aux tenues plus loufoques les unes que les autres qui commente avec un enthousiasme surjoué chaque respiration du gars qui finit par sauver le monde. Enfin, la journaliste qui m'accompagne a certes des vêtements excentriques, mais pas au point de dégainer la combi léopard, du moins je l'espère. Cela dit, si elle sortait un tel accoutrement, je pourrais facilement longer les murs, on ne voit déjà qu'elle, de toute façon.

Je replace mes écouteurs pour me replonger dans l'album des HotEverShot. J'avoue, j'adore leur style. Du rock un poil métalleux, avec des notes lyriques, des paroles au double sens engagé – enfin, c'est mon point de vue, si ça se trouve, ils ne

1. Personnages du film *Le Cinquième Élément* réalisé par Luc Besson, diffusé en 1997, dont le héros, cynique et mutique, est suivi comme son ombre par un animateur radio complètement déjanté.

dénoncent rien du tout et n'ont même pas conscience qu'on peut avoir une tout autre lecture de ce qu'ils chantent – et des passages agressifs, mais pas trop. Tout à fait ma came ! Même si là, tout de suite, je fais une overdose de HotEverShot. Depuis des jours, je me cogne toutes leurs chansons comme on fait ses devoirs : avec application, en prenant même des notes de temps en temps. C'est qu'il faut que je trouve des choses un tant soit peu profondes à dire sur leur musique si je ne veux pas passer pour une imbécile sans aucun sens critique.

Hors de question d'être une de ces groupies qui ont des étoiles dans les yeux et se pâment rien qu'en étant dans la même pièce qu'un groupe de rock. Ce sont peut-être des stars dans leur pays, mais d'illustres inconnus en Europe. Si je les suis, c'est contrainte et forcée. Je ferai ce qu'on attend de moi et profiterai un max du voyage gentiment offert tous frais payés par Hot Rock Mag & Radio.

– Angèle ? demande Mika en plongeant ses yeux gris dans les miens.

– Hum ?

– Rassure-moi, tu es contente d'avoir gagné ?

– Oui, oui, bien sûr.

– Alors souris, merde !

2

Angèle

Jet lag, décalage horaire, tête dans le cul… Appelez ça comme vous voulez, mais je voudrais dormir ! Il est peut-être seulement minuit moins le quart ici, mais pour mon corps, il est presque neuf heures du matin, heure de Paris, et je n'ai pas pu fermer l'œil dans l'avion avec ma surexcitée de reporter personnelle qui me harcelait de questions pour tout comprendre de « qui est notre grande gagnante ».

J'ai savamment esquivé toutes celles se rapportant à ma vie amoureuse et me suis cantonnée à mon parcours professionnel et à ma famille. À la fin, Mika m'a carrément demandé si j'avais au moins déjà eu un flirt du haut de mes 26 ans, et la noirceur de mon regard a suffi à lui faire abandonner toute velléité d'en savoir plus sur ce sujet.

Je suis ici pour m'éloigner de mes soucis et me changer les idées – et accessoirement pour servir de faire-valoir à un groupe de musique et à tous ceux qui sont derrière pour leur faire de la pub et qu'ils gagnent un paquet d'argent –, pas pour ressasser mes ennuis. Ils reviendront bien assez tôt me hanter quand je serai rentrée.

Toujours est-il qu'après l'atterrissage et le trajet en taxi, j'étais contente de découvrir le grand hôtel cinq étoiles dans lequel Mika et moi allions passer les trois prochaines semaines. Ma chambre et surtout son grand lit *king size* ne semblaient attendre que moi ! Mais si l'endroit est parfait, les voisins le sont beaucoup moins ! Je ne parviendrai jamais à fermer un œil si le boucan qu'ils font ne cesse pas immédiatement. Même la tête enfouie dans mon oreiller, j'entends les basses de la musique qui résonnent du fond du couloir jusque dans mes tympans.

Je finis par me lever, les nerfs en pelote. D'ordinaire, je suis d'un naturel calme et réservé – bon, un peu revêche aussi, je veux bien l'admettre. Mais ça, c'est quand j'ai ma dose de sommeil. C'est bien la peine d'être dans un hôtel cinq étoiles aux chambres immenses et luxueuses s'ils ne sont pas capables de préserver le calme pour leur clientèle.

Je me dirige droit vers la source de tout ce tintamarre, dont le bruit gagne en intensité au fur et à mesure que j'avance vers l'antre du coupable. Des éclats de voix s'élèvent entre les basses. Apparemment, ils sont contents. Loin de moi l'idée de les en empêcher, je veux juste qu'ils soient heureux en silence.

Je frappe une première fois, sans succès. Le second essai n'est pas plus concluant, il faut dire que, même moi, je n'entends pas le bruit de mon poing qui cogne contre la porte. J'y vais donc de toutes mes forces à la troisième salve, au point que la douleur du bois d'un blanc immaculé contre ma peau remonte jusque dans mon coude.

La porte s'ouvre sur des yeux injectés de sang d'un bleu perçant. Ils seraient à se taper le cul par terre s'ils n'étaient pas voilés par l'alcool ou je ne sais quelle substance. Je m'attarderais volontiers sur la petite fossette au menton de l'homme auquel ils appartiennent, son visage angélique, et surtout son torse nu et musclé qui mérite très certainement d'être regardé de plus près, mais mon lit me réclame et surtout mon cerveau est aux abonnés absents : je veux juste dormir !

– Bonsoir. Il y a moyen que vous baissiez le son ? Je suis cinq chambres plus loin et j'aimerais vraiment dormir, sauf que je vous entends comme si j'y étais.

J'ai remarqué que mon anglais se lâchait lorsque je suis énervée. Moi qui n'osais pas ouvrir la bouche à l'école de peur que mes petits camarades se moquent de mon accent, voilà que je découvre que je parle un anglais impeccable chaque fois que la colère me gagne.

Monsieur Yeux-bleus-défoncés-à-tomber m'observe pourtant comme s'il n'avait pas compris un traître mot de ce que je viens de dire. Il me détaille de la tête aux pieds avec un sourire narquois tout en se tenant au chambranle de la porte pour maintenir un équilibre précaire. Je réalise alors que j'y suis allée léger sur mes vêtements de nuit – shorty et caraco moulants ornés de dentelle, la seule petite lubie que je ne me sois jamais autorisée sur le plan vestimentaire – plutôt que de me cacher sous mes habituels pulls *oversize* et jeans troués. Tenue stratégique pour qui, comme moi, supporte difficilement le regard des autres.

– C'est Rick qui t'envoie ?

– Pas du t…

– Hé, les gars, Rick a envoyé une fille ! crie-t-il en tournant la tête sans attendre ma réponse.

Derrière lui, deux hommes lèvent le pouce en l'air. Ils paraissent pourtant être suffisamment occupés avec la gent féminine pour avoir à se réjouir qu'une fille de plus se joigne à la fête.

Je mets trois bonnes secondes – si, si, c'est long dans ces cas-là – à réagir lorsqu'il me saisit le bras et que sa langue se fraye un passage entre mes lèvres. C'est la partie de mon cerveau régie par l'instinct qui proteste la première et dicte à mon poing de s'abattre sur sa pommette de toutes ses forces.

L'homme titube jusqu'au sofa, avant de s'y laisser tomber lourdement. Soyons honnête, cela n'a rien à voir avec la puissance de mon coup, mais plutôt avec son état d'ébriété avancé. L'un de ses camarades m'interroge d'un haussement de sourcils avant de recommencer à jouer avec la bouche d'une nana siliconée de la tête aux pieds – bon, juste les seins, peut-être les fesses, mais allez savoir dans quel état sont ses orteils.

– Vous pouvez baisser le son ? hurlé-je à l'intention du seul homme de la pièce encore en état de réagir, tout en faisant mon possible pour ne pas laisser mon regard dévier vers le sud ou encore vers les tatouages qui ornent son torse.

Il quitte la bouche de la fille pour faire un pas vers la sono et obtempérer, puis il retourne à sa petite affaire – et dans cette histoire, c'est bien la seule chose qui est petite, oui, mes yeux ont suivi le chemin proscrit par mon cerveau – en levant à nouveau le pouce. Sans perdre de temps à essayer de savoir si le sourire satisfait qu'il m'offre est provoqué par les lèvres de la bimbo ou par le fait d'avoir accédé à ma demande, je commence à sortir de cet antre de vice et de luxure. Au bout de quelques pas, je m'aperçois que j'ai laissé la porte grande ouverte. S'ils ont fait l'effort de baisser la musique, je peux bien faire celui de revenir en arrière pour leur rendre leur intimité. Encore qu'ils ne semblent pas bien attachés à cette dernière…

– Euh, désolée ! dis-je en faisant un petit signe d'au revoir sans plus oser les regarder, préférant cette fois m'intéresser au plafond tandis que j'attrape la porte par sa poignée pour la refermer.

Puis, rouge de honte, je retourne dans ma chambre à grands pas.

Malgré le silence chèrement gagné, je n'en suis pas moins incapable de trouver le sommeil. Des images tournent en boucle dans ma tête, alors je me plonge dans le dossier de presse que m'a confié Mika avant de me quitter pour le troisième étage. C'est sidérée, la bouche subitement asséchée par le choc provoqué par les photos qui s'étalent devant moi, que je découvre que mes nouveaux voisins sont les trois hommes qui vont rythmer mon quotidien. Je n'aurais jamais cru dire ça un jour, mais avant d'écouter leur musique, j'aurais mieux fait de regarder leur photo…

addictives

Romans déjà parus

Rose Becker
Le Bébé, mon milliardaire et moi (aussi en poche)
Torride, sexy & dangereux
Forever You – saisons 1 et 2
Dangerous

Aimée Bianca
B.O.S.S. Beau, Odieux, Sexy, Snob

Phoebe Campbell
Lui résister… ou pas – l'intégrale
You Again
Single Daddy. Try Me if You Can

Mia Carre
Bad for You
Teach Me Everything
Charmant connard !

Mélodie Chavin
Campus Rules
Fucking Wedding

Alexia Clemens
Red Python. Save Me

Sonia Eska
Ne me tente pas

Emma Green
Toi + Moi : L'un contre l'autre (aussi en poche)
Toi + Moi : Envers et contre tout (aussi en poche)
Toi + Moi : Seuls contre tous (aussi en poche)
Call Me Baby – volumes 1 et 2
Call Me Bitch
Love Me if You Can
Kiss Me if You Can
Bliss. Le faux journal d'une vraie romantique – volumes 1 et 2
Jeux interdits
Jeux insolents

Jeux imprudents
Une toute dernière fois
Fallait pas me chercher! – volumes 1 et 2
Corps impatients (aussi en poche)
Cœurs insoumis (aussi en poche)
Âmes indociles (aussi en poche)
Cent facettes de Mr Diamonds – l'intégrale
Bliss. Le faux journal d'une vraie romantique – l'intégrale
(Im)parfait
Love Me if You Can – l'intégrale
Kiss Me if You Can – l'intégrale
It's Raining Love!
The Boy Next Room
Call Me Baby – l'intégrale
Call Me Bitch – l'intégrale
PS: Oublie-moi!
Fallait pas me chercher! – l'intégrale
Recherche coloc: emmerdeurs, râleurs, lovers… s'abstenir!
10 bonnes raisons de te détester!
Just 17
Love & Lies on Campus
Bien plus forte que toi!
If You Wanna Be My Lover…
The Boy on Fire

Megan Harold
Breaking the Rules
Initiation with My Boss

Ludivine Hart
Arrogant & Tattooed

Amy Hopper
Gone Boy
Le Coloc

Julie Huleux
Alpha Player

Charlie Lazlo
Mon insupportable boss

Sienna Lloyd
Mords-moi!

Caroline Mongas
Mariage forcé. Un contrat indécent

June Moore
Étreinte – volumes 1 à 3

Zoé Murat
Stepbrother Love
Boss Me Around

Clara Oz
Arrogant

Gaëlle Sage
Kiss, Kill & Ride
Lost Rider

Ana Scott
Dark Ride
Last Ride
Vicious Ride
The Dominant
Evil Ride
Sensual Stepbrother
Un enfoiré mais un coup d'enfer !
Say Yes to the Boss

Camilla Simon
Le voisin parfait est un enfoiré
Initiation with My Enemy
Le mec parfait est un inconnu… ou presque !

Ève Souliac
Sexy Mistake

Liv Stone
Love Lessons

Lisa Swann
Adore-moi ! – l'intégrale

Louise Valmont
Toi & moi, c'est compliqué !
Campus Initiation
Mon insupportable voisin !

Chloe Wilkox
Extreme Lover – l'intégrale
Immoral
Dominant Boss. Apprends-moi
The Virgin's Price

Luv

Romans déjà parus

Ana K. Anderson
Indompté
Scottish Bastard

Sophie Auger
Be with Me

Sonia Birdy
L'Initiation
Touchdown. Campus Star

Laura Black
Dark Initiation
Games of Desire
H.A.R.D. Hot, Arrogant, Rebelle, Déterminé
Sulfurous Bad Boy

Margot D. Bortoli
Too Young

Juliette Brunel
Delicious

Anne Cantore
Promets-moi. Louise et Marco

Sarina Cassint
Avec toi… peut-être
Insolent Boss

Romy Cole
Never Kiss a Soldier

Mary Ann Davis
Coach Me Love

Gwen Delmas
Noël, toi & moi
Sex Friends. Pas de contraintes, que du plaisir !

Sarah Dheilm
Hot Reward

Eugénie Dielens
Imprévisible boss

Cléa Dorian & Ninon Vars
Dark Love

Laurie Eschard
Love Naked

Lil Evans
Savage Rider
Crash & Burn
Boss Affair

Lou Garance
Can You Keep a Secret?
Foutu coloc!

Alexandra Gonzalez
Shades of You

Erin Graham
Teach Me Love
The Boss
Secret Stepbrother
Strong Addiction
Coloc avec mon boss
The Initiation

Joh Harper
Crazy Love
Broken but Alive

Marie Hayle
Under Control
Lover Next Door

Ellie Jade
About Last Night

Emma S. James
Under the Rain

Lucie F. June
Fight with Darkness

Sara June
Rider in the Dark
Sexy Wild Rider

Emily Jurius
Love to Hate You

Antinea Kane
In Love with My Enemy

Allie Krown
High School Challenge

Marion Laurent
Mr Alpha
I Want You in My Bed!

Pauline Libersart
Tiger. Entre ses griffes

Nina Loren
Breaking the Ice
Teach Me Again. Impossible Desire

Ella Lores
Mariée par accident à un connard arrogant rencontré la veille…
My Best Enemy

Jessica Lumbroso
Emma X. Secrète et insoumise

Lili Malone
Coloc avec un inconnu

Mila Marelli
Dark Man in Love
Crazy Wedding

Mag Maury
My Hipster Christmas

Billie Morgan
Free Fighter

Lina Parker
Campus at Sea

Alix Parks
Never Kiss the Boss

Jeanne Pears
Insupportable coloc
Colocs & Sex Friends
H.O.T. Hypnotique, Obstiné, Ténébreux
The Most Insolent Man

Alexia Perkins
Arrogant Fake Lover

Sophie S. Pierucci
L'Inconnu de l'ascenseur & Moi (aussi en poche)
My Stepbrother. L'initiation

Silvia Reed
Darkest. La dernière heure
Too Close

Anita Rigins
No Rules
My Rules

Avril Rose
Coffee, Sex & Law

Jana Rouze
Effet de vague – saisons 1, 2 et 3

Isla A. Rowley
Le coloc de mon frère

Wendy Roy
Une seule fois (ou presque)

Ana Scott
À corps brisés

Adora Sky
Decadent Lover

Léana Soal
Fight & Hope

Cara Solak
Perfect Obsession

Izia Soley
Fauve
Initiation. On Your Skin

Liv Stone
Initie-moi. Mes jours contre tes nuits

Lena K. Summers
Perfect Bad Boy
Donovan, roi des connards

Kaly Swann
Austin. Breathe with Me

Lily Tortay
Dance for Me

Flore Valier
Ta peau contre la mienne

Anna Wendell
Arrogant Bad Boy
Apprends-moi le désir
Colosse. Le maître du jeu
Break Your Chains

Mina Zadig
Just Sex & Tattoos
Arrogant Highlander

New adult addictives

Romans déjà parus

Sonia Birdy
California High School

Mélodie Chavin
Stepbro' Next Door

Sianna Milano
High School Initiation

Isla A. Rowley
Toxic Games

A addictives POCHE

Romans déjà parus

Rose Becker
Le Bébé, mon milliardaire et moi (aussi en grand format)
Désirs & Désastres

Marjorie Burbaud
The Campus Teacher

Phoebe Campbell
Tes ordres sont mes désirs

Olivia Dean
À lui, corps et âme – volumes 1 et 2

Lou Everly
Bad Boy Crush

Erin Graham
Nos amours contraires

Emma Green
Seuls contre tous (aussi en grand format sous le titre *Toi + Moi : Seuls contre tous*)
L'un contre l'autre (aussi en grand format sous le titre *Toi + Moi : L'un contre l'autre*)
Envers et contre tout (aussi en grand format sous le titre *Toi + Moi : Envers et contre tout*)
Corps impatients (aussi en grand format)
Cœurs insoumis (aussi en grand format)
Âmes indociles (aussi en grand format)

Kim Grey
Fausse fiancée & vrais ennuis

Megan Harold
Sublime-moi !

Charlie Lazlo
Kiss Me I'm Famous
The Duke

Jeanne Pears
Jamais avec mon coloc !

Sophie S. Pierucci
L'Inconnu de l'ascenseur & Moi (aussi en grand format)
Deep & Dark

Lise Robin
Forbidden Stepbrother

Alexane Tolley
The Boss Rules

Chloe Wilkox
Your Game, My Rules

Free Fighter
Billie Morgan

Elle ne savait rien du désir. Mais c'était avant de le rencontrer.

En apparence, Annabelle mène une vie sans remous : la jeune femme est issue d'une bonne famille, destinée à de grandes études… Pourtant, elle lutte chaque jour contre les secrets qui l'emprisonnent.
Lorsque son chemin percute celui d'Angel, elle tombe instantanément sous son charme. Il est à l'opposé de son monde : bad boy, dangereux, solitaire, adepte de free fight illégal et d'excès en tout genre… Et pourtant, c'est avec lui qu'elle veut découvrir le désir, le plaisir et la passion… quoi qu'il lui en coûte !

Auteure : Lina Parker

Edisource – Éditions Addictives
100, rue Petit, 75019 Paris
Imprimé par FINIDR – Lipova cp. 1965 – 73701 Cesky Tesin,
République tchèque
Dépôt légal : juillet 2022 – Achevé d'imprimer : avril 2022
ISBN : 978-2-37126-507-3
Réf. contrat : ZILO_001